Henriette Dyckerhoff

Was man
unter
Wasser
sehen kann

aufbau taschenbuch

Henriette Dyckerhoff

Was man unter Wasser sehen kann

Roman

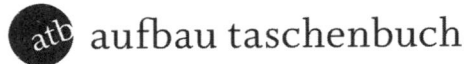 aufbau taschenbuch

MIX
Papier aus verantwor-
tungsvollen Quellen
FSC® C083411

ISBN 978-3-7466-3730-3

Aufbau Taschenbuch ist eine Marke
der Aufbau Verlag GmbH & Co. KG

1. Auflage 2020
Vollständige Taschenbuchausgabe
© Aufbau Verlag GmbH & Co. KG, Berlin 2019
© Henriette Dyckerhoff, 2019
Die Originalausgabe erschien 2019 bei Rütten & Loening,
einer Marke der Aufbau Verlag GmbH & Co. KG
Umschlaggestaltung www.buerosued.de, München
unter Verwendung von Motiven von © mauritius images /
United Archives und © mauritius images / mauritius history
Gesetzt aus der Whitman durch Greiner & Reichel, Köln
Druck und Binden CPI books GmbH, Leck, Germany
Printed in Germany

www.aufbau-verlag.de

TEIL EINS

Wo jetzt der See glänzt, da war einst ein Tal. Und in dem Tal war ein Dorf, da lebte die Marie mit ihrem Mann und ihrem Kind. Und neben ihrem Haus floss ein Bach, der alle mit frischem, kühlem Wasser versorgte. Doch dann begann es zu regnen, und es regnete viele Tage und hörte nicht mehr auf. Und der Bach schwoll an, immer breiter trat er über die Ufer, immer gieriger verschlang er Wiesen und Wege, Wälder und Felder. Endlich trat das Wasser in die Häuser, lief in die Keller, stieg in die Stuben und Dielen und hinauf bis zur Scheune. Die Menschen im Tal aber flohen auf die Hügel und sahen zu, wie das Wasser ihre Heimat unter sich begrub. Und da das Wasser ihr Tal nicht mehr freigab, bauten sie neue Häuser oben am Hang. Die Marie aber konnte ihr Tal nicht vergessen. Jeden Tag stand sie am Ufer und sah hinab ins graue Wasser. Und da es nicht zurückwich, ging sie selbst hinein, immer weiter und weiter, bis sie ganz darin verschwand, und so schlang der See seine Arme um sie und ließ sie nicht mehr los.

Unwahrscheinlich, dass sie noch kommt. Sie war ja nie groß weg aus Ronnbach. Sonst schickt meine Mutter höchstens mal eine Nachricht, letzte Woche dann der Anruf: »Hallo Luca, Montag komm ich nach Berlin.«

Montag hat Marion frei. Sie fragte nicht, ob ich auch freihabe, als wäre es ein Riesengefallen von ihr, mich zu besuchen. Hätte ich es ihr doch ausgeredet. Dann hätte ich jetzt nicht dieses irre Kribbeln in den Armen, dieses Sirren im Ohr. Bei jedem Türbimmeln zucke ich zusammen, und das, obwohl meine Mutter sich bisher schön rausgehalten hat aus meinem Leben.

Von Ronnbach hierher sind es ungefähr fünfhundertsechzig Kilometer. So wie Marion fährt, hätte sie längst hier sein können, spätestens abends wollte sie kommen. Noch ist es hell, aber die Sonne ist schon hinter den Häusern auf der anderen Straßenseite verschwunden. Das sieht man auch von hier drinnen, trotz der gestapelten Ware und der Markise vorm Schaufenster. Bald wird das Licht seine Farbe verlieren, die Dinge werden grau, dann bläulich. Ich werde die Beleuchtung einschalten müssen. Und noch immer kein Wort von Marion.

Wenn ich hinterm Tresen stehe, kann ich von den Leuten draußen nur die Köpfe sehen: gebleichtes Blond, halblanges Braun, akkurates Schwarz, Kopftuch, rasiert und tätowiert – schrilles Rot. Aber nicht Marions Rot. Meine Mutter färbt es dunkler, ihre Tönungen heißen »Wilde Kirsche« oder »Aubergine«. Oma Grete hätte mir erzählt, wenn Marion das geändert hätte. Früher trug sie das Haar zur Mähne auftoupiert, jetzt reicht es nicht mal mehr bis zur Schulter. Es wippt beim Gehen, und das Klacken ihrer Stiefel müsste man bis in den Laden hören. In Ronnbach weiß der ganze Ort Bescheid, wenn meine Mutter zur Arbeit geht. Auch hier in Neukölln würde sie ihre Schritte auf den Gehweg hämmern. Da kennt sie nichts. Sie würde sich nicht anmerken lassen, dass sie das nicht gewohnt ist: die breiten Bürgersteige, die Menschen, das Sprachgewirr, die Luft schwer von Abgasen, der bittere Atem der U-Bahn, der süße Qualm aus Ahmeds Shisha-Bar. Ich bin nicht mal sicher, ob sie das alles überhaupt mitkriegen würde. Oft ist Marions Blick wie versiegelt. Sie wirkt dann auch ohne Sonnenbrille so, als würde sie eine tragen.

»Komm direkt in den Laden«, hab ich ihr gesagt, »nicht in die Wohnung.«

Bevor ich eingezogen bin, hießen die zwei Zimmer im Hinterhaus »Lager«, in das eine konntest du gar nicht reingehen, da stand die Ware bis an die Tür. Ich hab ein bisschen Ordnung gemacht und eine Schlafecke eingerichtet. Wir haben gar nicht besprochen, wo sie übernachten wird.

Achtzehn Uhr. Noch immer keine Nachricht, auch nicht von Vinz. Sonst fragt er wenigstens, ob alles in Ordnung ist, wenn er nicht mehr in den Laden kommt. Ich könnte Marion anrufen, aber sie soll einfach so kommen, durch die Tür, und mich hier sehen. Ihre Schuld, dass ich mich den ganzen Tag schon fühle, als wäre eine versteckte Kamera auf mich gerichtet. Ich sortiere Nudeln in die Regale und stelle mir vor, sie kommt gerade rein. Ich kassiere, packe die Äpfel, Nüsse, Olivenöl in eine Tüte, und fühle ihren Blick. Dabei ist alles wie immer. Marion ist nicht da. Und draußen verliert das Licht seine Farbe.

Sie wollte sich nur kurz hinlegen nach der Schicht im Frizz. »Sobald es hell wird, setze ich mich ins Auto«, sagte sie. Selbst wenn sie erst später los ist, müsste sie langsam da sein. Sonntags kann sie meistens schon um Mitternacht zumachen, hat sie mal erzählt. Von Ronnbach nach Berlin sind es fünf Stunden, von mir aus auch sechs. In der richtigen Laune würde sie einfach losfahren, gleich nach der Arbeit, die paar Bier – kein Problem.

Neunzehn Uhr. Sie wird keinen Parkplatz finden, dazu der Feierabendverkehr. Das kann dauern. Vielleicht dreht sie schon eine Weile ihre Runden, vielleicht fährt sie immer wieder am Laden vorbei und kann nur nicht halten. Zeit, die Kisten von draußen reinzuholen, dann sieht sie mich gleich, wenn sie kommt.

Die Luft ist noch warm, die Straßenlaternen brennen schon. Der Verkehr fließt allerhöchstens ein bisschen zäh am Laden vorbei. Von einem roten Golf keine Spur. Ich zwinge mich, mir nicht den Kopf danach zu verdrehen, während ich Äpfel und Weintrauben, Brokkoli und Auberginen reinschleppe.

Ahmed sitzt vor der Shisha-Bar und raucht. »Du bist aber früh dran heute«, sagt er, und ich weiß, dass er mir bei meiner Räumerei auf den Arsch guckt.

»Du mich auch«, sag ich.

Und dann schreib ich ihr doch eine Nachricht, da ist es schon fast dunkel:

Komm in den Laden, bin noch ne Weile da. Viel zu tun.

Das leise Ploppen, als der Text verschickt wird. Der Bildschirm wird dunkel, dann schwarz.

Zwanzig Uhr, Vinz wird gleich zu seinen Eltern gefahren sein, er will wohl nicht stören. Ich schicke Marion noch mal die Adresse vom Laden.

»Ist Vinz dein Freund?«, hat Marion gefragt, als wir alles abgemacht haben.

»Er ist mein Chef«, sagte ich, damit sie mich damit in Ruhe ließ.

Dreiundzwanzig Uhr. Die Rechnungen sind sortiert, die Bestandslisten erstellt, ein paarmal kontrolliere ich den Handyempfang. Nichts. Ein Mann im Anzug kommt in den Laden, weil noch Licht brennt und die Tür nicht verschlossen ist. Ich verkaufe ihm zwei Zitronen für zehn Euro, er zuckt nicht mal mit der Wimper. Ich wische den Tresen ab, fege den Boden, hole Wasser, tauche den grauen Wischmopp in den Eimer.

Um Mitternacht gebe ich auf.

Ich rufe sie an.

Eine fremde Stimme überschlägt sich fast vor Freude: »Der Teilnehmer ist zurzeit nicht erreichbar, bitte versuchen Sie es später noch einmal.« Bestimmt ist der Akku leer, sie wird sich verfahren haben. Irgendwer wird ihr schon helfen. Ist doch immer so.

Ich bin schon in der Wohnung, Name steht an der Klingel. Kannst auch anrufen, schreibe ich auf einen Zettel und hänge ihn an die Ladentür, zur Sicherheit tippe ich's auch ins Handy.

Die Luft ist noch lau, als ich den Laden abschließe. Eine Horde Jungs kommt vorbei, einer pfeift hinter mir her.

»Lass dir Eier wachsen!«, rufe ich.

Die sollen sich nur umdrehen, ich werd's denen zeigen. Und gleich pocht es wieder so im Hals, und es rauscht in den Ohren. Wie früher auf dem Schulhof. Da wussten alle, dass man mir nicht dumm kommen darf. Da hat keiner mehr über meine Familie gelästert, wenn ich in der Nähe war. Aber die Jungs hier lachen nur und ziehen weiter.

Und mir bleibt nicht mal ein langer Weg, um mich abzureagieren. Nur ein paar Schritte, dann durch die schwere Tür in den Hinterhof. Hier riecht es faulig von den Mülltonnen her, irgendwas huscht in den Busch neben dem Fahrradständer. Zur Wohnung muss man bloß ein paar Stufen hoch. Praktisch, wenn man die Ware reinschleppen muss. Und es ist gut für die Lebensmittel, dass die Sonne nicht direkt in die Zimmer scheint. Das Vorderhaus wirkt wie ein Schutzwall, tagsüber kommt nur graues trübes Licht von draußen. Aber das ist in Ordnung, da bin ich eh im Laden.

In der Wohnung riecht es trocken nach Staub – und nach Reis. Vinz hat eine ganze Palette kommen lassen. Steht alles in dem großen Zimmer hinten, meine Schlafecke ist daneben am Fenster. Vinz hat eine Luftmatratze für Marion mitgebracht, falls sie hier überhaupt schlafen will. Die liegt noch eingepackt auf dem Boden. Ohne Licht zu machen, gehe ich in die Küche, setze mich auf den einen Stuhl und lege die Füße auf den anderen. Das Display des Handys schimmert bläulich.

Wo bist du, Marion?, schreibe ich. Kann ja sein, dass sie das Telefon wieder eingeschaltet hat.

Gegen ein Uhr: *Ich geh jetzt schlafen. Klingel einfach.*

Natürlich gehe ich nicht schlafen. Stattdessen probiere ich die Klingel an der Wohnungstür – sie funktioniert. Ich überlege, wer für mich die Klingel an der Haustür testen könnte. Als mir niemand einfällt, laufe ich selbst runter, über den Hof, und blicke auf die Straße. Kein rotes Haar, kein roter Golf, nur ein einsamer Mann mit einem Hund. Und noch eine Nachricht an Marion:

Du kannst jederzeit klingeln!

Vinz' Eltern wohnen draußen in Hennigsdorf. Vinz bleibt da öfter über Nacht. Die Mutter kann nicht mehr so, sein Vater hat's an der Lunge. Kann man auch verstehen, Krieg und Flucht aus Bosnien. War bestimmt nicht einfach. Vinz sieht natürlich nach denen. Offiziell ist er auch bei ihnen gemeldet. Die Adresse hängt an der Pinnwand neben dem Tresen, aber ich war noch nie dort. Einer muss ja hier die Stellung halten. Da müssen wir gar nicht drüber reden.

Er pfeift durch die Zähne, als er am Morgen den sauberen Laden sieht. Ich knie vor dem Regal, sortiere Reis ein und wundere mich, dass ich das kann. Ohne Schlaf und zittrig vom Kaffee.

»Wo ist denn deine Mutter?«, fragt Vinz. Und als ich nicht antworte: »Schon wieder weg?«

Dieser Druck in der Kehle. Dabei war eh klar, dass sie nicht kommen würde. Vinz' ausgebreitete Arme, ich lehne meine Stirn an seine T-Shirt-Brust und atme Schweiß und Waschmittel. Seine Hand in meinem Haar und dann diese brennenden Augen. Ich stoße mich von ihm ab, solange es noch geht. Die Kisten schleppe ich mit gesenktem Kopf raus.

»Muss los zum Markt.« Vinz klopft mir auf die Schulter. Er sieht ja, dass ich zu tun habe.

Ich frage mich, ob ich Oma Grete verständigen muss oder gerade nicht, da ruft sie schon an.

»Warum meldet ihr euch gar nicht? Marion geht nicht an ihr Telefon.«

»Sie ist nicht hier«, sage ich und schlucke gegen den Druck in der Kehle.

Sie muss das Telefon weggeworfen haben, oder sie hat's ausgeschaltet, vielleicht hat sie's auch verschenkt, was weiß ich. Sie geht jedenfalls nicht ran. Würde man das mit ihr machen, sie würde ausrasten. Aber was hilft es, es gibt genug zu tun. Morgens den Laden aufschließen, Kisten raus, frisches Obst und Gemüse einsortieren, das Vinz vom Großmarkt mitbringt. Dann den Transit für den Wochenmarkt beladen, Vinz ist fast jeden Tag der Woche auf einem anderen, am Nachmittag wieder ausladen, zwischendurch die Kunden. Und dann noch die Abrechnung, wenn der Laden schon geschlossen ist. Putzen muss man auch irgendwann. Vinz sollte froh sein, dass sein Laden so in Schuss ist, stattdessen guckt er mich an, als wäre irgendwas ganz und gar nicht in Ordnung. »Hat sie sich immer noch nicht gemeldet?«, fragt er.

Und ich: »Nee, aber ist auch egal.«

Grete hat versprochen, dass sie anruft, wenn sie was von Marion hört. Was soll ich da noch machen?

Vinz wiegt den Kopf. Nichts macht ihn so unruhig wie Ungereimtheiten, die mit ihm oder dem Laden in Zusammenhang gebracht werden können. Nachher kommt die Polizei noch hier rein. Ich kann seinen Kiefer mahlen sehen, wenn ein Beamter den Laden betritt, selbst wenn der einfach nur was kaufen will.

Ronnbach liegt östlich von Köln. Sauerland heißt die Gegend, manche kennen das, aber hier in Berlin klingen diese Namen so fremd wie aus einer anderen Zeit. Vinz meint, ich soll hinfahren und nach meiner Mutter sehen. Aber was soll das bringen? Oma Grete hätte das zwar auch gern, aber sie sagt selbst, dass da keine Spur von Marion ist. Außerdem, wer kümmert sich dann um den Laden, wenn Vinz auf den Märkten ist? Vinz zuckt schließlich mit den Schultern und fährt los. Die endlose Parade von Köpfen hat sich vor dem Schaufenster längst in Bewegung gesetzt. Aber ich wende den Blick ab, ich würde doch wieder nur nach wippendem rotem Haar Ausschau halten.

Das Geschrei des Babys hör ich schon, als die Frau noch gar nicht im Laden ist. Die Mutter sieht aus wie ein Engel, schön mit Kleidchen, Umhängetasche und Stiefelchen dazu. Den Kinderwagen lässt sie natürlich draußen stehen. Die dreht nicht mal den Kopf danach und lässt sich in aller Ruhe Nüsse abwiegen, dann noch Kaffee. Der Kinderwagen draußen zittert schon von dem Geschrei, da überlegt sie es sich anders und will doch lieber andere Nüsse. »Geh erst mal nach deinem Baby gucken«, sage ich.

Und sie: »Ich will hier einkaufen und keine Erziehungstipps.«

»Dann musste wohl woanders einkaufen. Tschüss!«

Sonst bin ich immer freundlich zu Kunden, aber jetzt pocht es schon so im Hals.

»Du kannst jetzt gehen!«, muss ich noch mal sagen. »Du kriegst hier nichts mehr.«

»Was soll denn das? Blöde Kuh!«, zischt die Frau.

»Verpiss dich!«, brülle ich hinterher. Es dauert ewig, bis man das Babygeschrei nicht mehr hören kann. Ich muss die Tür schließen, damit das aufhört. Kann ich jetzt auch nicht ändern, dass da gerade einer reinkommen wollte und irgendwas kaufen, zuckt er eben zusammen und dreht wieder ab. Der ganze Laden scheppert, als ich die Tür zuknall. Diese irre Scheißwut! Im Regal mit den Spirituosen klirren die Flaschen. Mir doch egal, ich trink eh nichts. Diese zittrige, elende Wut! Ein kräftiger Tritt, und die Flaschen wackeln und klimpern, wenn sie gegeneinanderstoßen. Noch ein Tritt, schön fest, und schon stürzt eine Flasche vom mittleren Regalbrett. Glas splittert, Rotwein spritzt, aber es ist kein volles, platzendes Geräusch, sondern mehr ein schüchternes Klatschen. Ich trete wieder, und diesmal stürzt eine Flasche Korn von ganz oben, knallt auf den Boden. Splitter, Spritzer, Gestank. Marion hätte ihre Freude daran. Wie kann sie einfach nicht kommen? Wie kann sie denn nicht mal Bescheid sagen? Und wie konnte ich auch nur eine Sekunde lang glauben, sie würde hier wirklich auftauchen?

Das Telefon klingelt, als ich gerade wieder zutreten will, mir ist schon warm von der Anstrengung.

Grete.

»Die Polizei hat gerade angerufen, der Wagen von Marion steht oben auf'm Parkplatz bei der Brücke. Wir sollen den da wegholen.«

Nur das Auto, von Marion keine Spur.

Ich hab den Hörer noch am Ohr, als Vinz kommt. Ausgerechnet jetzt. Er sieht den Scherbenhaufen gleich, obwohl ich mich davorstell, und schüttelt den Kopf auf so eine Art, dass mein Gesicht ganz heiß wird.

»Mann, Luca.«

Jemand muss ihm erzählt haben, dass ich der Frau mit dem Baby was hinterhergerufen hab. Bestimmt Ahmed, der Wichser.

Vinz bringt fast nichts aus der Ruhe, immer ist noch Zeit für eine Zigarette oder einen Plausch mit den Kunden, nur ganz selten werden seine Gesichtszüge hart, dass man denken könnte, gleich zieht er los und lyncht jemanden. »Kunden beleidigen geht gar nicht«, sagt er mit einer Stimme, die ich bedenklich finde.

Ich fange an, die Scherben in den Mülleimer zu räumen. Nachher werde ich alles aufwischen. So lange, bis man nicht mal mehr ahnen wird, dass hier was kaputtgegangen ist. Er wird schon sehen.

»Du fährst da jetzt hin und schaust, was mit deiner Mutter ist«, sagt er, als könnte er das entscheiden.

Aber das kann er vergessen.

7. JULI 1956

Sie kamen von Bosbach. Cord blinzelte gegen die Sonnenstrahlen, die durch die Tannen fielen. Etwas raschelte rechts von ihnen zwischen den Bäumen, wo es steil den Bissberg hinaufging. Vielleicht nur der Wind oder irgendein kleines Tier. Links gluckste die Ronne. Es roch nach Erde und Harz.

Die Riemen des Rucksacks schnitten in die Schultern. Cord trug den Proviant und das Werkzeug, das er mit Mutter besorgt hatte. Einen Hammer, Nägel und eine Zange. Eigentlich kaum erschwinglich für sie, aber der Stall musste gemacht werden. Alles andere konnten sie von Lisekes kriegen.

Er spürte den Schotter des Weges unter den Sohlen, kleine Steinchen waren in seine Schuhe gelangt und drückten spitz gegen seinen Fuß. Doch Cord blieb nicht stehen, sondern ging immer einen Schritt vor der Mutter, nahm ihr noch das Bündel mit der Jacke ab.

»Lass mich auch was tragen«, lachte sie. Doch er

schüttelte stolz den Kopf. Sie sollte weiter mit den Armen schlenkern beim Gehen wie ein Mädchen. Was störten ihn da schon die Riemen auf den Schultern oder der Schweiß im Rücken. Der Wald lichtete sich und gab den Blick frei auf das Tal, die Wiesen mit dem Vieh darauf, die Ronne wand sich silbrigblau in Richtung Dorf.

Gleich vor ihnen tauchte der Gerber-Hof auf. Alma stand mit dem Reisigbesen vor dem Haus und winkte sie zu sich. Unmöglich, an der ungesehen vorbeizukommen. Immer stand sie fegend im Hof und hatte den Weg im Blick. Bei ihr blieb man stehen, wenn man wissen wollte, was es Neues gab. Sie schüttelte der Mutter die Hand und zog einen Apfel für Cord aus ihrer Schürzentasche, als sei er noch ein kleiner Junge. Und während er sich fragte, ob sie jemals etwas anderes tat, als den Hof zu fegen, erzählte sie von dem silbernen Wagen, der hier vorbeigekommen sein sollte, gestern erst.

»Das hättet ihr sehen sollen, wie der hier gerade langgebraust ist! Und ohne Dach«, sagte Alma. Die Mutter schüttelte den Kopf und lachte. Hier fuhr höchstens mal der Hitzke mit seinem Hanomag oder der Howald mit seinem Käfer, das war dann aber auch schon alles. Wo sollte so ein Wagen hier auch hin? Aber Alma blieb dabei, der sei an ihrem Haus vorbei, weiter nach Ronnbach. Cord und seine Mutter lachten noch darüber, als die kleine Brücke in Sichtweite kam und das Plätschern lauter wurde.

Gleich hinter der Brücke zwischen der Ronne und dem Weg lag der Hennes-Hof, zweistöckig, ganz oben der Speicher, dann der Anbau mit Schuppen, gegenüber auf der anderen Seite der Straße der Stall. Aus der Entfernung war nicht zu erkennen, wie baufällig er war. Und dann das Haus: Erst wenn man genau hinsah, bemerkte man, dass das Dach durchhing. Auch die Außenwände waren zur Mitte hin abgesackt. Die Reihe der kleinen Fenster, die eigentlich schnurgerade in einer zum Boden parallelen Linie verlaufen sollte, bog sich zur Mitte leicht durch, so dass das Haus lachend seine Zähne zu zeigen schien. Gleich dahinter war der Liseke-Hof. In der Mitte die Einfahrt zu beiden Höfen, wo ihre Hühner sich mit den Gänsen der Nachbarn angefreundet hatten.

Die Mutter ließ sich auf die Bank fallen, die vor dem Haus stand, Cord gleich neben sie.

»Ich bin schneller«, sagte sie. Er sah, wie sie sich die Schuhe abstreifte, und beeilte sich. Mit bloßen Füßen lief sie am Haus vorbei Richtung Ronne, als Cord mit roten Druckstellen an Fersen und Zehen hinterhersetzte. Er überholte sie an der Weide und tauchte seine Füße als Erster ins Wasser. Die Kälte nahm ihm fast den Atem. Die Mutter sog die Luft ein und lachte. Sie hatte den Rock zusammengerafft, damit er nicht nass wurde, und machte kleine Schritte im knöcheltiefen Wasser.

Jetzt wirkte der Bach seicht und harmlos und war nur so breit, dass man ihn mit wenigen Schritten durchschreiten konnte, aber im Herbst und im Frühjahr schwoll er an und wurde zu einem weißschäumenden Strom, der Bäume und Tiere mitreißen konnte, nicht selten auch Menschen, wenn sie nicht achtgaben. Heute glückste der Bach nur leise, an einigen Stellen war er so klar, dass man den steiniger Grund sehen konnte. Nur da, wo sie hintraten, wirbelte Erde auf und färbte das Wasser bräunlich.

Die Mutter setzte sich mit gerafftem Rock ans Ufer, die Füße noch in der Ronne. Sie schloss die Augen und summte vor sich hin. Ein paar Sonnenstrahlen fielen durch die Weidenzweige auf das Wasser, dort schimmerte die Oberfläche golden. Der dunkle, langgestreckte Ruf der Kühe erinnerte sie an die Arbeit, doch die Mutter hielt die Augen geschlossen, und auch Cord ignorierte es für einen Moment.

»Hört ihr das denn nicht?«

Grete stand neben der Mutter im Gras. Eine Schürze über dem Kleidchen. Die Haare zu hellen Zöpfen gebunden.

»Wir gehen gleich hin«, sagte Cord.

»Was macht ihr?«, fragte das Kind.

»Wir kühlen die Füße.« Mutters Stimme klang schläfrig.

»Habt ihr keine Angst vor der Ronne-Marie?«

Cord schüttelte den Kopf. Mit sechzehn war man zu groß, um daran zu glauben, und zu alt, um es zu zeigen, falls man doch heimlich Angst hatte. Grete streifte die Schuhe ab und setzte vorsichtig einen Fuß ins Wasser, dann den zweiten. Sie lachte über die Kälte, raffte den Rock hoch, wie es die Mutter schon getan hatte, und hüpfte von einem Fuß auf den anderen, dass es spritzte. Ein Schwall Wasser traf Cord unvermittelt an der Schulter. Wie die Kleine lachte. Die Mutter stimmte ein. Er formte die Hände zu einem Gefäß und schaufelte Wasser Richtung Grete. Sie schrie spitz auf, verschluckte den Laut aber gleich erschrocken und sah in Richtung Liseke-Hof. Und tatsächlich kam da auch schon Herta über die Wiese vom Nachbargrundstück.

»Habt ihr alles gekriegt?«

»Ist noch vorne im Rucksack«, nickte die Mutter.

»Habt Glück mit dem Wetter.«

Während die Frauen redeten, war Grete blitzschnell aus dem Wasser gekommen, zog sich die Schuhe über und flitzte rüber zum Haus. Herta musste ihr nicht einmal einen Blick zuwerfen. Sie konnte freundlich mit den Nachbarn plaudern und Grete gleichzeitig stumm Befehle erteilen. Als hätten die beiden eine geheime Sprache miteinander, von der man nichts sah und hörte.

»Hat die Alma euch auch das von dem silbernen Wagen erzählt, der hier gewesen sein soll?«, fragte Herta.

Mutter nickte, dann erst reagierte sie auf das langgezogene Blöken der Kühe und erhob sich seufzend aus dem Gras.

»Ich mach schon«, sagte Cord.

Und als sie gerade ums Haus gingen, hörten sie noch etwas anderes als das dunkle Muhen der Tiere. Das Dröhnen eines Motors, und das kam weder von Howalds Käfer noch von Hitzkes Hanomag. Es war heller, rasanter, so wie Cord sich das Geräusch eines Rennautos vorstellte. Er hielt inne und sah hinauf zum Bissberg, dann rüber zur Ronnhöhe. Da war auch ein Knirschen von Reifen auf Kies, ganz anders als das der Laster vom Walzwerk, das hinter dem Bissberg lag.

Und dann sahen sie den Wagen, silbern, mit offenem Verdeck, Scheinwerfer wie vorstehende Augen, kam er von Bosbach den Hügel runter, bremste kaum, bevor er die Brücke überquerte, und fuhr die Dorfstraße entlang direkt auf sie zu. Darin ein einzelner Mann, auf dem Kopf eine

Kappe, wie sie die Rennfahrer in den Zeitungen trugen. Er hielt direkt vor ihnen, der Kies spritzte, kleine Steinchen trafen Cords Waden. Die Leute aus der Umgebung passten besser auf. Der hier wusste nicht, wie man auf den unbefestigten Wegen zu bremsen hatte. Graue, kalte Augen sahen sie aus einem sonnengebräunten Gesicht an. Er lächelte wie ein Gast, der erwartet wird.

»Schreiber, mein Name. Ist das hier der Hennes-Hof?«, fragte er.

Ab Hagen wird die Landschaft hügliger, die Täler werden tiefer und enger, Fachwerkhäuser drängen sich zu kleinen Ortschaften, und fast alle Hügel sind mit Wald bedeckt. Dazwischen mal eine Weide, darüber der tiefhängende Himmel, kein Blau. Der Zug zwängt sich an einem Hang vorbei, schroff geht es links in die Höhe, Tannen krallen sich an der Böschung fest, rechts ein winziger Bach, kann man kaum erkennen, weil die Ufer so mit Büschen zugewachsen sind. Ab und zu hält die Bahn: Altena, Werdohl, Plettenberg, Finnentrop, Heggen, Attendorn. Diese Namen. Schon ewig nicht gehört, nie ausgesprochen in Berlin.

Ich fahre also doch nach Ronnbach. Grete hat am Telefon fast geweint. Sie hat nie verstanden, warum ich aus Ronnbach weg bin. Ich hätte doch wenigstens noch die Ausbildung zur Tourismusfachwirtin zu Ende bringen können. Damit hätte ich nachher super in der Gegend arbeiten können. Wer braucht schon eine Bauingenieurin, gibt doch genug Bauten auf der Welt, findet Grete. »In fünf Jahren warste nur dreimal hier«, hat sie am Telefon gejammert. »Und wer soll denn sonst das Auto von der Marion holen?«

Vinz wollte ja sowieso, dass ich fahre. Dabei ist der Laden Freitag und Samstag immer gerammelt voll. Muss er selbst wissen. Die Bullen wären schon nicht gekommen, nicht wegen Marion. Aber er kennt sie ja nicht, und ich konnt es ihm nicht erklären. Für Vinz sind Mütter grundsätzlich Heilige. Seine Stimme wird sanft und gefügig, wenn seine Mutter am Telefon ist. Die kenne ich nun wieder nicht, aber ich stelle sie mir als rundbackige, vollbusige Matrone vor, die einen in die Wange kneift und mit Leckereien vollstopft.

»Nächster Halt: Bosbach!«

Wolf wollte mich abholen, aber auf dem Bahnsteig wartet nur eine ältere Frau mit Hackenporsche. Keine Spur von meinem Vater. Auch vorn nicht, wo man parken kann. Letztes Mal war er schon da und hat gehupt, damit ich ihn sehe. Jetzt steht hier ein Bus mit der Aufschrift *Leerfahrt*, kein Taxi an der Stelle mit dem Schild. Und auch die Straße runter ist Wolfs Lieferwagen nicht in Sicht. Gegenüber dem Bahnhof erhebt sich der Bosberg, an dem lauter Häuschen kleben: Fachwerk natürlich, an der Wetterseite mit Schiefer bedeckt. So ist das hier, die Gebäude müssen alle irgendwie in die Berge gehauen werden, nur wer im Tal wohnt, darf auf ebenem Grund stehen.

Wolf ist eigentlich Klempner, aber er repariert auch Möbel, bessert Wände aus und macht Gartenarbeiten. Man erreicht ihn eigentlich nur übers Handy. Erst als ich Laras Stimme höre, merke ich, dass ich aus Versehen seine

Festnetznummer gewählt habe. Lilli und Lara sind meine Halbschwestern, siebzehnjährige Zicken, die nur nett sind, wenn sie was wollen.

»Nö, Papa ist nicht da. Weiß auch nicht, wo der ist. Du sag mal, Lilli und ich wollen in den Herbstferien nach Berlin. Können wir bei dir pennen?«

»Tut mir leid, da muss ich total viel arbeiten. Andermal vielleicht.« Und dann gibt sie den Hörer auch noch an ihre Mutter Yvonne weiter.

»Luca! Das ist ja eine Überraschung. Wie geht's dir?«

»Gut. Ich wollt nur …«

»Ist denn deine Mutter wiederaufgetaucht?« Dieser besorgte Tonfall, dabei ist es ihr doch gerade recht, dass Marion weg ist. Wenn ich nicht Wolfs Tochter wäre, würde sie mich wahrscheinlich gar nicht in die Nähe von Lilli und Lara lassen.

Da kommt der Lieferwagen endlich auf den Parkplatz gefahren. Mein Vater winkt schon. Und ich zu Yvonne: »Ich wollte nur fragen, wo Wolf bleibt, aber da kommt er gerade. Also …«

»Wolf holt dich in Bosbach ab?«

»Ja, also …« Man kann auch umsteigen und von hier mit der Bimmelbahn weiter nach Ronnbach fahren, aber das machen nur Omis oder Schüler. Alle, die können, fahren mit dem Auto.

»Sag ihm, dass er den Elternsprechtag nicht vergessen soll.«

»Ist gut, mach ich. Bis dann.«

Ein Wunder, dass ich so klein bin, wo mein Vater so ein Riese ist. Er springt aus dem Wagen und schlingt seine Arme um mich. »Lucaluca!« In seiner Umarmung hebe ich ein Stück vom Boden ab, wie früher. Er sieht mich an, fährt mir über die kurzen Haare. Mir wird ganz warm.

»Schön!«, sagt er, als wir im Auto sitzen, und klopft mir mit der Hand aufs Knie. »Wie geht's dir in Berlin?«

»Gut.«

»Und wo arbeitest du jetzt noch mal?«

»Lebensmittelbranche, hab ich doch erzählt. Ich bin da so reingerutscht.«

»Und die brauchen Ingenieure?«

»Klar. Die planen einen ganz großen Neubau.« Irgendwann erkläre ich ihm das mit der Uni und Vinz und dem Laden, aber jetzt wechsle ich lieber das Thema: »Und bei dir? Wie laufen die Geschäfte?«

»Gut.« Wolf lacht. »Mit wem hast du gerade telefoniert, mit deinem Freund?«

Ich kämpfe gegen ein Grinsen.

»Also. Wie heißt er?«

»Vinz.« Obwohl es komisch ist, Vinz meinen Freund zu nennen. Wir gehen nicht Hand in Hand durch die Gegend oder knutschen rum. Wir arbeiten zusammen, der Rest ist auch so klar.

Wolf lächelt wissend, startet den Wagen.

»Hast du was von Marion gehört?«

Wolf wird ernst, schüttelt den Kopf.

»Die geht nicht an ihr Telefon.«

»Ich versteh das auch nicht«, sagt Wolf. Er legt die

Stirn in Falten, biegt ab auf die Ronne-Umgehungsstrecke. Aber da, wo sonst silbergrau das Wasser glänzt, ist nichts. Das Ufer scheint gewachsen zu sein, braun und karg, es sieht aus wie der Rand in der Badewanne, nachdem man das Wasser rausgelassen hat. Erst als ich den Kopf recke, sehe ich die Ronne tief unten, als wäre sie geschrumpft. Wenig breiter als ein Fluss windet sie sich Richtung Bissberg, die raugraue Oberfläche tief unten.

»Was ist hier passiert?«

»Sie haben den Wasserspiegel gesenkt, weil der Ronnedamm neu gemacht werden muss. Hinten sieht man jetzt sogar die Bahntrasse, die früher durchs Tal geführt hat. Und die alten Wege, guck mal.«

»Sieht scheiße aus!«

Wolf zieht den Kopf ein, als wäre er daran schuld.

»Kommt das Wasser denn wieder?«

»Jaja, die sind eigentlich schon fertig. Dauert bloß, bis das Becken wieder voll ist. Im Herbst ist ja großes Jubiläum, die Talsperre wird fünfzig.«

Ich blicke runter auf den traurigen Rest der Ronne. Sonst stand der See bis zum Wald, Zweige hingen ins Wasser. Kati und ich haben uns zwischen den Bäumen umgezogen und sind dann gleich rein. Auf dem rauen Holz der Floßinsel haben wir ganze Nachmittage verbracht, einmal eine ganze Nacht. Jetzt liegt das Floß auf Grund.

»Was glaubst du, wo sie ist?«, frag ich ihn.

Er hebt die Schultern. »Die braucht bestimmt einfach mal Ruhe.«

»Wovon denn?«

»Wird doch jedem mal alles zu viel«, sagt er mit für meinen Geschmack etwas zu viel Verständnis in der Stimme.

»Warum wollte sie dann nach Berlin?«

»Vielleicht einfach mal mit dir reden?«

Ich hebe die Augenbrauen, schüttle den Kopf. »Warum sollte Marion mit einem Mal mit mir reden wollen?«

»Jetzt wart doch ab. Du bist manchmal ganz schön hart mit ihr.«

Und das ist echt die Höhe. Denn was weiß schon Wolf? Er und Marion haben sich getrennt, als ich zwei war. Jetzt lebt er mit Yvonne und den Zwillingen in Hitzmark. Er hat keine Ahnung, was für eine Scheißmutter sie war.

»Hast du mit Marion gesprochen?«, frage ich nach einer Weile.

»Schon länger nicht mehr.«

»Wann zuletzt?«

»Vor zwei Wochen, glaube ich.« Er klingt, als fiele es ihm aus irgendeinem Grund schwer, sich daran zu erinnern.

»Und? Wie war sie da?«

»Kennst ja deine Mutter.«

»Was habt ihr denn besprochen?«

Wieder wiegt er nur den Kopf. »Weiß gar nicht mehr so genau. War wahrscheinlich nicht so wichtig.«

Und bevor ich mich wundern kann über Wolfs komische Antwort, kommt der Abzweig. Fünf Jahre bin ich jetzt in Berlin, seit fast drei Jahren war ich nicht mehr hier. *Willkommen in Ronnbach am See!* Der geschwungene helle Schriftzug auf dunklem Holz. Und da stehen die weißen Häuschen auch schon in Reih und Glied und blicken mit ihren Balkonen und

Terrassen auf die Ronne-Pfütze. Am anderen Ufer die Ronn-höhe bedeckt mit Tannen. Das Schild *Zum Campingplatz* hat Moos angesetzt. Und dann ist da der Hitzmarker Weg, der weiße Glockenturm der Kirche und gegenüber, ein bisschen höher gelegen, das Haus, haargenau wie früher, also wie alle anderen: weiß, oben der Balkon, den wir nie benutzen, daneben die Küchenfenster. Rechts windet sich die schmale Treppe zur Haustür hoch. Die untere Etage verschwindet halb im Hang, die Terrasse zum Vorgarten raus, zwei Gartenstühle, die Lehnen vornüber an den Tisch gelehnt. Das Windspiel aus CDs, das ich mal in der Schule gebastelt habe, hängt auch noch und wirft blitzend das trübe Licht zurück.

Wenn Wolf früher zu uns kam, um mich abzuholen oder irgendetwas zu reparieren, stand Marion genau da neben dem Windspiel, Zigarette in der Hand, und fixierte Wolf mit einem Blick, mit dem Katzen Mäuse ansehen.

»Kommst du mit rein?«, frage ich.

Wolf schüttelt den Kopf. »Muss weiter. Sag Grete, dass ich ihren Stuhl nächste Woche bringe. Der muss noch geleimt werden.«

»Und wenn du was von Marion hörst ...«

»Die taucht schon wieder auf, wirst sehen.« Aber seine Stimme klingt, als würde er an etwas vollkommen anderes denken.

Ich öffne die Wagentür und rutsche nach draußen. Wie kühl die Luft hier ist.

»Sehen wir uns noch mal, bevor du wieder abhaust?«, ruft Wolf mir nach.

»Vielleicht.«

2. AUGUST 1956

Die Sonne schien wie durch trübes Glas. Nebel lag dicht über der Ronne, dahinter ballten sich dunkel die Tannen, die die Ronnhöhe bedeckten. Cord sog die Luft ein. Es roch frisch nach Erde und Tannen und nach Vieh. Sie kauerten hinter einem Busch und hatten die Rückseite des Stalls im Blick. Franz Liseke deutete auf das feuchte Gras gleich neben der dunklen Bretterwand. Mit Mühe erkannte Cord die schwarzen Punkte im Gras. Auf Rattenkot wäre er gar nicht gekommen, für Steine hätte er das gehalten. Er drückte den Schaft gegen seine Schulter und entsicherte, wie Liseke es ihm gezeigt hatte. Schon einäugig und mit gespanntem Finger suchte er die Umgebung nach einer Bewegung ab. Die Viecher waren in diesem Jahr eine Plage, sie fraßen den Tieren das Futter weg, kamen in die Keller und Vorratsräume und knabberten alles an, was sie fanden. Und da bewegte sich auch schon etwas. Cord zielte, krümmte den Finger.

Ein schnalzendes Geräusch, ein spitzer Schrei.

»Grete!«

Er hatte das Mädchen um Haaresbreite verfehlt. Gleich neben Gretes Fuß war das Projektil in die Bretterwand des Stalls geschlagen. Liseke hielt seine Tochter schon am Arm, mit der anderen hätte er zugeschlagen, wenn er nicht die Krücke gehabt hätte. Die Kleine starrte in das bleiche Gesicht ihres Vaters, sah dann zu Cord. Ihre hellen Augen, dazu dieser Mund, ebenmäßige rote Lippen, die eher zu einer erwachsenen Frau als zu einer Elfjährigen gepasst hätten. Ihr schmaler Körper versank in einem viel zu großen Pullover, von ihrem Rock war nur der Saum zu sehen, und ihre bloßen Füße steckten in groben Schuhen. Bei ihrer Mutter hätte sie sein sollen, hier hatte sie nichts zu suchen. Franz und Herta Liseke hatten schon ihre beiden Söhne Hans und Rudolf im Krieg verloren, im Zweiten, im Ersten hatte der Alte sein Bein gelassen. Die großen Töchter, Lisbeth und Ursula, waren längst aus dem Haus. Auf Grete, die Kleine, gaben Lisekes acht wie Schießhunde. Herta wenigstens, Franz ließ sich von seiner Tochter ab und zu erweichen. Und Cord störte sie nicht. Besser, man ließ sie dabei sein, sie schlich einem sowieso ständig hinterher. Nur beim Angeln mit den älteren Jungs, mit Howald und Hitzke und manchmal mit Schmalscheid, die rauchten und mit ihren Freundinnen angaben, schickte er sie barsch weg.

»Nie auf Menschen, hörste!«, sagte Liseke zu Cord, als ob das einem Sechzehnjährigen nicht klar wäre. Den Hennes-Hof führte Cord mit der Mutter allein, sein Vater war auch im Krieg geblieben. Erst hieß es »vermisst«, dann »gefallen«.

Seit Cord denken konnte, war er der Mann auf dem Hof. Aber Liseke war noch nicht fertig: »Mit dem Ding kriegste zwar keinen tot, aber muss ja nicht sein. Musst schon richtig an den Kopp halten, wenn du wen erschießen willst.« Er drückte sich die Öffnung des Laufs von unten gegen sein Kinn. Dann ließ er die Flobert sinken und sah für einen Moment so aus, als würde er das Gesagte am liebsten zurücknehmen.

»Du gehst jetzt mal zur Mutti«, wandte er sich mit rauer Stimme an Grete. Aber es dauerte nicht lange, da hielt Grete das Gewehr ihres Vaters und traf gleich die erste Ratte, die auftauchte. Sie musste heimlich geübt haben. Der Geruch nach Schießpulver hatte etwas Feierliches, er erinnerte an Schützenfeste, an den Geschmack von Limonade und Liebesäpfeln. Gretes Lächeln passte dazu, wie eine kindliche Soldatin stand sie da und warf Cord einen Blick zu, der ihn aufforderte, es ihr gleichzutun. Ihr Lachen, als die Ratte nach seinem Schuss quietschend unter einem Busch verschwand. Wieder hatte er in die Bretterwand des Stalls getroffen. Selbst Liseke lachte rau, so sehr, dass auch Cord einstimmte, bis Lisekes Lachen in Husten überging.

»Immer gut gucken, Cord. Dein Oppa hat es ja mit den Augen gehabt, und dein Vatter ...« Liseke räusperte sich und klopfte Cord auf die Schulter. »Und wegen dem Stall, machste dir keine Gedanken, den machen wir eh nächste Woche neu.«

Sie hatten fünf Tiere erledigt, als die Sonne endlich den Nebel durchdrang. Er blieb zwischen den Wipfeln der

Tannen hängen wie gefrorener Rauch. Liseke machte ein Zeichen, dass die Jagd beendet sei. Cord schulterte die Flobert, Grete die Waffe ihres Vaters. Die Kleine machte große Schritte, um neben ihm zu bleiben. Ihm gefiel, dass sie zu ihm hochgucken musste, mit Howald und Hitzke war er immer der Kleinste.

Sie brauchten nur die Dorfstraße zu überqueren. Dahinter lagen links der Liseke-Hof, mit dem Gemüsegarten vorn und dem Schuppen daneben, rechts der Hennes-Hof, zweistöckig, oben der Speicher, dabei langgestreckt, die Fensterreihen wie gebleckte Zähne.

Der Mercedes stand mit geschlossenem Verdeck quer in der Einfahrt, die beide Höfe miteinander verband. Cord verlangsamte seine Schritte, als er Schreibers Wagen erkannte. Dieser Mann aus der Stadt, der ständig mit seiner Mutter reden wollte. Sie schickte Cord weg, wenn er kam, und winkte nur ab, wenn Cord nachfragte. Jetzt stand der Kerl mit seiner Mutter und Herta Liseke vor dem Hennes-Hof, mit zurückgekämmtem Haar und ohne Jacke, die Hemdsärmel hochgeschlagen, obwohl es noch frisch war. Er redete auf Cords Mutter ein, aber die schüttelte nur den Kopf dazu. Sie war etwas kleiner als er, aber ihre Schultern konnten es locker mit seinen aufnehmen. Herta Liseke, rund und mit schon ergrautem Haar, stemmte die Hände in die Hüften. Sie hielt den Kopf geneigt, wie jemand, der nicht glaubt, was er da hört.

Schreiber sah sie zuerst: »Herr Liseke und der junge Hennes!«, rief er. »Nicht zu vergessen das Fräulein Liseke«, lächelte er die Kleine an. Cord gab ihm benommen die

Hand und sah dann erst das Gesicht seiner Mutter. Bleich und starr.

»Sie haben auch noch nicht von dem neuen Gesetz gehört, nehme ich an?« Wie munter dieser Kerl redete, wo doch seine Mutter aussah, als würde sie kaum Luft kriegen. Cord und Liseke schüttelten die Köpfe. »›Talsperrengesetz‹ – sagt Ihnen das etwas?« Er wartete keine Antwort ab. »Seit dem zehnten Juli ist die Ronnetalsperre beschlossen. Sie kriegen hier einen See hin.«

Cord hatte davon schon gehört, das ganze Ronnetal sollte überflutet werden, ein Stausee sollte entstehen. Aber das war doch ein Witz, die Leute lachten, wenn sie davon redeten.

»Von dem Baustopp wissen Sie aber? Keine Neubauten mehr, keine Renovierungen!« Er warf einen Blick rüber zum Stall. »Das gilt auch dafür. Lohnt ja eh nicht mehr.«

Liseke räusperte sich, doch Schreiber lachte nur. »Sie sollten mal in die Zeitung gucken oder das Radio anschalten.« Er klang wie ein Lehrer, der sich über seine dummen Schüler amüsiert.

Cord warf Liseke einen Blick zu. Der runzelte die Stirn und kniff die Augen zusammen, als würde er selbst nicht verstehen. Herta warf einen besorgten Blick zum Liseke-Hof. Unter anderen Umständen hätte sie Grete längst ins Haus geschickt, über die Waffe hätte sie die Nase gerümpft. Aber das alles schien sie im Moment nicht einmal zu bemerken.

Schreiber wandte sich an Cords Mutter. »Sie wissen, was das bedeutet, Frau Hennes? Haben Sie schon entschieden, wohin Sie umziehen?«

Cords Mutter presste die Lippen zusammen.

Schreiber machte einfach weiter: »Dort oben am Hang wird Ronnbach wieder aufgebaut. Sichern Sie sich einen Bauplatz.« Er wies in Richtung Bissberg, der ganz und gar mit Wald bedeckt war. Als Kinder hatten sie dort gespielt, die Bäume standen an manchen Stellen so dicht, dass man kaum durchkam. Es würde Jahre dauern, bis man dort bauen können würde.

Der Mercedes-Mann wandte sich an Lisekes. »Der Talsperrenverband macht den Leuten hier unten gute Angebote. Ich habe die Unterlagen dabei. Möchten Sie sehen?«

»Jetzt reicht's!« Cord hatte nicht bemerkt, wie seine Mutter sich aus ihrer Erstarrung gelöst hatte. »Das reicht!«, wiederholte sie mit fester Stimme. »Gehen Sie jetzt!«

»Na, na, warum denn so unfreundlich.« Immerhin hatte der muntere Tonfall einen kleinen Knacks bekommen.

»Strenggenommen gehört der Hof ja sowieso längst dem Verband. Weiß Ihr Sohn, dass sein Vater schon vor dem Krieg verkauft hat?«

Cord sah seine Mutter fragend an. Aber die beachtete ihn gar nicht, eine Ader an ihrem Hals war angeschwollen. In diesem Zustand ging man lieber vor ihr in Deckung. Schreiber wusste das natürlich nicht.

»Verlassen Sie meinen Hof!« Sie baute sich vor dem Mann auf, brachte die breiten Schultern in Position und zeigte ihm den Weg zu seinem Wagen.

Schreiber öffnete den Mund.

»Haun Sie ab!«

Sie brüllte, dass Spucketröpfchen in seine Richtung flogen. Der Kerl wich einen Schritt zurück, reichte dann aber Liseke und Herta die Hand, sogar Grete, Cord verweigerte sich, dann erst drehte er sich um und ging.

»Ich komme wieder«, rief er, schon im Auto sitzend. »Richten Sie sich darauf ein.«

Und erst als der Mercedes längst hinter dem Bissberg verschwunden war, fiel Cord ein, dass er ja die Flobert umhängen hatte. Viel zu spät, um sie noch zu nutzen.

Am Abend, als sich der Nebel schon wie ein Schleier auf der Ronne ausbreitete, hockte Cord wieder hinter dem Strauch beim Stall. Die Flobert hatte er den ganzen Tag über nur zum Essen von der Schulter genommen. Jetzt legte er an und wartete auf eine Bewegung im Gras. Endlich raschelte es, sein Finger fand den Abzug, es zischte, ein erbärmliches Quieken zeigte an, dass er getroffen hatte. Doch statt nachzusehen, lud er nach und schoss wieder, und noch ein zischender kleiner Knall, dieses Mal traf er die Stallwand. Ganz egal, er lud erneut und schoss, immer wieder zischte das Projektil durch die Luft und schlug dumpf durch die Bretter. Als ihn jemand an der Schulter berührte, fuhr er zusammen. Die Mutter stand hinter ihm und zog die Jacke fester um sich. »Ist gut, Junge«, sagte sie sanft. »Mach ma nich den Stall kaputt, wir haben keinen anderen.«

Hinter mir der Motor des Transporters, vor mir das Haus, und ich weiß nicht, durch welche Tür. Immer bin ich unten rein, auf Marions Etage, und von da gleich hoch zu Grete. Nachdem meine Eltern sich getrennt hatten, ist Marion wieder bei ihrer Mutter, bei Grete, eingezogen. Marion wollte kein Geld von Wolf, und die Wohnung stand eh leer. So hat Oma Grete sich um mich gekümmert, während Marion arbeiten war. Und ich hatte zwei Mütter auf zwei Etagen.

Als ich gerade nach dem Schlüssel krame, macht Grete die Tür auf, unten, als hätte sie auf mich gewartet. Ihr heller Blick, das Haar ist noch immer fast blond. Sie zieht mich zu sich und küsst mich ins Gesicht.

»Kind!«

Alles vertraut, ihr weicher Körper, ihre Hand an meiner Wange, nur das Zittern ist anders, sie bebt richtig. Ich muss sie drücken, um sie zurück in ihren natürlichen, festen Zustand zu bringen.

»Du zerquetschst mich ja!« Selbst ihr Lachen kommt mir wacklig vor.

Bevor sie die Tür schließt, blickt sie noch die Straße runter, als könne da jederzeit etwas Unangenehmes auftauchen. Dann geht sie vor, vorbei an Marions Wohnungstür, die Treppe rauf. Dieser Geruch oben bei Grete: Zitronenputzmittel und Seife, alles wie immer. Es fehlt nur der Stuhl, auf den man sich setzen kann, um die Schuhe auszuziehen. Und noch etwas ist anders: die Tür zur Wohnung. Es war immer so ein gelblichtrübes Glas darin, alles hier oben sah deshalb ein bisschen ockerfarben aus. Jetzt ist das Licht grau, anstelle der Scheibe klebt Pappe in der Tür.

Grete sieht meinen Blick. »Ist mit dem Staubsauger passiert. Wollt da oben die Spinnweben wegmachen, und dann ist mir das Ding da rein. War alles mit Scherben voll.« Und wieder dieses wacklige Lachen. Ich versuche, mir die Szene vorzustellen, aber es gelingt mir nicht. Wenn etwas im Haus kaputtging, dann war Marion daran schuld, selten ich, Grete nie. Sie war immer umsichtig und aufmerksam.

Ihre zittrigen Schritte vor mir im schmalen Wohnungsflur, sie drückt die Tür zu meinem Zimmer auf. »Leg deine Sachen hin, dann komm in die Küche!«, sagt sie und wirft mir einen Blick zu, als hätte ich Geburtstag. Bis in das Zimmer duftet es nach Speck und Bohnen, aber eigentlich riecht es hier drin, seit ich denken kann, nach Anspitzspänen, trocken und sachlich nach Bunt- und Bleistiften. Grete hat eine hellblaue Tagesdecke auf mein Bett gelegt, sicher hat sie auch Staub gewischt. Auf dem winzigen Schreibtisch stehen die bunte Kinderlampe und ein Becher mit Stiften, dahinter das Fenster mit Blick gegen den Hang: Wiese und Hecke, dahinter der obere Teil des Hitzmarker Wegs, der sich einmal um unser Haus windet. Der See liegt auf der anderen Seite.

Drei Jahre, und dann genügt ein Geruch, und alles ist wie vorher. Meine Füße gehen ganz von selbst ins Bad: Hände waschen vor dem Essen. Zurück im Flur, bleibt mein Blick an Gretes Schlafzimmertür hängen, sie steht einen Spaltbreit offen. Ich will sie schon zumachen und schnell in die Küche, aber dann seh ich doch kurz rein. Das Ehebett mit der leeren Hälfte, der Schrank, der über die ganze Wand reicht, ihr Nachthemd liegt gefaltet auf einem Hocker. Und da lehnt noch etwas an Gretes Bettpfosten, gleich neben ihrem Kopfkissen, schmal und dunkel wie ein Stock, aber es ist kein Stock. Unten der Holzgriff, oben der Lauf: das Gewehr. Sie hat das Ding tatsächlich neben das Kopfende gestellt, als müsste sie nachts Banditen in die Flucht schlagen. Früher war es in der Ecke hinter dem Schrank versteckt. Ich durfte mit niemandem darüber reden. Nicht mal Vinz weiß davon. Offenbar ist es für Grete jetzt normal, eine Waffe im Schlafzimmer zu haben.

»Ach hier bist du.« Eine warme Hand legt sich in meinen Nacken. »Komm, du kannst mir helfen.«

»Warum ist denn das Ding da?«

»Zur Abschreckung. Die Helga hat erzählt, dass sie versucht haben, im Schützenheim einzubrechen. Denen ist ja nichts mehr heilig heutzutage. Na komm!«

Ich versuche, mir Grete mit dem Gewehr vorzustellen,

und hoffe, dass kein Einbrecher je in ihr Schlafzimmer gelangen wird.

Diese Küche. Grete hat schon gedeckt (die guten Teller mit dem Blumenmuster), ich muss nur noch die Untersetzer für die Schüsseln hinlegen, wobei mir Opa Schreiber von dem kleinen Foto über der Eckbank aus zuguckt. Ich kenne ihn nur als Greis im Bett des Pflegeheims, mit Spucke im Mundwinkel. Von dem glatten Gesicht, dem zurückgekämmten Haar und diesem stolzen Blick war da längst nichts mehr zu sehen.

Es gibt Speckauflauf. Ich habe das noch nie irgendwo anders gegessen, noch nicht einmal bei Kati und Jan Howald. Bei denen war ich früher ständig, und ihre Mutter, Christa, kocht echt gut, aber diesen Auflauf macht nur Grete. Kartoffelbrei, Speck und Bohnen mit Käse überbacken. Marions Platz bleibt heute leer. Sonst saßen wir zu dritt an Gretes Tisch.

Grete füllte meinen Teller und fuhr mir übers Haar. Wenn Marion dann reinkam, wünschte ich, sie würde ihre Hand wegnehmen, aber sie blieb schwer auf meinem Kopf liegen. Marion sah uns nicht an, sie setzte sich, löffelte. »Schmeckt angebrannt.«

»Du musst das nicht essen.«

»Ich ess das auch nicht.«

Früher hab ich geglaubt, überall streiten sich die Menschen, wenn sie zu Hause beim Essen sitzen. Erst bei Howalds hab ich gesehen, dass man auch einfach normal reden kann.

Aber heute sind wir nur zu zweit. Grete bekreuzigt sich murmelnd, meine Hände bewegen sich mit, als hätte ich in Berlin nie damit aufgehört.

Und wie immer greift Grete danach nicht zur Gabel, sondern beginnt erst einmal zu reden: Helgas Katze verträgt keine Milch mehr, sie kriegt jetzt so einen Spezialdrink, Jan baut dahinten auf dem Acker beim Birkenweg, der hätte doch nie Bauland gekriegt, wenn der nicht Howald heißen würde, hat jetzt sogar geheiratet, prüfender Blick zu mir, sein Großvater, Eddi, ist übrigens tot, hatte Krebs, aber war ja schon alt, der Hund vom alten Hennes hat hier direkt vors Grundstück gemacht, die Kirche wurde renoviert, sie deutet zu den beiden Fenstern, die nebeneinander auf den Kirchturm blicken, und das mit dem See haste ja gesehen, die ganzen Wege von früher liegen trocken, sieht unmöglich aus.

Grete hat einen schönen, beweglichen Mund. An diesem Mund erkennt man noch, wie sie früher ausgesehen haben muss. Richtig gut. Die Melodie von Gretes Geschichten ist für mich bestimmt, aber sie funktioniert nur einstimmig. Meine Aufgabe ist es, anwesend zu sein, mehr verlangt sie nicht. Und irgendwann bin ich satt und lasse mich zurücksinken in den warmen Dunst ihrer Küche. Und dann ist er da wie ein bitterer Geschmack, den man nicht loswird, der Gedanke an Marion. Wäre sie hier, wäre die Luft kalt von Vorwürfen, das Schweigen boshaft und rabiat.

»Als Ingenieurin könntest du doch beim Talsperrenverein arbeiten wie dein Opa. Der musste ja immer nach Essen, aber die suchen sicher auch mal Leute hier.«

»Ich hab doch gerade den neuen Job. Da kann ich nicht einfach weg.«

Grete hebt die Schultern, als sei ich selbst schuld, wenn ich diese einmalige Chance nicht ergreife. Wüsste sie das mit dem Studium, würde sie's mir ein Leben lang aufs Butterbrot schmieren. Sie habe ja gleich gesagt, dass das nichts für mich ist. Reicht schon, dass ich die Ausbildung hier kurz vor dem Ende abgebrochen habe. Wäre Marion hier, sie hätte mich längst entlarvt.

»Hat sie sich inzwischen gemeldet?«, frage ich.

Grete schüttelt den Kopf. »Natürlich nicht.«

»Was sagt denn die Polizei?«

»Die haben nur wegen dem Wagen angerufen. Der kann da oben auf dem Parkplatz nicht stehen bleiben.«

»Sonst nichts?«

»Nee. Du musst den da mal wegfahren.«

»Und die haben den nicht mal angeguckt?«

Grete hebt die Schultern. »Glaub wohl. War aber nichts. War ja auch abgeschlossen.«

»Aber dann konnten die den Wagen doch gar nicht richtig untersuchen. Wenn da noch ihr Handy drin ist oder irgendwas anderes!«

»Die meinten, da ist nichts passiert. Da steht einfach nur der Wagen. Die wissen ja auch, wie Marion ist. Hab denen gesagt, dass sie eh immer wegwollte von hier. Irgendwann musste das ja kommen.« Sie seufzt, greift zur Gabel, beginnt zu essen. *Marjon* sagt Grete, wenn sie von ihr redet. Sie kann den Namen nicht aussprechen, ohne dass es vorwurfsvoll klingt.

»Aber wo soll sie denn hin, ohne Auto?«, frage ich. Meine Mutter hat den Golf, seit ich denken kann. Opa Schreiber hatte ihr den irgendwann geschenkt. Sie hütet ihn wie ein Baby, ist länger mit ihm zusammen als mit all ihren Männern. Regelmäßig in die Werkstatt, damit er läuft, keine Reparatur ist ihr zu teuer. Sie würde den nicht einfach irgendwo stehen lassen. Zwar hat sie früher manchmal gesagt: »Ich hab die Nase voll. Ich hau ab.« Aber sie ist trotzdem geblieben. Und wenn sie wegging, dann nur bis zum Frizz, immer kam sie zurück. »Und unternimmt die Polizei jetzt noch irgendwas?«

Grete schüttelt mit vollem Mund den Kopf.

»Hast du sie als vermisst gemeldet?«

Kopfschütteln.

»Kann man nicht einfach ihr Handy orten?«

»Wofür denn?«

»Hast du mit Jan gesprochen, der ist doch bei der Polizei?«

Sie nickt.

»Und was sagt er?«

»Nichts. Abwarten.« Grete hebt die Schultern, isst.

Das ist so typisch für Marion: Macht sich aus dem Staub, ohne ein Wort, ohne die leiseste Ankündigung. Dann muss sie sich auch nicht wundern, dass keine Sau sie vermisst. Keine Hundestaffel wird nach ihr die Gegend absuchen, es wird keine Zeitungsannoncen oder Flugblätter mit einem Bild von ihr geben, keine Befragungen von Freunden und Familienangehörigen. Nur das Auto soll weg und ordentlich abgestellt werden. Grete isst und schweigt.

Und wenn sie gar nicht mehr auftaucht?

»Hast du mal im Krankenhaus angerufen, ob sie da vielleicht ist?«

»Die würden uns doch Bescheid sagen, wenn da was wär.«

»Wer sagt das?«

»Die Polizei«, sagt Grete mit Blick auf den Teller.

»Und die Polizei weiß auch ganz sicher, dass Marion nicht von irgendeinem Perversen gefangen gehalten wird, der sonst was mit ihr macht?«

»Jan sagt, das gibt es hier in der Gegend nicht. Das wäre ihm bekannt«, sagt Grete und führt die Gabel zum Mund.

»Aber wo kann sie dann sein?«

Grete seufzt. »Die hat doch immer gemacht, was sie wollte.« Sie steht auf mit viel mehr Schwung, als ich erwartet hätte, holt eine Flasche Wasser von der Anrichte, stellt sie mit Wucht auf den Tisch. Das tut Grete immer, wenn sie wütend auf Marion ist, aufstehen und etwas auf den Tisch knallen. Gern sonntagmittags nach der Kirche, wenn Grete wieder gehört hat, dass Marion mit irgendwem rumgemacht hat. Marion knallt dann irgendwann mit der Tür. Sie ist immer diejenige, die geht.

»Hat sie wirklich gar nichts gesagt?«

In der Wasserflasche suchen die Bläschen ihren Weg nach oben. Grete sitzt davor und schließt die Augen.

»Was willst du von mir hören? *Die* geht nicht an ihr Telefon, *die* meldet sich nicht! Was soll ich da noch tun?«

Ich deute ein Schulterzucken an, obwohl ich weiß, dass es darauf jetzt nicht ankommt.

»Ich hab doch alles versucht.« Grete atmet schwer. »Alles! Und die … haut einfach ab, ohne ein Wort. Was hab ich der alles gegeben. *Ich* hab dich aufgezogen, das war nicht sie, ich war das. Sie war ja nich da! Das Frizz, Männer und Saufen. Mehr interessiert die nicht. Sie konnte immer hier essen, sie hatte keine Arbeit mit dir. Meinste, die hat mal danke gesagt?«

Ich schüttle den Kopf. Danke sagen ist nicht Marions Art. Wenn sie nichts sagt, ist das schon ein Kompliment.

»Als ich die Marion gekriegt hab, da hat mir keiner geholfen. Die Mutti musste ich noch pflegen, Vatti auch, den Haushalt für die machen und für den Johann. Und Marion? Immer dagegen, immer nur Ansprüche! Auf den Johann hat sie manchmal noch gehört, wenn er denn mal da war. Aber auf mich … Wenn sie wusste, ich will was nicht, hat sie's gerade gemacht. Und immer dieses Rumschreien und Türenknallen. Nie hat sie mal normal mit mir gesprochen.« Sie seufzt, blickt mich an und lächelt dann unvermittelt, als würde ihr etwas einfallen. »Du bist ganz anders als die.«

Was soll man da sagen?

Marion war nie die Mutter, die fragt: »Wie war's in der Schule?« – »Kann ich dir ein Pausenbrot machen?« – »Soll ich dir bei den Hausaufgaben helfen?« Am Ende der Schule hatte ich in drei Fächern eine Eins, und Marion sagte: »Streberin!« Und als Jan das erste Mal bei uns war, fragte sie: »Und, schon gevögelt?«

»Warst du mal in ihrer Wohnung?«, frage ich.

Und Grete: »Du weißt doch, wie die ausrastet, wenn ich da reingeh.«

»Hast du nicht mal geklopft?«

»Was denkst du denn? Natürlich!«

»Aber du warst nicht drinnen? Hast du nicht mal reinguckt?«

Ihr Gesicht wird hart, ihr Mund klein. »Bin ich verrückt?«

Und weil Marion nun einmal nicht da ist, um sich zu verteidigen, macht sie gleich weiter: »Immer macht sie alle verrückt. Und nachher ist sie nur mal ein paar Tage weg gewesen. Die will doch nur, dass wir uns Sorgen machen.«

Ich hebe die Schultern, froh, dass Marion nicht hier ist und das hört. Sie würde wirklich ausrasten.

»Von mir aus kann die wegbleiben. Die brauch gar nicht wiederzukommen!«

Ich öffne den Mund, irgendwas muss man dazu doch sagen, aber Grete ist schneller. »Immer macht sie so ein Theater um alles. Alles muss sich um sie drehen. Interessiert sich nur für sich selbst. Und jetzt auch noch das mit Berlin. Sagt, sie kommt dich besuchen, und verschwindet dann. So was … Das würd ich der nicht verzeihen.«

Sonst sitze ich nur da und versuche, nicht aufzufallen, wenn die beiden streiten. Aber jetzt ist das anders. Da ist wieder das Rauschen in den Ohren. Irgendwer muss für Marion sprechen und Gretes Schimpftirade etwas entgegensetzen. Es muss doch etwas Gutes an meiner Mutter geben. Was bin ich denn für ein Mensch, wenn sie so durch und durch schlecht ist? Die Wörter stecken mir im Hals, aber sie haben keine Chance. Grete macht einfach weiter.

»Die hat sich ja nie gekümmert. Ich musste dich großziehen, weil die Besseres zu tun hatte.«

Und weil ich keine Worte finde, lege ich meine Hand auf ihre, drücke sie, fest, damit sie, bitte, endlich aufhört. Meine Rechte auf ihrer Linken: mein Stummelzeigefinger auf ihrem Handrücken, wir gucken beide darauf. Und endlich schweigt sie, schnauft noch einmal, aber schweigt. Und bevor ich selbst verstehe, was ich da tue, stehe ich auf und sage Marions Satz, als hätte ich jetzt ihre Rolle übernommen: »Ich brauch frische Luft.« Und schaffe es gerade noch, nicht mit der Tür zu knallen.

24. OKTOBER 1957

Über der Ronnhöhe ballte sich was zusammen. Schwer und grau hingen die Wolken über den Tannen. Der Wind fuhr durch die Ritzen von Cords Jacke und rüttelte an allem, was er zu fassen bekam. Das Flattern und Pfeifen übertönte sogar die Ronne, die nach den Regenfällen der letzten Wochen ordentlich Wasser führte. Ihr Rauschen und Gurgeln hörte man sonst im ganzen Dorf.

Wegen des bevorstehenden Unwetters holte Cord die Kühe früher in den Stall. Die Tiere waren unruhig und schreckhaft, dazu musste man das Stalltor mit aller Vorsicht öffnen, damit es nicht auseinanderfiel. Seit dem Bauverbot durfte man nicht mal mehr was reparieren, und die Leute vom Talsperrenverband waren überall.

Cord war noch dabei, das Tor zu schließen, als Grete auftauchte. Strähnen hatten sich aus ihren Zöpfen gelöst.

»Komm!«, rief sie. »Da ist was mit deiner Mutter.«

Er ließ das Tor und rannte hinter dem Mädchen her, ein wildes Pochen in der Brust.

»Was ist denn?«, keuchte er, als sie die Dorfstraße Richtung Hennes-Hof überquerten.

»Sie ist umgefallen. Schnell!«

Vor dem Haus lagen Wäschestücke verteilt, weiter hinten war der leere Korb auf die Seite gekippt. Der Wind erfasste ein weißes Laken und trug es ein Stück vor sich her, bevor es wieder in sich zusammensackte. Cord wollte es aufheben, aber Grete trieb ihn an. »Das mach ich gleich. Komm!«

Seine Mutter lag auf der Bank in der Küche, den Tisch hatten sie ein Stück zur Seite geschoben, Herta saß bei ihr. Franz Liseke stand dahinter am Herd.

»Mutti, was ist denn?«

Sie hatte die Augen geschlossen und atmete leise. Wie schwach und schmal sie aussah, nicht die Spur wie die zupackende Frau mit dem breiten Kreuz. Vielleicht hatte sie sich manchmal schmale Schultern gewünscht, aber sicher nicht so.

Herta machte ihm Platz, damit er sich zu ihr setzen konnte.

»Sie ist vorne gestürzt. Als sie mit der Wäsche draußen war.«

»Wir haben sie reingebracht, weil sie nicht zu sich gekommen ist«, sagte Liseke und legte seine Hände auf Cords Stuhllehne.

Sie schlug die Augen auf. Ihr Blick verriet, dass sie nicht ganz verstand, was los war. Sie wollte sich aufrichten, aber Herta war gleich zur Stelle und hielt sie zurück. »Wart mal noch.«

Wieder legte sich die Stirn seiner Mutter in Falten. Sie hatte das in letzter Zeit so oft getan, dass die Falten gar nicht mehr weggingen, wellige Linien hatten sich in die Haut gegraben und ließen sie ständig besorgt aussehen. Das erste Mal hatte Cord die Falten bemerkt, als Schreiber aufgetaucht war. Dieser eingebildete Kerl, Ingenieur vom Talsperrenverband, der den Leuten hier die Häuser abschwatzte. Der kam hier an und behauptete, der Hof wäre schon lange verkauft, und wedelte mit einem Vertrag vor ihrer Nase. Cords Vater sollte unterschrieben haben. Er hatte alles für ein Missverständnis gehalten, bis er die Stirnfalten der Mutter bemerkte. Sie sprachen nicht darüber, aber im Dorf redete man sehr wohl über den Mann mit dem silbernen Mercedes. Da wusste jeder, dass der Hennes-Hof verkauft war. Und nun mussten sie zusehen, wie der Stall vor ihren Augen zerfiel. Cord seufzte und drückte vorsichtig die Hand seiner Mutter.

»Ist auch viel gerade«, sagte Herta und streichelte der Mutter übers Haar. Liseke hielt ihr ein Glas Wasser hin, worauf Cord ihr nun doch half, sich aufzurichten. Wie schwer ihr das fiel, sonst war sie jeden Morgen noch vor Cord auf den Beinen. Erst als sie getrunken hatte, kehrte wieder etwas Kraft in sie zurück.

»Ich war vorne im Hof, und mit einem Mal war's schwarz«, sagte sie und versuchte zu lächeln, aber die plötzliche Ohnmacht war ihr selbst nicht geheuer.

»War denn was?«, fragte Herta.

»Übel war mir.«

»Hast du das öfter?«

Die Mutter nickte zögernd.

Herta hob die Augenbrauen.

Die Mutter hob die Schultern und wollte aufstehen, aber sie musste sich an Cord festhalten, um wieder ganz auf die Beine zu kommen. Und als sie stand, sah sie an sich herunter, als würden ihre Beine sie zum ersten Mal im Leben tragen.

»Ist auch viel gerade«, wiederholte sie Hertas Satz und strich sich die Schürze gerade. Dann ging sie in vorsichtigen, langsam fester werdenden Schritten Richtung Waschküche.

Anruf bei Marion:
»Der Teilnehmer ist zurzeit nicht erreichbar, bitte versuchen Sie es später noch einmal. The person you are calling ...«

Nachricht an Marion:
Verdammt! Jetzt melde dich endlich! Wir machen uns Sorgen!

Nachricht an Vinz:
Keine Spur von meiner Mutter. Vater und Oma bescheuert.

Vinz:
Väter sind grundsätzlich bescheuert, Omas und Mütter meinen es nicht so. Wo liegt die Rechnung von Weiß?

Luca:
Im blauen Ordner unter W. Wie läuft's?

Vinz:
Gar nicht ohne dich. (Zwinkerndes Smiley)

Luca:
Bin bald zurück. War der Typ mit den Trockenfrüchten heute da? Letztes Mal waren Maden in der Lieferung.

Vinz:
Okay.

Luca:
Ich kümmer mich darum, wenn ich wieder da bin.

Vinz:
Wann kommst du?

Luca:
Bald. Noch zwei Tage oder so.

Und dann schickt er noch ein Smiley mit Kussmund und Herz, ein Zeichen, dass er jetzt mit anderen Dingen beschäftigt ist. Und ich schick ihm auch so eins zurück. Zwei gelbe Gesichter untereinander, die in die gleiche Richtung küssen.

Hier fühlt man sich von allen Seiten beobachtet, wenn man allein auf der Straße ist. Auch Grete wird vom Küchenfenster aus zusehen, wie ich mein Telefon bearbeite, während ich den Hitzmarker Weg Richtung Bosbacher Straße runtergehe. Ich sollte Vinz ein Bild davon machen: ich in meinem Heimatort. Er weiß nur, dass Köln nicht weit weg ist, vielleicht habe ich auch mal die Ronne erwähnt und die Hänge voll Wald. Von Berlin aus ist das alles so unbedeutend. Vinz hat mir nur ein einziges Mal was aus seiner bosnischen Kindheit gezeigt. Auf dem Handy, man konnte sehen, dass das Bild abfotografiert war. Ein Haus, zwei Stockwerke, gelblicher Putz, viele kleine Fenster, in der Eingangstür eine kleine Figur. »Meine Mutter«, erklärte er und wischte das Bild schnell zur Seite.

Mir gelingt das Foto nicht. Auf dem winzigen Display sieht man außer meinem Profil nur Stückchen vom Asphalt, einen Heckenschnipsel, einen Vorgartenausschnitt, die Kirche kann man auch nicht erkennen, und die Ronne krieg ich von hier aus eh nicht drauf. Es fehlt auch das Licht. Das Dorf liegt schon im Schatten, die Sonne ist in seinem Rücken verschwunden, nur die Tannenwipfel auf der Ronnhöhe am anderen Ufer bekommen noch ein paar Strahlen ab. Die Luft ist feucht, man riecht den Nebel fast. Kühl ohne Jacke. Ein Mofa knattert vorbei, Visier runter, kein Gruß. Sonst ist die Bosbacher Straße leer. Als wäre der Ort ausgestorben. Das hat sich also nicht geändert. An solchen Abenden geht man hier nicht gern raus. Als ich klein war, hat Grete mir die Geschichte von der Ronne-Marie erzählt. Der Frau, die aus Kummer in den See stieg. Aber manchmal kommt sie zurück und sucht nach ihren Kindern. Sie findet sie natürlich nicht, deshalb nimmt sie sich irgendein anderes, das unvorsichtigerweise trotz Dunkelheit und Nebel allein unterwegs ist. Wir haben nie darüber gesprochen, aber ich bin sicher, die anderen kannten die Geschichte auch. Niemand wollte in der Dämmerung gern alleine draußen sein. Überall meinte man ihre nassen Füße auf dem Asphalt zu hören.

Ich stecke das Handy weg, ich sollte umdrehen, zu Grete zurück. Aber da ist wirklich ein Tapsen und Schnaufen hinter mir. Also doch die Bosbacher Straße runter, schneller, das Tapsen bleibt, und da sind eindeutig auch Schritte. Die Laternen gehen an, gelbliches Licht auf dunkelfeuchtem Asphalt. Ich drehe mich um. Die beiden sind ein gutes Stück hinter mir, aber ich erkenne sie sofort: den alten Hennes mit seinem Riesenköter. Wuchtig wummert mein Herz gegen die Brust. Der Katzenmörder! Grete hat mir erzählt, wie er mit seinen eigenen Händen ihr Kätzchen getötet hat. Jans Urgroßmutter soll's gesehen haben. Und dann ist er immer mit diesem blaugrauen Doggenvieh unterwegs. Wenn Grete ihm auf der Straße begegnet, wird sie hart und kühl. Als Kind konnte ich es spüren, wenn ich an ihrer Hand ging. Der Alte bleibt jetzt stehen, und in dem trüben Laternenlicht sieht es aus, als würde er mich anstarren. Dabei ist er blind, zumindest sagen das die Leute hier, ganz sicher bin ich nicht. So wie der jetzt guckt, so wie der da langgeht, und das Vieh neben ihm sieht auch nicht gerade nach Blindenhund aus. Steht da, als würde er auf etwas warten, vielleicht auf einen Grund, den Hund auf mich zu hetzen.

Schnell umdrehen und weiter. Hinter mir sagt der Alte irgendwas mit bröckliger Stimme, aber ich bin nicht so verrückt, mich noch mal nach ihm umzudrehen, lieber weiterlaufen, schneller. Hinter mir wieder schwere Hundefüße und Schritte und diese Stimme, die nach Millionen gerauchter Zigaretten klingt. Wahrscheinlich ein Befehl an seinen Hund. Zurück geht's jedenfalls nicht mehr, aber da ist das Frizz. Leere Tische davor, die Getränkekarten flattern unter den Aschenbechern, Blick auf ein düsteres, kahles Ufer. Nichts wie rein und hoffen, dass der Alte nicht nachkommt.

Drinnen ist die Luft sauer von Bierresten, früher war sie schwer vom Qualm, daran erinnert jetzt nur noch ein dumpfer Hauch. Keine Ahnung, wann ich das letzte Mal hier war, vor zehn Jahren, vor fünfzehn? Marion ging abends zur Arbeit und kam irgendwann nachts zurück, oft auch erst am frühen Morgen. Zumindest als Kind muss ich ein paarmal hier gewesen sein. Vielleicht hat sie mich mitgenommen, oder wir haben was abgeholt? Jedenfalls erinnere ich mich an die Theke, die vier kleineren Tische und den einen großen, für Skatrunden und so. Alle unbesetzt. Die Ferien sind vorbei, jetzt machen nur noch Rentner Urlaub, und die gehen lieber ins »Seeblick«, weil man da auch essen kann. Hinter der Theke steht Fritz, Marions Chef, und trocknet Gläser ab. Die Lederweste hatte er früher auch schon an. Vor ihm an der Theke auf einem der Barhocker sitzt Susanne, die hellen Haare toupiert, als wären die Achtziger noch lange nicht vorbei. Beide sehen in meine Richtung.

»Luca?«

»Verrückt, für einen Moment hab ich geglaubt, dass deine Mutter kommt. Siehst ihr ähnlich.«

Dabei stimmt das kein Stück. Die Größe schon, Marion ist ohne Absätze auch eher so eins sechzig, aber ich bin dünner und brezle mich nicht so auf. Gerade wenn Fritz das sagt, muss man vorsichtig sein. Der war schon immer scharf auf Marion. Das weiß jeder, und wenn Fritz einen intus hat, kann er ganz schön hartnäckig sein. Marion hat ihn aber nicht rangelassen, zumindest nicht so, wie er das gern gehabt hätte. Das weiß hier auch jeder.

»Willste 'n Bier?«

Ich nicke, dabei trinke ich sonst nichts, Marion säuft ja für die ganze Familie mit. Aber heute? Was soll's.

Susanne schiebt mir einen Hocker hin, dass ich mich zu ihr setze. Sie streicht mir über den Kopf, fehlt noch, dass sie mir in die Wange kneift.

»Auf dich«, sagt Fritz. Susanne prostet mir zu. Sie trinkt irgendwas Rotes.

»Wat is denn jetzt mit deiner Mutter?«, fragt Fritz. »Meldet sich gar nicht.«

Ich hebe die Schultern, trinke. Wie kühl und bitter das ist. Früher gab's hier Malzbier für mich. Der Strohhalm schaukelte in der Flasche. Marion stellte es vor mich hin und stakste dann auf hohen Hacken zwischen Theke und Tischen hin und her. Fritz schickte mich nach Hause, als es draußen dunkel wurde. Gab natürlich Stress mit Grete am nächsten Tag.

»Wann war Marion das letzte Mal hier?«, frage ich.

Fritz zögert einen Moment, als müsse er nachrechnen: »Sonntagabend, ganz normal. Montag ist ja Ruhetag. Dienstag sollte Susanne die Schicht übernehmen. Marion wollt doch zu dir nach Berlin, oder nicht?«

»Sie war aber nicht bei mir. Hat nicht mal angerufen.«

Fritz blickt Susanne an und hebt die Augenbrauen.

»War denn irgendwas?«, frage ich.

»Nee. Alles ganz normal«, sagt Fritz und fixiert ein Glas, das er gerade poliert. »War nich viel los, weil Sonntag war. Oder war was? Sach du ma, Susanne.«

»Sie meinte noch, ich soll Krombacher nachbestellen, wenn sie bei dir in Berlin ist.« Susanne ist Stammgast im Frizz. Keine Ahnung, ob sie noch irgendwas anderes macht. Sie war so ausdauernd im Laden, dass man nicht unterscheiden konnte, ob sie einfach nur dasaß und soff oder ob sie irgendwie dazugehörte. Grete sagt, sie hat ein Kind abgetrieben, weil der Kerl sie hat sitzen lassen. Vielleicht ist es deshalb, vielleicht braucht sie auch gar keinen Grund zum Saufen. Die Hoheit über die Theke hatte aber Marion, jedenfalls hat sie das gesagt. Sie hat Susanne nur manchmal mithelfen lassen, wenn viel los war. Dafür weiß Susanne alles über jeden. Sie nimmt einen tiefen Schluck. Irre ich mich, oder guckt die jetzt zu Fritz, so als müsste sie sich von dem die Erlaubnis für irgendwas holen?

»Marion ist am Sonntag ein bisschen früher los. Fritz und ich haben abgeschlossen. Weil sie ja nach Berlin wollte.«

»Also noch gleich in der Nacht?«

»Weiß ich jetzt nicht«, sagt Susanne. »Ich weiß nur Sonntagabend. Da war's so zweiundzwanzig Uhr?« Seitenblick zu Fritz, der nickt und mit einem Tuch auf der Theke rumwischt, obwohl es da ganz sauber ist. Susanne hebt das Glas in meine Richtung und kippt den Inhalt in einem Zug runter. Wenn Marion dann gleich ins Bett ist, hätte sie locker vormittags losfahren können. Selbst wenn sie später losgekommen wäre, hätte sie irgendwann in Berlin ankommen müssen.

Fritz stellt mir ein neues Bier hin, obwohl das alte noch nicht ganz ausgetrunken ist. Und dann kommen doch ein paar mutige Touristen rein, wahrscheinlich vom Campingplatz. Susanne stakst hin, nimmt die Bestellungen auf, wirft den Kopf zurück, lacht. Wäre Marion hier, wäre sie gegangen, Susanne hätte solange weitergetrunken und jeden im Blick behalten. Fritz zapft schon, als sie zurückkommt. Und jetzt bin ich es, die hier sitzt mit dem kühlen, bitteren Getränk. Wär ja unhöflich, nicht auszutrinken, also gebe ich mir Mühe. Ich spüre es schon im Kopf, als Susanne wieder am Tresen ist und mir ein neues hinstellt. Sie rutscht neben mir auf den Barhocker. »Das is 'n Ding mit deiner Mama«, sagt sie. »Sagt nichts und verschwindet einfach.«

Ich nicke.

»Na ja, sie wollt ja immer weg. Hätte sie viel früher machen sollen. Was die immer für Stress mit deiner Omma hatte! Wie hältst du das bloß mit der aus?«

Schulterzucken, was soll man darauf sagen.

»Wie die Marion immer runtermacht. Geht ja gar nicht.«

Ich nehme noch einen Schluck, schnell austrinken und gehen.

»Bevormundet die, als wär sie noch 'n Kind. Das ist doch krank.«

Zum Glück erwartet Susanne keine Antwort. »Krank!«, sagt sie noch mal und nickt sich selbst zu. »Ich hab ihr immer gesagt: Lass dir das nicht bieten. Pack deine Sachen und weg. Vielleicht hat sie das jetzt einfach gemacht.« Sie hat wieder ein Glas mit diesem roten Zeug in der Hand. »Weißt du, Luca, die Marion war in letzter Zeit echt komisch.«

»Wie – komisch?« Meine Zunge, mein ganzer Mund will schon nicht mehr so wie sonst.

»Sie wollt es nicht mehr dunkel haben. Wir dimmen ja immer das Licht hier im Laden. Das wollt sie dann plötzlich nicht mehr. Und wenn sie nachts nach Hause ist, wollt sie immer, dass ich noch 'n Stück mitkomm. Vielleicht hatte sie Angst vor irgendwas.«

»Hast du nicht gefragt?«

»Doch, aber sie ist ja manchmal so verschlossen. Hatte bestimmt mit 'nem Typen zu tun.«

Die Bettgeschichten von Marion will ich gar nicht hören, aber zu spät, Susanne macht weiter: »Die Marion hat immer so Pech mit Männern. Dabei ist die doch so 'n Schätzchen, immer freundlich, packt mit an, wo sie kann. Aber wenn der Marion mal einer gefällt, ist immer irgendwas mit dem.«

Weiß ich alles, wird ja genug getratscht. Ob ich das überhaupt wissen will, fragt keiner. Dabei hab ich nichts damit zu tun, das ist allein Marions Ding. Vielleicht mochte ich sie deshalb nie besuchen, war ja möglich, dass sie da gerade mit einem Kerl zugange ist.

»Gab's denn Stress mit irgendwem?«, frage ich.

»Neee«, dehnt Susanne ihre Antwort in die Länge. »Hier hat sie …« Und jetzt guckt sie Fritz wieder so an und bricht mitten im Satz ab. »Manchmal hab ich ihr ein biss-chen geholfen. Mach ich ja auch gern.«

Und bevor ich nachfragen kann, stellt sie ein Glas mit diesem roten Zeug vor mich und prostet mir zu. »Trink! Geht alles auf mich.«

Sie sieht mir beim Schlucken zu wie eine Kranken-schwester, die einem Patienten lebenswichtige Medi-zin gibt. Wenn Vinz das sehen würde. Er behauptet, dass er außer mir keinen kennt, der nie einen Tropfen Alkohol trinkt.

Susanne besinnt sich wieder auf Marion: »Hat be-stimmt mit 'nem Typen zu tun. Da wett ich drauf.«

Das rote Zeug schmeckt klebrigsüß.

»Einer aus Ronnbach?«

»Hat sie nich gesagt. Sie meint ja immer, wenn du hier was erzählst, weiß es morgen jeder. Hat sie ja auch recht mit.« Sie gießt mir mehr von der roten Flüssigkeit in mein Glas und hebt ihres. »Auf Marion und die Liebe!«

Wir stoßen die Gläser aneinander und trinken. Su-sanne hebt den Arm und winkt über meinen Kopf hinweg. Carsten Schmalscheid und Christian Wegener kommen zur Tür rein. Mit denen war ich in einer Klasse, beides notgei-le Arschlöcher. Die baggern alles an, was nicht bei drei auf dem Baum ist. Jetzt schnell weg, während Susanne die bei-den in ihre Arme schließt, drücke ich mich mit gesenktem Kopf an denen vorbei. Nicht mal tschüss sag ich zu Susan-ne und Fritz. Meine Füße sind schwer und klobig, aber sie tragen mich hinaus in die laternenbeschienene Dunkel-heit.

Ich zücke das Telefon, um das für Vinz festzuhalten. Was soll's, dass man nur ein paar gelbliche Punkte im Dunkeln sieht.

So ist das hier, tippe ich und stecke schnell das Handy weg, bevor ich noch mehr Schwachsinn schreibe.

12. JUNI 1959

Die Luft in der Kammer war abgestanden, es roch nach Schweiß und ein bisschen nach Urin. Cords Mutter lag still, nur ihre Lider flatterten. Ihr Körper war unter der Decke kaum noch auszumachen, nur eine schmale Wölbung auf der rechten Seite des Bettes, die linke war leer, seit Cord denken konnte. Manchmal hatte er dort liegen dürfen, aber das war lange her. Leise, um sie nicht zu wecken, trat er am Bett vorbei ans Fenster und öffnete es vorsichtig, damit nicht auch noch hier etwas kaputtging. Hammerschläge hallten herein. Das war das Walzwerk, wo er morgen wieder arbeiten würde. Noch lief das Werk, aber in drei Jahren würden sie es abbauen. Der alte Ackerschott sagte niemandem, wie viel ihm der Talsperrenverein dafür gezahlt hatte.

In seinem Rücken seufzte es leise.

»Cord?«

»Ich bin hier, Mutti.«

Früher war sie für ihn wie eine warme Wolke gewesen, in die er sich verkriechen konnte. Ihr Lächeln hatte Bäume fällen können. Jetzt war ihr Gesicht fahl, fast weiß. Auch ihr Haar hatte Farbe verloren und klebte in dünnen Strähnen am Kopf. Die Wangen waren eingefallen. Sie reckte ihm die Hand entgegen, an manchen Tagen war sie selbst dazu zu schwach. Er ging zu ihr, griff ihre Finger, wagte jedoch nicht, sie zu drücken, so zerbrechlich erschienen sie ihm. »Krebs«, hatte Doktor Schürholz gesagt. »Sie wird es nicht mehr lange machen.« Da hatte sie noch melken können und kochen, trotz der Übelkeit und Schwäche. Aber die Worte des Doktors wirkten wie eine Voraussage, wie ein Urteil, denn ab diesem Tag wich die Kraft so deutlich aus seiner Mutter, dass man dabei zusehen konnte. Und dann dieser Schreiber mit seinem Beharren darauf, dass der Hof dem Verband gehörte. Ständig trieb er sich hier herum, fuhr mit dem silbernen Mercedes von Haus zu Haus. Den Howalds hatte er erzählt, sie sollten dem Beispiel der Familie Hennes folgen und auch verkaufen. Jedes Mal, wenn er aufgetaucht war, um der Mutter den Vertrag von damals vorzuhalten, war sie kleiner und schwächer geworden.

Nun schlug sie die Augen auf und umfasste seine Hand fester, ihr Atem ging schneller, sie hob den Kopf. Er schob ihr ein Kissen darunter, half ihr, sich aufzurichten. So hatte sie seit Tagen nicht mehr gesessen.

»Cord«, sagte sie leise, aber deutlich. »Mit mir geht's zu Ende.«

Er schüttelte den Kopf, seine Augen brannten. Und wenn sie nur hier lag und atmete, er würde sie nicht gehen lassen.

»Kümmer dich um den Hof.«

Er biss sich auf die Lippen, schüttelte noch immer den Kopf. Sie drückte seine Hand, nahm noch die andere dazu, als wollte sie auf keinen Fall, dass er jetzt wegging.

»Das ist deiner. Lass dir nichts anderes erzählen.«

Er schloss die Augen, nickte.

»Is schwer alleine. Such dir wen, der dir hilft.«

»Der Franz hilft doch.«

»Der Franz hat seinen eigenen Hof. Das schafft er selber gerade so mit dem Bein. Du brauchst 'ne Frau hier.«

Cord wurde heiß, er biss die Backenzähne aufeinander. Natürlich hatte er sich Frauen schon angesehen, ihre Augen, ihre Haut, und wenn es keiner sah, auch mal ihre Beine und Brüste. Eddi Howald hatte ihm vor einer Weile erzählt, wie das war mit Mann und Frau. Er hatte das erst nicht für möglich gehalten.

»Alleine sein ist nicht gut, Cord. Du brauchst eine, die nur für dich da ist und für den Hof.«

Er nickte, weil er nicht wusste, was er sonst tun sollte.

»Ich war hier immer alleine mit dir. Wenn ich mal was wollte hier im Ort, dann haben die Männer immer gesagt, jaja. Aber hätt ich 'nen Mann gehabt, wenn der was gesagt hätte, da hätten die gehört. Auch zum Schreiber und denen vom Verband. Alleine is nichts! Und auch für die Arbeit brauchste hier wen.«

Cord drückte nun doch ihre Hand und starrte auf die Bettdecke.

»Weißte, Cord, is egal, ob das jetzt mit Liebe ist oder nicht. Nimm eine, bei der du sicher bist, dass se nicht weggeht. Eine, die da ist, ist immer besser als eine, die nicht da ist. Die Liebe kommt dann von selbst.« Sie sah Cord an, ihre graugrünen Augen waren trüb, wirkten aber wach, fast wie früher, wenn sie ihm etwas klarmachen wollte. »Sieh zu, dass du dir wen suchst.«

Er musste sich räuspern, bevor er etwas sagen konnte: »Ist gut, Mutti.« Und da sie immer noch seine Hand umklammert hielt und ihn ansah, sagte er noch einmal: »Gut, Mutti. Ich mach das.« Dann erst ließ sie sich zurück in ihr Kissen fallen, und ihr Griff lockerte sich.

18. SEPTEMBER 2015

Der Boden wankt, als ich die Straße hochgehe, vorbei an parkenden Autos und Gartenzäunen. Wie dunkel diese Nacht ist. Die Straßenlaternen sind so sparsam aufgebaut. Und machen die nicht auch weniger Licht als in Berlin? Da vorn immerhin der blasse Kirchturm. Aber wenn ich mich umsehe? Müsste man von hier nicht den See erkennen? Schwarzglänzendes Wasser? Jetzt ist es zwischen den Häusern dunkelgrau und undurchsichtig, der Nebel hat sich ausgebreitet. Endlich das schräge Kirchdach neben mir und auf der anderen Straßenseite: das Haus. Ich stütze mich auf die kleine Mauer, die unseren Vorgarten zusammenhält, rauer Stein unter meinen Händen. Bei Grete brennt kein Licht mehr. Der Schlüssel steckt wie durch ein Wunder in meiner Hosentasche. Und das verdammte Schloss gibt auch irgendwann nach. Ich will schon hoch zu Grete, vorbei an Marions Wohnungstür, da bleibe ich doch stehen und probiere die Klinke. Kalter Rauch, ungewaschene Klamotten und ein bisschen Keller, es riecht genau wie früher.

»Marion?«, frage ich leise in die dunkle Wohnung, wer weiß, vielleicht ist sie ja wieder da. Wer sagt überhaupt, dass sie nicht die ganze Zeit über hier gesessen und nur keiner nachgesehen hat.

»Marion, ich bin's.«

Ich mache Licht, stütze mich an der Wand ab, weil auch hier der Boden schwankt, sogar noch stärker als draußen. Ich schaffe es gerade noch ins Bad, hinten rechts am Ende des Flurs, Klodeckel hoch, und schon kommt alles raus, klebrigrotes Getränk, Bier und Speckauflauf. Immer wieder krampft sich mein Magen zusammen und presst alles nach oben, bis ich nur noch wimmernd auf dem Boden kauere. Die Hände an der Klobrille. Wie das stinkt. Der Geruch des Klosteins lässt mich wieder würgen, aber es kommt nur noch zäher, durchsichtiger Schleim.

Meine Beine fühlen sich an, als wären sie aus irgendeinem weichen Material, aber der Boden schwankt nicht mehr, alles ist fest und bleibt auf seinem Platz. In Marions Küche flackert eine Neonröhre, als ich den Lichtschalter drücke. Mit einem Mal ist alles unbarmherzig grell. Jeder Fettspritzer ist zu sehen, fusslig klebt daran der Staub. In der Spüle ein krümeliger Teller, darauf eine Tasse mit eingetrocknetem Kaffeerest. Im Hängeschrank stehen drei Gläser. Hat Marion denn nie mehr als zwei Leute zu Besuch?

Ich lasse Wasser in eines laufen und trinke in kleinen Schlucken, gegen den widerlichen Geschmack im Mund. In der Ecke eine Papiertüte mit Altglas, aber es passt längst nicht alles rein, um die Tüte herum stehen die Flaschen, in mehreren Reihen, ein paar sind umgekippt. Der Kühlschrank fängt zitternd an zu summen. Das Licht innen geht natürlich nicht. Ist auch kaum was drin: ein kleiner, trockner Käserest ohne Papier, eine offene Tüte Milch, abgelaufen, eine Flasche Schnaps. Sie hat ja immer oben bei Grete gegessen. Die beiden Frauen am Tisch, einander gegenübersitzend. Vielleicht haben sie sich ohne mich richtig gehenlassen, vielleicht sind Teller geflogen, vielleicht haben sie sich bedroht und gewürgt. Vielleicht ist ohne mich auch alles besser gewesen. Eine war immer überflüssig. Vielleicht war ich das einfach.

Die Wohnung hat drei Räume: ein Wohnzimmer und zwei kleine Schlafzimmer. Meins lag gleich neben der Küche. Für die Tür brauche ich Kraft, ich muss mich mit dem ganzen Gewicht dagegendrücken, als wäre sie mit dem Rahmen verklebt. Marion hat nichts verändert, nicht mal eine Tagesdecke hat sie übers Bett gelegt. Die Pferdebettwäsche ist wahrscheinlich seit Jahren nicht mehr gewaschen worden. Im Schrank hängen eine Kinderjacke, eine Hose, ein Kleidchen, an das ich mich nicht erinnere, und dann der Pulli mit dem aufgedruckten Löwen, orangegelbes Fell, gefährliche Zähne. Ich dachte, er wäre damals im Müll gelandet. Stattdessen hängt er hier, die Ärmel unschuldig blau, auch der rechte. Unten Sandalen aus brüchigem Kunstleder und eine Kiste mit diesen dicken Legosteinen.

Es gab eine Zeit, in der ich zwei Zimmer hatte, eins hier unten bei Marion, eins oben bei Grete. Wenn ich lange bei Marion gespielt hatte, wich ich nachher Gretes Blick aus. Und wenn ich bei Grete war und Marion hier unten hörte,

dann ging ich manchmal einfach raus, auch wenn es regnete, und blieb, bis eine mich reinholte, meistens Grete.
Irgendwann bin ich nicht mehr zu Marion. Sie schlief ja
bis zum Nachmittag. »Weck deine Mama nicht«, sagte Grete. »Lass sie schlafen, sie hat gearbeitet.« Marion kam zum
Abendbrot hoch, die dunklen, wilden Augen schwarz um-
randet, für die nächste Schicht im Frizz. So ging das jeden
Tag, nur montags nicht, da hatte das Frizz zu. Montags fuhr
sie zum Sport und kam so spät wieder, dass wir sie erst am
Tag danach wiedersahen.

Grete brachte mich ins Bett, sie weckte mich morgens,
machte mir Brote für die Schule und hatte das Essen fertig,
wenn ich mittags zurückkam. Ich kann mich an keine Mahlzeit hier unten bei Marion erinnern. Wenn ich mir wehtat, rief ich nach Grete, und auch die Lehrer in der Schule
wandten sich an Grete, wenn sie sich über mich beschwer-
ten. Die fragten mich nicht, wer angefangen hatte. Die in-
teressierte gar nicht, dass die anderen mich »Assi-Kind«
nannten oder Marion »Tussi«. Ich ließ mir das halt nicht
gefallen, ich mochte es eben schon damals nicht, wenn mir
einer dumm kommt. Grete ließ die Lehrer reden und sagte
nichts weiter dazu.

Ich hab nie aufgehört, die Haustür hier unten zu benutzen. Immer vorbei an Marions verschlossener Tür, manchmal hörte ich sie dahinter. Ab und zu streckte sie den Kopf
raus. »Ach du bist's nur.« Man wusste ja nie, wen sie gerade
dahatte und ob sie überhaupt jemanden sehen wollte. Und
jetzt dieses Zimmer. Als Kind muss ich zuletzt hier drin
gewesen sein. Mit sieben. Später nicht mehr. Ich dachte,

Marion benutzt den Raum für irgendwas, aber sie hat ihn einfach vollstauben lassen, als wäre es normal, ein leeres Kinderzimmer in der Wohnung zu haben.

In Marions winzigem Schlafzimmer herrscht ein Durcheinander aus Kleidung, Staub und Möbeln. Sie muss auf dem Ausziehsofa im Wohnzimmer geschlafen haben, ich weiß nicht, wie lange schon. Dort jedenfalls ist eine Bettdecke zusammengeknüllt. Auf dem Tischchen davor: ein weiteres Glas (sie hätte also drei Besucher bewirten können) mit gelblichdurchsichtigem Rand. Eine Flasche Wein auf dem Tisch: weiß, leer, dazu ein Aschenbecher, Tabakkrümel. An der Wand ein Regal mit dem Flachbildfernseher. Früher hatte sie natürlich einen anderen. Ich erinnere mich an Zeichentrickfilme, knutschende Erwachsene, Marions Lachen. Wie wütend sie war, wenn ich das Sofa bekleckert hatte.

Ich rieche an der Bettdecke: uralter Zigarettenrauch und Marion. Das ist ihr Geruch, bitter und lieblich, als würde sie direkt neben mir stehen. Mit diesem Geruch habe ich sie in Berlin erwartet, und jetzt ist er hier in ihrer Decke, als hätte sie ein Stück von sich darin gelassen. Ich muss mich setzen, um das zu verkraften.

Nachricht an Marion: *Ach, fick dich doch!*

Vinz hat ein Smiley geschickt, mit Kussmund, aber ohne Herz.

Ach, wenn du nur hier wärst …

Und gleich wieder löschen. Wenn ich mir das nur vorstelle: Vinz in Ronnbach. Wie er den Hitzmarker Weg hochkommt, vielleicht sogar zu Fuß. Zwischen Bosbacher Straße und der Kirche ist es so eng, dass man mit dem Transit nur durchkommt, wenn man von hier ist. Wie er Grete die Hand schüttelt und sich höflich nach Marion erkundigt. Unmöglich. Ich kann mir Vinz nicht außerhalb des Ladens vorstellen, wo es mehlig riecht und fruchtig und ein kleines bisschen scharf, wo er seine Hand auf meinen Arm legt und lacht, dass ein Goldzahn blitzt, wenn ich einen Fehler in der Abrechnung gefunden habe, und wo mir sein Blick am Abend sagt, ob er noch wegmuss oder bleiben wird.

Ich hebe den Kopf, sehe mich in der spiegelnden Terrassentür auf Marions Sofa sitzen, den blauen Lichtschein des Handys auf meinem Gesicht. Ich schicke Vinz ein Smiley zurück (Kussmund mit Herz) und schließe die Augen.

Marion hat meine Hand fest im Griff, sie geht voran, zerrt, dass ich nur stolpernd hinterherkomme.

»Schneller! Mach endlich!«

Ich strenge mich so an, dass ich schwitze, ich wünsche mir bessere Beine, es drückt im Hals, weil ich nicht schneller kann.

»Scheiße, bist du lahm!«

Es reißt am Arm, meine Beine, ihre Beine, dieses Drücken in der Kehle, und dann läuft es aus den Augen.

»Sag mal, flennst du jetzt? Du sollst rennen! Wegen dir komm ich zu spät! Scheißheulsuse!«

Und dann verheddern sich meine unnützen Beine. Ich stürze, mein Knie schlägt auf, Blut.

»Scheiße! Was soll das?«

Sie nimmt mich unter den Arm, quetscht mich ein zwischen Ellbogen und Rippen, und geht mit raschen, wippenden Schritten, fluchend darüber, dass ich nicht selbst gehe, dass ich bloß weine und nichts kann.

26. JUNI 1959

Im Haus war die Luft ranzig und dick, dazu die Stille. Hier draußen dagegen spielten die Bienen im Rosenstock verrückt, das rhythmische Klopfen vom Walzwerk war wieder zu hören. Dazwischen mischten sich Trompetenklänge und die Pauke vom Hitzke. Sie probten schon, später würde das Schützenfest mit dem Schießen beginnen. Alle würden da sein und feiern wie in jedem Jahr. Cord würde nicht hingehen.

Er blinzelte gegen die Sonne, sonst waren nur ein paar kleine Wolken am Himmel. Der Stall musste ausgemistet werden, die Wiese gemäht, die Milch verarbeitet, es gab so viel zu tun, aber etwas zog seine Glieder schwer nach unten, dass er sich nur noch hinlegen wollte, gleich hier auf den Boden. Seit dem Tod der Mutter musste er seine ganze Energie aufbringen, um am Morgen überhaupt aufzustehen. Da war eine durchsichtige Wand zwischen ihm und der Welt. Alles war dumpf und weit weg.

Grete kam aus dem Haus der Lisekes und ging mit

einem Eimer Richtung Garten. Ihre hellen Zöpfe hingen ihr über die Schultern, sie ging ganz aufrecht, und man sah genau, dass sich ihre Brust unter ihrer Schürze schon wölbte. Sie blickte zu Boden, als hätte sie ihn nicht bemerkt, erst als sie das Törchen zum Garten erreicht hatte, sah sie zu ihm rüber und grüßte.

Er nickte ihr zu. Eine Weile stand sie da, schien unschlüssig, ob sie noch etwas sagen solle. Da erschien ihr Vater in der Tür. Mit einer Bewegung des Kopfes schickte er Grete an ihre Arbeit, dann kam er rüber zu Cord und bedeutete ihm, Schubkarre und Mistgabel zu nehmen, die schon bereitstanden.

»Komm, Junge«, sagte er und ging neben ihm her Richtung Stall. »Die Herta kümmert sich gleich um die Milch.«

Sie waren schon fast bei der Stalltür, da rief jemand nach Cord. Howald kam mit dem Rad von der Kapelle her, wo die Männer geprobt hatten. Knapp vor ihm bremste er ab, dass der Kies spritzte. Gleich dahinter hielt Hitzke. Beide hatten das Haar nassgescheitelt, Howald trug die gute Hose und ein helles Hemd ohne Flecken, Hitzkes war sogar schneeweiß, und seine Schuhe glänzten. »Gleich ist Vogelschießen!«

Dass die beiden ihn dabeihaben wollten, obwohl sie gut sieben Jahre älter waren. Cord straffte die Schultern, schüttelte aber den Kopf.

»Geh mal hin!«, sagte Liseke.

Cord sah ihn zweifelnd an.

»Deine Mutter hätt gewollt, dass du gehst. Mach schnell den Stall und dann los. Ich helf dir.«

»Und ich?«, fragte Grete, die wieder am Gartentor stand.

»Du gehst nachher hin, mit mir und der Mutti.«

Das Mädchen ließ die Schultern hängen und verschwand wieder im Garten.

19. SEPTEMBER 2015

Der Schmerz pulsiert im Schädel, bitter und schal schmeckt die letzte Nacht. Ich brauche eine Weile, um zu verstehen, wo ich bin. Das graue Licht durch die Terrassentür, das Durcheinander auf dem Couchtisch, das Sofa, der abgestandene Qualm.

Gretes Blick ist aus Eis. Sie steht da und guckt, so wie sie sonst Marion anguckt. Und als ich mich schon wundere, warum sie nun doch einfach in Marions Wohnung geht, obwohl sie ja keinen Ärger wollte, ist sie schon zur Tür raus. Ich fühle mich klein und schuldig, als ich hinter ihr die Treppe raufsteige.

Oben ist ihr Blick schon weicher. Sie stellt mir Kaffee hin – und Brötchen, obwohl bald Mittag ist. In Berlin stellt mir niemand Brötchen hin. Vinz mag am Morgen nichts außer einem Kaffee und einer Zigarette, meistens muss er auch gleich zum Großmarkt, oder er fährt am Abend noch zu seinen Eltern, dann sehe ich ihn erst nach dem Einkaufen. Ich nehme mir, was im Laden ist: einen Apfel, etwas

Brot mit Käse, und setze mich an den Tresen, da sehe ich dann gleich, wenn ein Kunde kommt.

»Wo warste denn, Luca? Ich hab mir Sorgen gemacht.«

»Tut mir leid. Ich war bei Fritz und Susanne.«

Ihre Augen sind wieder blaue Blitze.

»Ich dachte, ich frag mal, ob die was von Marion wissen.«

»Und?«

»Hat Marion mal irgendwas von der Arbeit erzählt?«

»Nee, was denn?«

»Susanne meinte, Marion wär irgendwie anders gewesen in letzter Zeit. Hast du das auch gemerkt?«

»Die war wie immer.«

»Irgendwie wollte sie nachts nicht mehr allein auf der Straße sein. Susanne meinte, sie hatte vielleicht Angst vor irgendwas.«

Grete schüttelt den Kopf. »Marion hat nur vor einer Sache Angst, davor, dass es nichts mehr zu trinken gibt.«

»Hat sie nicht mal erzählt, dass sie mit irgendwem Stress hatte?«

»Mir erzählt sie so was ja nicht. Reicht ja auch, wenn ich das weitergetratscht kriege.«

»Hat denn in letzter Zeit jemand was in der Richtung von Marion erzählt?«

»Nee. Da halt ich mich auch besser raus. Wenn ich mir das alles merken würde, würd ich da blöd bei. Ich hab ihr gleich gesagt, dass sie Ärger kriegt, wenn sie so weitermacht.«

»Hat die Polizei denn noch was dazu gesagt?«

»Die haben nur wegen dem Auto Bescheid gesagt. Ruf doch Jan an. Der meinte auch, du sollst dich mal melden, wenn du da bist.«

Sie guckt schon wieder so. Einen wie Jan Howald hätte sie gern als Schwiegersohn: stammt aus Ronnbach, verbeamtet, aktiv im Schützenverein.

Von Vinz habe ich noch immer nichts erzählt. Wenn sie hört, dass er vom Balkan ist, weiß ich genau, was kommt. Dabei hört man das fast nicht. Nur beim R, aber das könnte auch als Dialekt durchgehen. Sonst würde Grete ihn mögen, da bin ich sicher. Er würde auf diese sanfte, fast unterwürfige Art mit ihr sprechen, die er auch draufhat, wenn er mit seiner Mutter telefoniert. Mit Marion würde er Schnaps trinken und über ihre derben Sprüche lachen. Vinz hat so eine Art, dass alle gleich lächeln und sich von ihm die Schulter klopfen lassen. Ganz egal, ob er besonders höflich ist oder grob. Er lacht mit offenem Mund und blitzenden Augen, in seiner Gegenwart kommt man sich gleich selbst nett und lustig vor. Völlig unvorstellbar, dass dieses Lachen auch zu einer harten, undurchdringlichen Maske werden kann. Am schlimmsten ist es, wenn andere Bosnier in den Laden kommen, dann nimmt das Schulterklopfen kein Ende, dann zischen und poltern sie in ihrer komischen Sprache, und Vinz weigert sich, auch nur das kleinste bisschen Geld anzunehmen für das, was sie auf den Tresen legen. Und dann wundert er sich, dass ein fettes Minus vor der Zahl steht, die ich am Ende des Monats ausrechne, und ich kann ihn nur mit Mühe davon abhalten, gleich alle Preise zu erhöhen. Wenn ich ihm das erkläre, unterbricht er mich irgendwann: »Hast recht!«, und fährt noch mal zum Großmarkt. Immerhin kauft er dann weniger ein.

Jan wird Samstagmittag bei seinen Eltern sein, das war immer so. Ich gehe einfach hin, ist ja nicht weit.

»Willst du nicht wenigstens abwarten, dass der Regen aufhört?«, fragt Grete.

»So viel Zeit hab ich nicht.«

Aber das da draußen ist sowieso kein Regen, es gießt, als würde das Wasser eimerweise vom Himmel geschüttet. Man kann nicht mal bis zur Ronne sehen, alles verschwindet in einem bleiernen Durcheinander. Natürlich habe ich keine Regenjacke. Trotzdem renne ich nicht und weiche keiner Pfütze aus, nicht im Hitzmarker Weg, nicht auf der Bosbacher Straße und schon gar nicht im Birkenweg. Die kühlen Tropfen, die Feuchtigkeit vertreiben das Tosen in meinem Kopf. Dafür bin ich nass bis auf die Unterhose, als ich bei Hitzkes vorbeigehe (was Sandra wohl macht?) und das vorletzte Haus erreiche, danach kam früher nur noch das Häuschen vom alten Hennes, jetzt ist dahinter auf dem Acker eine Baustelle.

Vor Howalds Haustür klopft mein Herz wie nach einem Sprint. Fast fünf Jahre lang war ich nicht mehr hier, früher fast jeden Tag. Ich hab mir sonst was ausgedacht, um zum Abendessen bleiben zu dürfen oder bei denen zu schlafen. Eltern wie Christa und Klaus, die sich anlächeln am Tisch. Geschwister wie Kati und Jan, die auch nett sind, wenn sie mal nichts wollen. Klar, dass Marion die »Spießer« genannt hat. Und Grete hatte manchmal diesen Blick, wenn ich von da spät nach Hause kam. Sie und Christa tauschten Höflichkeiten aus, als würden sie sich beschießen.

Christa öffnet und sieht mich fragend an, erst dann versteht sie.

»Luca! Mit den kurzen Haaren hätt ich dich fast nicht erkannt.«

Wie unglaublich weich ihr massiger Körper ist. Sie drückt mich auf einen Stuhl in der Küche, setzt Wasser für Tee auf, holt mir ein Handtuch, stellt mir ein Glas Wasser hin, ruft ins Treppenhaus: »Kati! Guck mal, wer da ist!«, kommt wieder in die Küche, sieht nach dem Wasser. »Tja, alle ausgeflogen, aber Kati ist da. Die ist doch jetzt Lehrerin an der Grundschule in Bosbach, und bis sie was Eigenes findet, wohnt sie wieder hier.« Und sie rennt von neuem weg, ich höre sie die Treppe raufschnaufen, höre ihre aufgebrachte Stimme. Als sie zurückkommt, lässt sie sich auf einen Stuhl fallen und atmet schwer.

»Das ist ja was. Luca! Was machst du hier? Hast du Urlaub? Du arbeitest doch noch in Berlin?«

Ich nicke etwas verlegen.

»Wie geht's deiner Oma?«

»Gut.«

»Und was ist mit deine Mutter? Die hab ich ewig nicht mehr gesehen.«

»Weiß ich auch nicht. Sie war ein paar Tage nicht bei

der Arbeit, und zu Hause ist sie auch nicht, sie geht nicht mal an ihr Handy. Und jetzt hat sich die Polizei gemeldet, weil ihr Wagen auf dem Parkplatz oben bei der Brücke steht. Ich wollte mal mit Jan darüber sprechen. Ist der da?«

Christas Gesicht wird weich. Diesen Blick hatte sie früher schon, wenn von Marion die Rede war oder Wolf, als wäre ich ein armes, verlorenes Kind. Ich hasse das. Und noch mehr hasse ich dieses enge Gefühl im Hals. Zum Glück kommt Kati die Treppe runtergepoltert, sie boxt mir gegen die Schulter. »Hättest dich ruhig mal melden können«, schimpft sie freundlich. Ihr Körper ist üppiger geworden, ihr Gesicht runder. Eine richtige Frau ist sie, nicht so ein mageres Mädchen wie ich. Sie rutscht neben mir auf einen Küchenstuhl, trinkt aus meinem Becher. Und ich will schon wieder hierhergehören und nicht zwischen die beiden zankenden Frauen im Hitzmarker Weg.

»Ich ruf mal den Jan an. Bei dem Wetter soll der eh nicht so lange auf der Baustelle sein.« Christa greift zum Telefonhörer.

»Er baut dahinten.« Sie deutet in Richtung Acker.

»Hab schon gehört.«

Kati lacht ihr Katilachen. »Weißt du auch, dass er jetzt mit Sandra Hitzke zusammen ist?«

Ich kichere, weil ich mir Sandra mit ihren rosa Oberteilen und Puschelhaarbändern neben Jan nicht vorstellen kann.

»Die ist im sechsten Monat schwanger, vor ein paar Wochen haben die geheiratet.«

Wir lachen. Christas strenger Blick.

Jans dünnes, helles Haar ist in nasse Strähnen zerteilt. Er trägt eine blaue Arbeitshose und eine alte Jacke. Sein Gesicht ist breiter, als es auf den Facebook-Bildern wirkt.

»Luca! Das ist ja eine Überraschung.«

Ich spüre Christas Blick auf mir, als ich vor ihm stehe und ihm die Hand hinstrecke wie einem Fremden. Jan lacht, nimmt sie, zieht mich an sich, dass ich mit dem Gesicht an seiner nassen Jacke lande. Seine Hand streicht kurz über mein Haar. Vielleicht kann er nicht anders. Ich mache mich los. Jans Körper war immer selbstverständlich für mich, ich habe seine Größe und seine schweren Glieder einfach hingenommen. Vinz' feste Drahtigkeit ist mir dagegen ein Rätsel.

Jan blickt an sich herunter. »'tschuldige, komme gerade vom Bau«, sagt er. Aber es klingt gar nicht wie eine Entschuldigung, sondern mehr wie eine versteckte Botschaft für mich. Er baut also. Ein Nest für sich und Sandra Hitzke.

Wie schockiert alle damals waren, als ich Schluss gemacht hab. Wie kannst du bloß? Nach fast sieben Jahren! So einen kriegst du nie wieder! Nur Marion nicht. Die zeigte ein einziges Mal in ihrem Leben Verständnis für mich – natürlich auf ihre Art: »Der macht dir sonst noch ein Kind, und dann hängst du hier fest.«

Danke, Marion!

Aber es ist was dran. Mit Jan endet das Leben in einem Eigenheim mit Blick auf die Ronne, das war damals schon klar. Samstagmittags essen bei Mutti Christa, dann Kaffee und Kuchen bei Oma Grete, sonst ist eine noch beleidigt, danach *Sportschau*. Irgendwann war alles vorhersehbar und fühlte sich leer an. Als wäre die Zukunft ein grauer Brei, in dem ich ganz langsam versinke. Ich habe es noch eine ganze Weile versucht, weil ich Kati und ihre Eltern nicht verlieren wollte, aber ich hab mich wie eine Betrügerin gefühlt. Es war Kati, die mich auf die Idee gebracht hat, dass ich aus Ronnbach rausmuss. Ohne sie wäre ich gar nicht auf die Idee gekommen zu studieren. Jan hat das natürlich nicht verstanden. Eine Weile haben wir es noch über die Distanz probiert. Aber Jan mochte Berlin nicht, und ich wollte nicht jedes Wochenende hier sein. Und was bringt so was auch? Hat er letztendlich genauso gesehen.

Der Wind kühlte kaum, kein Baum spendete mehr Schatten. Vom Wald, der den Bissberg bedeckt hatte, war nicht mehr als ein kleiner Rest oben auf der Kuppe übrig geblieben. Wochenlang hatten die Kettensägen durchs Tal gekreischt. Mit wedelnden Zweigen war eine Tanne nach der anderen gestürzt. Nachher hatte der Hang ausgesehen wie ein Schlachtfeld. Die Bäume hatten dagelegen wie Gefallene. Jetzt waren die nackten Stämme zum Abtransport aufgeschichtet, gleich dort, wo die Schützen sich trafen.

Cord wurde zum Schießstand geschoben. Howald nickte ihm zu, sein breites Gesicht gerötet. Hitzkes dünnes Haar stand in Strähnen vom Kopf ab. Die meisten hatten ihre Jacken ausgezogen. Schmalscheid hatte schon einen schönen Treffer gehabt, der Vogel neigte sich schräg von seinem Brett. Noch ein, zwei ordentliche Schüsse, und der nächste Schützenkönig stand fest. Hinten auf der Wiese bei der Kapelle hatten sie bereits das Festzelt aufgebaut.

Cord legte an.

»Den hast du«, rief Gerber.

Cord zielte. Am linken Flügel hing der Vogel noch. Er spürte Lisekes Blick in seinem Nacken. Wegeners grollendes Lachen, Gerber stimmte mit ein. Jemand rief seinen Namen, als hätte er schon getroffen. Der Finger krümmte sich um den Abzug, ein helles Pfeifen, es krachte. Jubel und Geschrei. Der Vogel stürzte ab – und blieb dann doch hängen, man sah kaum, was ihn noch hielt. Der Jubel kippte in Gejohle. Einige riefen nach Howald. Er war der Nächste. Eine kleine Erschütterung würde jetzt reichen, ein Windstoß vielleicht nur, und der Vogel war unten.

»Genau wie der Vatter, immer knapp daneben! Hennes können halt nicht gucken«, brüllte Schmalscheid. Aber Howald klopfte Cord auf den Rücken und warf Schmalscheid einen Blick zu. Kurze Zeit später wurde Howald von Hitzke und Schmalscheid auf die Schultern gehoben und bejubelt.

»Guter Schuss, Junge!«, raunte Liseke Cord zu. Nur der Alte wusste, wie lange er geübt hatte, um halbwegs zu treffen. Howald schwankte derweil haltsuchend auf den Schultern der Kameraden, und jemand lief, um Gertrud Bescheid zu sagen, der neuen Schützenkönigin, ein anderer verteilte Schnaps.

Auf dem Festplatz roch es nach Bratwurst und Karamell. Eine Schießbude stand neben dem Festzelt, daneben war ein Stand, an dem man Süßigkeiten kaufen konnte, Zuckerwatte, Liebesäpfel, Bonbons. Sogar ein Karussell hatten sie aufgebaut, *Berg- & Talbahn* stand in bunten Buchstaben darüber. »Jeder Mann braucht ein bisschen Liebe«, klang es aus den Lautsprechern. Die Melodie vermischte sich mit dem Marsch, der aus dem Zelt kam. Cord war schwindlig vom Schnaps, die Jacke hatte er sich über den Arm gelegt, es war noch warm.

Grete stand am Karussell und wippte zur Musik. Sie trug ein helles Kleid mit kurzen Ärmeln, wie sonst nur zur Kirche. Klar, dass sie ausgebüchst war, nicht einmal ihre Freundin Helga war zu sehen. Cord schlenderte zu ihr. Es war gar nichts dabei, sich neben sie zu stellen. Die Unruhe, die er seit neuestem in ihrer Nähe empfand, war nun fort. Die Karussellwagen sahen aus wie kleine Autos in knalligen Farben, ihr Fahrtwind streifte ihre Arme. In einem saß Wegener mit Lene Kebekus aus Hitzmark. Er hatte den Arm um sie gelegt und winkte ihnen zu. Grete grinste Cord an, als sei er ihr persönlicher Verbündeter.

»Willst du auch?«, fragte er und deutete mit dem Kinn auf die jetzt schneller fahrenden Karussellwagen.

Grete nickte. Ihr Gesicht war rosig, bestimmt fühlte es sich warm an. Wie nah sie bei ihm stand. Nur eine kleine Bewegung, und ihre Arme würden sich berühren. Das Karussell fuhr langsamer, eine rauchige Stimme rief, man könne gleich einsteigen für die nächste Runde. Er wollte schon losgehen, um zu bezahlen, da bemerkte er Herta. Sie stand nur ein paar Meter entfernt und hatte sie schon gesehen. Verlegen stieß er Grete an. Beim Anblick ihrer Mutter versteifte sich das Mädchen.

»Ich kann auf sie aufpassen«, bot er an.

Herta schüttelte den Kopf und bedeutete Grete, mit ihr zu kommen. Sie sah nicht einmal böse oder wütend aus, dennoch ließ Grete gleich den Kopf hängen und lief an der Mutter vorbei Richtung Liseke-Hof.

Unschlüssig sah er den beiden hinterher, bis ihn jemand von hinten anstieß. Wegener mit der Lene im Arm: »Die kleine Liseke is doch eh zu jung für dich. Komm noch was trinken.«

Der Regen hat nachgelassen, als wir den Parkplatz erreichen. Eine kleine Bucht, vom Ronne-Umgehungsweg durch Leitplanken abgetrennt, Tannen versperren den Blick auf die Ronne. Der Asphalt ist an einigen Stellen aufgeplatzt. Früher haben Leute hier gehalten, um wandern zu gehen, jetzt parkt hier höchstens noch ab und zu ein Angler.

Ich hab Jan gefragt, ob er mit mir zu Marions Wagen fährt. Er sagte: »Die Kollegen waren doch da. Wenn die nichts gefunden haben, werde ich auch nichts finden.«

Ich sagte: »Bitte.«

Der Golf steht verlassen da, rot und mit dieser eckig abfallenden Front, darin die blassrunden Scheinwerfer. Als Opa Schreiber ihn Marion geschenkt hat, war er sicher topmodern, das war 1982. Jan parkt seinen Wagen daneben. Früher hatte er einen weißen Mustang, jetzt fährt er Škoda, ich hüte mich, etwas dazu zu sagen.

»Kannst du das einfach so machen, in deiner Freizeit? Ich meine, ist das von deinen Kollegen aus okay?«

Jans Lächeln ist angespannt, so wie früher, wenn wir im Wohnwagen seines Onkels gekifft haben und draußen die Stimme seiner Mutter zu hören war. »Wie gesagt, die Kollegen waren ja schon hier.« Er rüttelt an der Fahrertür, dann an der anderen. »Siehst du, ist ordnungsgemäß abgeschlossen, ein bisschen schief geparkt, aber das stört ja hier nicht, und innen …« Er schirmt die Augen mit den Händen ab und blickt hinein. »Unordentlich, aber das ist ja nicht ungewöhnlich. Ich meine, deine Mutter … also, ist die sonst besonders ordentlich?«

Ich schüttle den Kopf. »Deine Kollegen haben gar nicht drinnen nachgesehen.«

»War doch abgeschlossen und kein Anzeichen auf Gewalt oder konkrete Gefahr.«

Ich dränge mich an ihm vorbei, schließe den Wagen mit dem Ersatzschlüssel auf. Der Aschenbecher quillt über, ein Wunderbäumchen stinkt dagegen an, auf dem Boden vorm Beifahrersitz liegen Energydrink-Dosen, leer, eine Flasche Weißwein, angebrochen. Krümel. Ich ziehe ein Bonbonpapier zwischen Sitz und Rückenlehne hervor. Es riecht, als würde Marion neben mir sitzen und zusehen. Verdammt! Ich strecke den Kopf aus dem Auto, atme feuchte Waldluft.

»Alles klar?«, fragt Jan.

»Klar.« In meinem Kopf beginnt es wieder zu pulsieren, gleich hinter der Stirn, dumpfe Schläge in dichtem Abstand. Ich zwinge mich, erneut in den Wagen zu kriechen. Kurzer Blick auf den Rücksitz, da liegt eine zerknüllte Wolldecke. Dann wieder raus zum Kofferraum: eine Tüte mit

Altglas. Das Pulsieren wird stärker und so ein flaues Gefühl im Bauch.

»Was suchst du?«, fragt Jan.

»Keine Ahnung. Ich will wissen, warum sie den Wagen hiergelassen hat und wo sie ist. Wonach würdest du suchen?«

»Ich würde nach Blutflecken gucken zum Beispiel oder ob irgendwas kaputt ist, ob irgendwas auf einen Kampf hindeutet.«

»Kannst du nicht mal?«, frage ich. Meine Hände zittern, und ich will nicht, dass er es merkt.

»Dann muss ich aber vorher telefonieren.«

Er dreht sich von mir weg, während er spricht. Natürlich hör ich trotzdem alles: »... wie war das, ihr habt da nichts gefunden? ... Jetzt ist die Tochter extra aus Berlin angereist ... Ja, klar, der muss weg. Sag ich ihr ... Ich bin gerade in der Nähe und seh mir den Wagen mit ihr noch mal an ... Haha, sehr witzig ... Ja, du mich auch ... Und außerdem steigt Schalke eh ab.« Er steckt das Telefon weg und wendet sich wieder zu mir: »War nur ein Routineanruf, damit die Kollegen wissen ... Du weißt schon.«

»Klar.«

»Der Kollege sagte noch mal, dass der Wagen hier nicht stehen bleiben kann, aber du wolltest ihn ja sowieso mitnehmen.

»Klar.«

Jan holt hinten aus seinem Wagen Einmalhandschuhe, bläst kurz rein, zieht sie über, sieht aus wie im Film. Dann kriecht er in den Wagen, tastet die Sitze ab, den Fußraum,

klappt sogar den Beifahrersitz um und kriecht auf die Rückbank, befühlt die Decke, schüttelt sie aus, Krümel und Staub
rieseln auf den nassen Asphalt, ein paar Haare schweben
hinterher. Jan fängt eines mit der Hand auf und hält es dorthin, wo man die Sonne hinter den Wolken erahnen kann.
»Das ist aber nicht von deiner Mutter«, sagt er. Es ist kurz
und borstig und grauschwarz. »Von einem Tier würde ich
sagen, wahrscheinlich Hund. Sieht nach glattem kurzem
Fell aus. Vielleicht mal einen Hund von einem Freund mitgenommen oder so?«

Keine Ahnung, von wem das sein könnte. Sie könnte haufenweise Freunde mit Hunden haben, ohne dass ich
auch nur von einem wüsste. Jan zuckt die Schultern und
blickt in den Kofferraum, untersucht sogar die Flaschen, obwohl ein paar schon schimmlig sind. Ich stehe daneben, die
Arme um den Oberkörper geschlungen. Die Kälte kommt
von innen, sie breitet sich im Bauch aus, kriecht durch den
Brustkorb in die Schultern und Arme bis in die Fingerspitzen, sie zieht durch den Po in die Beine und weiter in die
Füße. Sie macht mich steif, die Zähne klappern, sogar auf
den Wangen merke ich Gänsehaut. Keine Jacke der Welt ist
dick genug, um mich zu wärmen. Dazu die Kopfschmerzen.
Ich lehne mich an den Škoda. Jan geht auf die Knie und
sieht unter den Golf.

»Nichts.«

Sich aufrichtend, schüttelt er den Kopf. »Alles klar,
Luca?« Dieser Geruch, als er mich in den Arm nimmt:
weich und ölig. Vinz riecht spitz und herb, fordernd und
einnehmend. Wenn wir miteinander schlafen, werde ich

den Geruch den ganzen Tag nicht los. Aber jetzt atme ich an Jans Brust. Vorsichtig bugsiert er mich auf den Beifahrersitz seines Wagens, während meine Zähne noch immer klappern. Alles bebt und bibbert und ist leer.

»He, Luca.« Er kniet neben der Tür und legt seinen Arm um mich. Wie ich seinen Geruch vergessen konnte. Ich lehne mich an ihn und versuche, meinen Atem seinem anzupassen.

»Luca, es tut mir so leid.«

»Wie kann die denn weg sein, ohne ihren Scheißwagen?«

»Du glaubst nicht, was ich bei der Arbeit alles erlebe, dagegen ist eine verschwundene Frau harmlos.«

»Warum sucht ihr sie nicht mit Hundestaffel und so, wie man das im Fernsehen sieht? Ihr könntet doch auch übers Radio oder Fernsehen was machen.«

»Deine Mutter ist erwachsen, die darf verschwinden, wenn ihr danach ist. Wenn es keinen Hinweis auf eine konkrete Gefahr gibt, krieg ich da keine Maßnahmen durch, beim besten Willen nicht. Bei einem Kind schon, da wär das anders, oder wenn sie jetzt schon alt wär oder krank oder so was. Aber deine Mutter war doch eh so … spontan.«

»Ja, aber sie kann mir doch nicht sagen, sie kommt zu mir, und dann einfach verschwinden. Ich hab doch schon gar nicht mehr an sie gedacht. Kann man dafür nicht ins Gefängnis kommen?«

Jan streichelt mir den Nacken. Hat er früher auch gemacht, wenn er nicht weiterwusste.

»Kannst du nicht wenigstens ihr Handy orten?«

»Glaub mir, Luca, ich würde das sofort tun, wenn es Anhaltspunkte dafür gäbe, dass deiner Mutter was passiert ist.«

»Was, wenn ihr was passiert ist und es trotzdem keine blöden Anhaltspunkte gibt? Was, wenn sie in der Gewalt eines Perversen ist, der sonst was mit ihr anstellt?«

»Weißt du, wie selten das ist?«

»Susanne hat erzählt, dass meine Mutter im Dunkeln nicht mehr allein rausgehen wollte, weil sie vor irgendwas Angst hatte. Vielleicht wurde sie verfolgt.«

Er seufzt. »Ich sag den Kollegen noch mal, dass sie die Augen offen halten sollen. Aber glaub mir, ich hab doch alles geprüft. Hier in der Gegend ist es wahrscheinlicher, dass dich ein Auto überfährt, als dass du Opfer eines Gewaltverbrechens wirst. Guck mal, deine Mutter ist unabhängig. Ich kenn sie ja ein bisschen. Deine Oma hat auch gesagt, dass sie schon immer wegwollte. Sie kann von hier aus überallhin gefahren sein. Hundertfünfzig Meter die Straße runter ist eine Bushaltestelle. Oder sie ist runter zum See und von da mit dem Schiff gefahren. Wenn nicht irgendjemand konkret gefährdet ist, kann ich nichts tun.« Jan sieht mich an. »Gerade stand in der Zeitung was von einer Frau, die einfach untergetaucht ist. Alle dachten, sie wäre tot. Sie hat aber unter falschem Namen irgendwo weit weg von ihrem Heimatort gelebt. Das Ganze kam nur raus, weil bei ihr eingebrochen wurde und die Kollegen ihre Personalien aufnehmen mussten. Sie sagte, sie hatte einfach genug von allem, wollte noch mal ganz neu anfangen.«

Ich starre ihn an.

»Vielleicht wollte deine Mutter das auch.«

Marion mit neuer Frisur, neuem Freund, ohne Vergangenheit, irgendwo, wo sie keiner kennt, wenn ich mir das nur vorstelle. Ich stoße Jan von mir weg, dass er rückwärts stolpert. Aber er sagt da nichts zu, schiebt nur die Hände in die Hosentaschen und zieht die Schultern hoch. Und mir tut's gleich leid, aber ich sage auch nichts, sondern reibe nur meine Schultern und sehe mir den nassen Asphalt an.

Vielleicht hätte ich auch einfach meinen Namen und meine Telefonnummer ändern sollen. Dann hätte ich nicht in Berlin auf Marion gewartet und müsste jetzt nicht nach ihr suchen. In Berlin gibt es Menschen wie Vinz, die nicht fragen, wo man herkommt und was man gemacht hat. Ganz automatisch fragt man dann selbst nicht. Vinz könnte ein Gewaltverbrecher sein, ohne dass ich die leiseste Ahnung davon hätte.

»Was ist mit der Brücke?« Ich deute in Richtung der Straße nach Bosbach. Die Ronnebrücke, Stolz der Region, sie verbindet den Bissberg mit dem Bosberg, vierundvierzig Meter bis zum Seegrund. Grete hat mir erzählt, wie eine mal da runter ist. Enttäuschte Liebe, irgendein Kummer, es gibt immer so Geschichten, die meisten sind erfunden. In Berlin war ich vor solchen Brücken sicher.

»Wenn sie da runter ist, können wir eh nichts mehr für sie tun. Bei dem Wasserstand ist sie hinüber.« Er blickt mich an. »Aber warum sollte deine Mutter das machen? Die war doch eher so der lebenslustige Typ.«

Ich nicke langsam.

»Oder hat sie in der Vergangenheit mal die Absicht geäußert, sich das Leben zu nehmen?«

Ich sehe sie bei uns zu Hause am Fuße der Treppe liegen, unten, weißlicher Sabber läuft ihr aus dem Mund. »Nee«, sage ich. »Quatsch!«

»Soll ich dich nach Hause fahren?«

Ich schüttle den Kopf. »Hab Grete versprochen, dass ich den Wagen abhole.«

»Klar, der kann hier nicht stehen bleiben.«

Es sind nur zwei Schritte vom Škoda zum Golf, aber Jan begleitet mich. Er legt sogar kurz den Arm um mich, lässt ihn dann aber wieder sinken, als hätte er Angst, dass ich ihn wieder wegschubse. Sein Blick ist besorgt, als wäre ich krank, dabei bebe ich lange nicht so wie vorher, und das Wummern im Kopf ist auch nicht mehr so stark.

Marion würde Zustände kriegen, wenn sie wüsste, dass ich den Golf fahre. Ich durfte ihn früher nicht mal umparken. Wollte ich auch gar nicht. Dabei passe ich genau in den Fahrersitz. Abstand zu den Pedalen und zum Lenker, alles genau richtig eingestellt. Ich will schon den Schlüssel umdrehen, da klingelt Jans Telefon. Er hebt die Hand, um zu zeigen, dass ich warten soll. »Rechter Kotflügel?«, fragt er und geht vor dem Wagen in die Knie und streicht mit dem Finger um den Scheinwerfer auf der Fahrerseite.

»Alles klar! Danke. Hast was gut.«

Dann wieder zu mir: »Das war gerade noch mal der Kollege. Er hatte noch was vergessen. Hier soll so ein kleiner Kratzer sein? Weißt du davon was?«

Ich steige wieder aus. Tatsächlich ist die glattglänzende

Oberfläche über dem Scheinwerfer ein bisschen unterbrochen, silbriggraue Schrammen sind zu sehen. Eine ganz kleine Stelle bloß, aber eindeutig eine Schramme, als wäre der Wagen an etwas entlanggeschrappt.

»Das ist sicher schon ein paar Monate alt, mindestens ein paar Wochen. Genau kann man das ohne Untersuchung nicht sagen. Aber ganz frisch ist das nicht, meinte der Kollege auch«, erklärt Jan.

So wie ich Marion kenne, hätte sie das sofort machen lassen, soll ja keiner denken, sie könnte nicht Auto fahren. Sie hätte penibel darauf geachtet, dass man nachher nichts mehr sieht. Darauf ist sie immer stolz gewesen: fahren wie Sau, aber nie einen Unfall gehabt. Aber vielleicht irre ich mich auch. Was weiß ich schon von meiner Mutter?

»Also, das ist jetzt kein richtiger Anhaltspunkt«, sagt Jan. »Aber wir haben das notiert. Du musst jetzt einfach Geduld haben, Luca.«

Das sagt der so, obwohl der keine Ahnung hat. In seinem Leben ist immer alles einfach und angenehm. Seine Mutter würde nie zulassen, dass er von Problemen behelligt wird.

Als ich gerade den Zündschlüssel umdrehen will, beugt er sich noch mal zum Fenster, ich habe es runtergekurbelt, um Marions Autogeruch zu vertreiben. Er legt die Hand auf meine, die das Lenkrad umschließt. Es ist die linke, meine vollständige Hand, der Stummelfinger ist auf der anderen Seite hinterm Lenkrad versteckt. Ich spüre ihn wieder, wie immer, wenn ich friere, ein Stechen in der Fingerspitze, die es eigentlich nicht mehr gibt.

»Kommst du heute Abend zum Seefest?«

Dieser Blick. Beim Seefest sind wir zusammengekommen. Wie lange das schon her ist.

»Kann es nicht sein, dass Marion in irgendeinem Krankenhaus liegt?«

»Normalerweise melden die sich, wenn so was ist, aber ich frag noch mal nach.«

»Wann?«

»Montag. Okay? Ich kann da auch anrufen, wenn das noch keiner gemacht hat. Kommst du jetzt zum Seefest?«

»Gut, bis heute Abend.«

Ein letzter Blick in den Rückspiegel, dann mit Gas auf den Ronne-Umgehungsweg. Hinten die Decke mit den Haaren eines unbekannten Hundes, vorn eine Schramme, die überhaupt nicht zu Marion passt.

Nachricht an Marion: *Ich fahre deinen Wagen!*

Nachricht an Vinz: *Wie läuft's?*

Läuft. Mutter gefunden?

Nee.

Und die Polizei?

Die machen nichts.

War doch klar!

Wie viel Couscous bestellst du immer?

20 Pakete alle zwei Wochen.

Die Ronne ist ein blickdichtes Gewässer. Bei bewölktem Himmel schimmernd grau und beweglich wie Quecksilber. Am Abend legt sich der Nebel auf sie, am Morgen steigt er wieder in die Hänge und wartet dort in den Tannen bis zur nächsten Dämmerung. Im Sommer unter einem sorglosen Himmel ist der See tiefblau. Wenn es plötzlich kalt wird wie vor dem ersten Schnee, bilden sich Wolkenfetzen auf dem Wasser, als würde der Nebel darauf tanzen. Und vor einem Gewitter ist der See dunkel wie frischer Asphalt mit tausend winzigen weißen Schaumkrönchen. Genau das ist die Farbe von Vinz' Augen, düster und grau wie der See, bevor es über ihn hereinbricht.

Sein Laden lag auf dem Weg zur Uni. Was weiß ich, warum ich da zum ersten Mal rein bin. Da war ich seit einem Jahr in Berlin. Die Wände in meinem Wohnheimzimmer waren noch immer kahl, auf dem Schreibtisch Bücher mit Formeln und Theorie. Mein Opa mit dem zurückgekämmten Haar hätte mir vielleicht was davon erklären können, aber er war ja längst tot. Ich wollte etwas bauen, Dinge entstehen lassen, Lösungen finden. Ich war immer ganz gut in Mathe, aber an der Uni hab ich nichts mehr verstanden, selbst das, was ich eigentlich schon konnte, klang plötzlich fremd. Immerhin gab es zwei, neben die ich mich setzen konnte. Marvin und Fabian waren locker vier Jahre jünger als ich, sie trugen zerschlissene Rucksäcke und schrieben in kleiner, unleserlicher Schrift alles mit, was die Professoren sagten. Wir unterhielten uns über Computerspiele, aber ich war nicht auf dem neuesten Stand. Manchmal war ich nicht mal sicher, ob wir die gleiche Sprache sprachen. Ob die beiden gemerkt haben, dass ich so wenig verstand?

Ich hätte schwören können, dass Marion was Fieses zu meinem Studium sagt, aber nichts. Grete und Jan dagegen haben immer schon gelauert. Grete: »Ist das auch wirklich was für dich? Also, für mich wär das nichts. Da muss man auch mal realistisch sein. Und du hast ja viel von mir.«

Jan: »Du musst nur was sagen, und ich komm dich holen.«

Und ich immer: »Nee, ist alles gut, richtig super.« Und nach dem Auflegen dann auf die kahle Wand gestarrt. Mein Zimmer war im fünften Stock. Es soll mal einer von dem Haus runtergesprungen sein. Ich fand das nachvollziehbar.

In Vinz' Laden hab ich Äpfel gekauft, Brot und Käse. Er sagte: »Bis morgen!«

Ich bin wirklich wieder hin, er hat mich sogar erkannt und noch mal am nächsten Tag, in der Woche darauf wieder. Immer nach der Vorlesung, auf dem Weg zum Wohnheim, immer wieder »Bis morgen!«, manchmal klang es wie ein Befehl. Also hab ich es selbst gesagt: »Bis morgen!«

Sein Lachen, ein Goldzahn blitzte.

Dann das mit dem Fahrrad. Ich hatte es sicher angeschlossen, aber es war weg, als ich aus dem Laden trat. Und ich stand da mit Äpfeln und Fladenbrot.

Ich ging also wieder rein zu Vinz.

Und er: »Ist schon morgen?« Aber wer das Rad genommen hatte, hatte er natürlich nicht gesehen.

»Geh nicht zur Polizei, bringt eh nichts«, sagte er. Er machte Kaffee, ließ mich damit auf einem Hocker sitzen und fing an, Pakete aus einem großen Karton auf die Regale zu verteilen. Ich sehe nicht gern zu, wenn andere arbeiten, also half ich ihm. Er nickte nur und ließ mich machen. Ohne ein Wort rupften wir Folien von den Packen, ordneten sie, hintereinander, nebeneinander, übereinander, Verfallsdatum immer beachten, eh klar. Vinz neben mir, wir beide auf Knien. Ich spürte seinen Blick. War mir ewig nicht mehr passiert, dass ich das falsch eingeschätzt hab mit dem Finger, dass ich nach etwas greife, als wäre er noch dran. Aber die Packung fiel, Linsen tanzten auf dem Boden.

»Ich mach das weg«, sagte ich mit heißem Kopf und kehrte mit den Händen zusammen. Etwas im Hals machte mir zu schaffen. Da griff Vinz nach meinem Handgelenk, fest und endgültig, dass ich ablassen musste von den Linsen. Mein Herz klopfte schon, weil ich nicht wusste, was jetzt kam. Und dann starrte er auch noch auf meinen Stummelfinger. Keine Chance, mich zu entziehen, sein Griff war so, dass ich Angst bekam, an einen Verrückten geraten zu sein. Ich wollte etwas sagen, aber es drückte so im Hals. Ich klinge dann wie eine Heulsuse. Also hielt ich den Mund und versuchte mit der anderen Hand, mich frei zu machen. Da ließ er endlich los und hielt seine Linke hoch. Das letzte Glied vom Zeigefinger fehlte wie bei mir nur links. Er wackelte mit dem nagellosen Stummel, damit ich begriff.

Ich nickte, noch immer vorsichtig.

»Wie ist das passiert?«, fragte er, als wären wir jetzt Freunde. Und während ich noch überlegte und nach Worten suchte, bot er mir schon eine Antwort an: »Ärger mit den falschen Leuten?«

Ich nickte.

»Bei mir auch!« Er zeigte lachend seinen Goldzahn und blitzte mich mit seinen Gewitteraugen an, dass ich auch lachen musste. Genau, Ärger mit den falschen Leuten. Und wie! Wir lachten noch eine ganze Weile über unsere verlorenen Fingerstücke und die falschen Leute.

Es war keine Frage, dass ich anfing, bei ihm zu arbeiten. Über Geld haben wir nie gesprochen, darüber, wie ich arbeite, auch nicht. Vinz lässt mich machen. Im Laden ist alles klar: die Kunden, die Ware, die Rechnungen, Vinz. Dagegen war das Rumsitzen im Hörsaal sinnlos und vergeblich. Und man kann Vinz einfach nichts abschlagen. Er braucht einen nur anzusehen, und man ist zu allem bereit. Ich war sicher, dass er eine Frau hat, vielleicht sogar Kinder, aber dann sah es doch nicht so aus.

Vinz küsste mich nach ein paar Monaten an einem Abend, an dem es spät geworden war. Er kam vom Markt, ich half ihm beim Kistentragen. Draußen trugen schon alle Mützen und Schals, ich hatte ein T-Shirt an und schwitzte trotzdem wegen der Kisten. Das meiste kam gleich in den Laden, der Rest in die Wohnung im Hinterhaus, die damals noch Lager hieß. Als alles einsortiert war, griff Vinz nach meinem Ellbogen. Ich hatte mich an diese Griffe schon gewöhnt und wusste, dass ich nichts zu befürchten hatte, aber an dem Tag irrte ich mich, denn Vinz zog mich einfach zu sich, sein Mund berührte meinen, stachlig und fest. Ich ließ ihn küssen, küsste zurück, glitt mit ihm auf die Matratze, die es damals schon gab.

Eine Weile bin ich immer noch in die Vorlesungen gegangen, vor oder nach der Arbeit. Aber dann war mal viel los, Vinz musste dringend weg, es kam eine Lieferung, es regnete. Ich ließ Veranstaltungen ausfallen und verstand beim nächsten Mal erst recht nichts mehr. Ich sagte mir, dass ich ja länger studieren könnte, und ging irgendwann gar nicht mehr hin. Vinz überließ mir den Laden und fuhr selbst auf Märkte, Messen oder kaufte ein. Dass ich ins Lager einzog, war seine Idee. Da war ich schon eine ganze Weile nicht mehr im Wohnheim gewesen. Meine paar Sachen passten gerade so rein, bezahlen musste ich nichts. Ich bin ja eh die meiste Zeit im Laden. Fabian und Marvin schrieben einmal eine Nachricht, auf die ich nicht antwortete. Wahrscheinlich ist sonst keinem aufgefallen, dass ich nicht mehr zur Uni ging.

26. JUNI 1959

Im Festzelt war die Luft schwer von Rauch. Wegener und Lene waren im hinteren Bereich des Zelts verschwunden. Cord war im Eingang stehen geblieben. Ihm war noch immer schwindlig. Der Schnaps hatte einen bitteren Geschmack hinterlassen, er hätte gern eine Limonade getrunken oder Wasser, aber Howald winkte ihn zu sich. Er saß mit der Gertrud an einem mit Blumen und Laub geschmückten Tisch, bei ihnen die Kinder, seine Eltern, ein paar Verwandte aus Hitzmark von Gertrud, Hitzke und Eva mit den Mädchen auf dem Schoß. Howald schob ihm ein Bier hin, Gertrud deutete auf einen freien Platz auf der Bank. Ausgerechnet neben einer ihrer Cousinen, einer großen, mageren Frau mit fast schwarzem, krausem Haar, etwas älter als er vielleicht, aber mit so ernstem Blick, dass man Angst bekam.

»Das ist die Anna!«, sagte Howald, und die Gertrud nickte dazu mit einem Lächeln, das Cord alarmierte. Er hatte sie schon öfter gesehen, sie hatte mindestens vier

Schwestern, die alle gleich aussahen. Irgendetwas Merkwürdiges hatte er über die Älteste gehört, aber er konnte sich nicht erinnern, was es war. Er hätte gern bei Hitzke gesessen, bei Howald oder einem der anderen Männer. Mit dieser Frau wusste er nicht zu reden. Er trank das Bier aus und bekam gleich das nächste vor sich gestellt. Schmalscheid schwankte an ihrem Tisch vorbei und raunte Cord zu: »Der Howald will dich mit der Cousine von der Gertrud verkuppeln.« Er kicherte. »Pass auf, in Hitzmark will die keiner.« Schmalscheid ging prustend weiter. Cord seufzte. Er schielte nach Anna, die kerzengerade dasaß und aussah, als wäre sie bereit, alle Höllenqualen dieser Erde zu ertragen. Gertrud warf ihm einen aufmunternden Blick zu. Widerwillig wandte er sich an Anna: »Willst du was trinken?« Sie schüttelte den Kopf. Die Kapelle hatte eine kleine Pause gemacht, jetzt setzten sie wieder ein mit einem Walzer. Hitzke und Eva gingen auf die Tanzfläche. Howald bedeutete ihm mit den Augen, er solle Anna auffordern, doch Cord schüttelte den Kopf. Howald schob ihm noch ein Bier hin, Cord leerte es in einem Zug. Jemand schlug ihm von hinten auf die Schulter. Es war Wegener mit der Lene im Arm, der ihn vielsagend angrinste. Cord presste die Backenzähne aufeinander. Er war es leid, neben dieser stummen Frau zu sitzen, abgeschnitten von den anderen. Er war es überhaupt leid, dass sich alle einmischten. Nur weil er ohne Vater aufgewachsen war, nur weil seine Mutter nicht mehr war. Und diese blöden Andeutungen war er auch leid. Ruckartig stand er auf und griff nach seiner Jacke. »Ich muss an die frische Luft.« Und da Anna ihn jetzt anstarrte, fragte er: »Willst du mit?« Mit ihrem Nicken hatte er nicht gerechnet.

Sie sahen sich nicht einmal um, ignorierten die erstaunten Blicke von Howald, Gertrud und den anderen, als sie das Zelt verließen.

Die Luft war kühler geworden, das Karussell stand still, ein paar Jungen drängten sich noch um die Schießbude. Der Schatten des Bissbergs hatte sich über das Tal gelegt, nur oben auf der Ronnhöhe färbten ein paar Sonnenstrahlen die Tannen noch hellgrün. Einen Moment hielt Cord inne, er hatte nach Hause gehen wollen, aber mit der Anna ging das schlecht, der musste er was bieten. Und was sollte er auch in der ranzigen Stille seines Hofs? Also wandte er sich um und ging mit raschen Schritten in Richtung Kapelle. Anna blieb dicht bei ihm. Sie folgte ihm, dabei hatte er nicht mal ein Ziel. Sie stellte auch keine Fragen. Die schien zu glauben, dass er schon das Richtige tun würde. Die Musik aus dem Festzelt wurde leiser, vereinzelt hörte man noch Rufe und Gejohle. Dafür war da jetzt das sprudelnde Plätschern der Ronne. Sie überquerten den Weg, der nach Hitzmark führte, und gingen ein Stück über die Wiese am Bach entlang. Das Gras war noch trocken vom Tag, trotzdem roch es nach feuchter Erde. Bei der Erle, die sich über die Ronne neigte, kletterte er die Böschung runter zum Wasser. Er streckte Anna die Hand hin, ihre Finger waren trocken und kühl.

Man musste die Zweige auseinanderbiegen, um zu einer kleinen Bucht zu kommen. Er ließ sie zuerst durch die Äste steigen. Sie bewegte sich vorsichtig, wie eine, die Angst hatte, etwas kaputtzumachen. Ganz anders als seine Mutter, bei der jede Bewegung kraftvoll gewesen war – früher jedenfalls. Die Stelle, die er suchte, lag schon in bläulichem Dämmerlicht. Ein steiniges Plätzchen, das überspült war, wenn der Bach im Frühjahr über die Ufer trat. Die Ronne schimmerte metallisch.

Er breitete seine Jacke auf dem kiesligen Boden aus. Sie starrte darauf und musste wohl erst begreifen, dass er das für sie gemacht hatte. Er setzte sich neben sie auf den Boden, die kleinen Steinchen machten ihm nichts aus. Hier war die Ronne breit und seicht. Die Oberfläche kräuselte sich leicht, silbrigblau warf sie das Licht des endenden Tages zurück. Die Luft war noch lau, aber vom Wasser kam es schon kühl, bald würde es über der Ronne milchigtrüb werden, über Nacht würde der Nebel sich dann auf der Wiese ausbreiten und am frühen Morgen das ganze Tal bedecken.

»Hier war ich früher oft als Kind«, erklärte er.

Sie nickte, den Blick auf das Wasser geheftet.

»Wenn der Howald und der Hitzke mich nicht dabeihaben wollten.« Sein Lachen klang künstlich. Diese ganze Situation, dass er jetzt hier mit der Anna war. Was die wohl dachte?

»Schön hier«, sagte Anna. Die Knie hielt sie mit den Armen eng an ihrem Körper. »So was haben wir in Hitzmark nicht.«

Ihre Stimme war angenehm dunkel.

Und da sie weiter nichts sagte und auch er nichts mehr wusste, zog er die Schuhe aus und krempelte die Hosen hoch. Das Wasser war eiskalt, aber frisch und belebend. Der Schwindel vom Bier und den Schnäpsen verflüchtigte sich. Er sog die Luft ein und ging ein paar Schritte, spürte den leichten Strom an seinen Knöcheln und die flachen, glitschigen Steine unter seinen Füßen. Der Himmel war über der Ronnhöhe schon dunkelblau, über dem Bissberg schimmerte er noch gelborange. »Komm auch!«, rief er Anna zu. Aber die schüttelte nur den Kopf und zog den Rock enger um die Beine.

»Was ist denn?«, fragte er und watete mit klammen Füßen zu ihr.

»Wird schon dunkel«, sagte sie, als würde das alles erklären.

»Willst du zurück zu den anderen?«

Sie hob die Schultern, schüttelte den Kopf. Ihre Augen wirkten dunkel, dabei hatte er im Festzelt noch gesehen, dass sie blau waren. Sie blickte ihn an. Wie sie dasaß, sich umschlang und zitterte. Er setzte sich neben sie und legte seinen Arm vorsichtig um ihre Schulter. Sie saß etwas steif, ließ es aber geschehen.

»Hast du Angst?«, fragte er.

Er spürte, wie sie nickte und sich dann ganz leicht an ihn lehnte.

»Wegen dem Wasser«, sagte sie nach einer Weile ernst.

Und da sie weiter nichts sagte, fragte er: »Aber nicht wegen der Ronne-Marie?«, und musste fast lachen. »Ist doch nur ein Märchen.«

Der Wind war kühler geworden, das Wasser schimmerte jetzt dunkel. Cord erwartete schon keine Antwort mehr, da sagte sie: »Meine Schwester ist in der Ronne ertrunken.« Ihre Stimme klang jetzt heller und unruhiger. »Die war noch klein. Ich hätte aufpassen sollen, aber ich hab nicht …« Sie brach ab. Er spürte sie von neuem steif werden in seinem Arm, vielleicht weinte sie auch.

»Ist gut«, sagte er und drückte sich an sie. »Ist gut.« Noch zitterte sie, aber das ließ schon nach. Die kannte sich aus mit Traurigkeit, genau wie er. Bei der war er nicht der Kleine, obwohl sie etwas älter war. Die spürte, dass er mit neunzehn schon ein Mann war, der einen Hof allein führte. Auf die konnte er aufpassen, die war bei ihm sicher. Und er umfing sie auch mit dem anderen Arm, beugte seinen Kopf über ihren. Ihr Nacken war warm, er roch nach Seife und ein bisschen säuerlich. Ihr Haar kitzelte ihn an der Wange, so dass er den Kopf hob, und auch Anna hob den Kopf, und selbst in der hereinbrechenden Dunkelheit erkannte Cord, dass ihr Blick nun weniger starr war, alles an ihr wirkte weicher. Wie fremd und gleichzeitig nah ihm dieses Mädchen war. Er nahm ihr Gesicht in beide Hände und zog es zu sich.

»Ist gut, Anna«, flüsterte er wieder. Dann fanden seine Lippen ihren Mund, der nur im ersten Moment trocken und spröde war.

Das Seefest findet jedes Jahr am Ende des Sommers statt, hinten in der Bosbacher Bucht. Die Region feiert das Ende der Saison. Es gibt Lagerfeuer, Musik und Bier. Ich hab nur gesagt, dass ich komme, damit Jan Ruhe gibt, aber dann hat Kati angerufen, und ihr kann ich nichts abschlagen.

Ich will Grete nur kurz zuwinken, bevor ich losfahre, da seufzt sie und ist schon wieder so wacklig. Mit zittriger Hand berührt sie meine Wange: »Kind!«, dabei fahre ich doch nur rüber zur Bosbacher Bucht. Und dann: »Trink nicht wieder so viel.« Als müsste man sich bei mir Sorgen machen.

Wir nehmen Marions Wagen, Katis ist in der Werkstatt. Der Golf fährt wie 'ne Eins, nur tanken müssen wir noch.

O Marion, wie hast du mit so wenig Benzin nach Berlin kommen wollen?

Es hat aufgeklart. Schon auf dem Weg vom Parkplatz nach Hause hat sich die Sonne durch die Wolken gekämpft, der Boden dampft, links das endlos tiefe Ufer und unten der

See. Der Fahrtwind vermischt sich mit Lagerfeuergeruch, wir sind gleich da. Das Frizz hat immer den Bierstand auf dem Seefest. Marion mit wippendem Haar, engem Top und schmalen, festen Oberarmen, die Männer gucken ihr auf die Brüste, sie schenkt aus und lacht. Statt ihr wird heute Susanne da sein. Und wieder sitzt mir was in der Kehle.

»Bist du böse, wenn ich dich nur absetze und wieder nach Hause fahre?« Wir schieben uns über die Parkwiese hinter den anderen Autos her. Kati starrt mich an. »Was? Du willst jetzt einfach zurück?«

Ich hebe die Schultern.

»Fahr hier mal rein!«, sagt Kati und zeigt auf eine Parklücke. Und ich tue, was sie sagt, bleibe aber sitzen, bereit, wieder loszufahren, wenn sie ausgestiegen ist.

»Was ist denn?«, fragt sie.

»Das ist mir alles zu viel. Was soll ich jetzt feiern? Ich will die alle gar nicht wiedersehen.«

Kati nimmt meine Hand. »Komm! Das wird bestimmt lustig.«

»Ich bin nicht in der Stimmung, mir den ganzen Abend Besoffene vom Leib zu halten, ich kenn das doch.«

»Jetzt mach dir mal keinen Kopf. Vielleicht ist Marion nur für ein paar Tage weg. Vielleicht kommt die nächste Woche wieder, und du hast dir ganz umsonst Sorgen gemacht.«

»Ach, die ist mir doch scheißegal. Ich will einfach nicht da raus.«

Die Sonne steht schon schräg, gleich wird sie den Bosberg berühren und langsam dahinter versinken.

Kati seufzt. »Als wir in der zweiten Klasse waren, hast du Malte aus der dritten so gegen das Schienbein getreten, dass er weinen musste. Sogar die aus der vierten hatten Angst vor dir. Keiner hat sich getraut, mich zu ärgern, weil du meine Freundin warst. Ich will damit nur sagen, dass du keine Angst haben musst. Dir kann doch keiner was. Und ich bin ja auch noch da.«

Der Schulhof war schattig und feucht, nach den Kämpfen hatte ich Flecken auf der Hose und an der Jacke, manchmal blutete was, meistens die anderen. Die Stimme von Frau Falkenberg überschlug sich dann. Grete hat immer streng geguckt, aber nichts gesagt. Marion hat nur gelacht, wenn sie es überhaupt mitbekam. Bei Sandra Hitzke durfte ich nicht mal mehr ins Haus, weil ich sie in eine Pfütze geschubst hatte.

Kati nimmt meine Hand, als wir Richtung Lagerfeuer gehen. Mücken tanzen, überall sind Menschen mit Bierbechern in den Händen. Und plötzlich sind da Lilli und Lara, schmal und blond, mit dunkel geschminkten Augen. Sie waren gerade zwölf, da haben sie Yvonne und Wolf erzählt, ich hätte zweihundert Euro vom Küchentisch geklaut. Dabei hatten sie das Geld selbst genommen. Ich hab damals nichts dazu gesagt, aber kurz danach bin ich nach Berlin, so was lässt keiner gern auf sich sitzen. Und jetzt fallen mir die beiden um den Hals, als wäre nie was gewesen. »Hey Luca. Schön, dich zu sehen!« Und dann etwas näher an meinem Ohr. »Hast du was zu rauchen?«

»Nee, gerade nicht.« Die beiden riechen sogar gleich, süßlich und irgendwie dumpf. »Muss weiter. Wir sehen uns.« Kati zerrt mich in die Menge, und dann taucht endlich Jan auf, den Arm voller Bierbecher. Als ich einen nehme, hebt er die Augenbrauen. Der klebrigbittere Geschmack erinnert mich an die letzte Nacht. Ich setze erneut an, kippe die Flüssigkeit runter. Jetzt, wo Marion verschwunden ist, nimmt mir das ja niemand mehr ab.

Hinten ist tatsächlich der Bierstand vom Frizz. Susanne verteilt schwappende Becher, Fritz zapft. Ich erkenne Christian Wegener und Carsten Schmalscheid wieder, die sind wohl Stammgäste. Da steht auch der Ackerschott, mein früherer Chef bei der Touristeninfo. Und dann ist da einer, den ich nicht zuordnen kann. Er lehnt am Stand und guckt rüber zu mir, als müsse ich ihn kennen. Aber ich kenn ihn nicht, nicht das braune, halblange Haar, nicht die Kapuzenjacke, nicht das unrasierte Kinn und schon gar nicht diese Augen, die trotz der Dunkelheit hell wirken. Sieht mich an, als würde er erwarten, dass ich mich an irgendetwas erinnere.

Ich höre gerade noch, wie Kati fragt: »Wo ist denn Sandra?«

Und Jan: »Zu Hause. Der ging's nicht so gut.«

Und der Typ guckt immer noch.

»Dahinten sind Christian und Carsten, erinnerst du dich noch an die?«, ruft Kati, als sei das etwas ganz Tolles.

Ich nicke.

»Komm, wir sagen mal hallo.«

Ich schüttle den Kopf. Mit denen hab ich nichts zu bereden. Der Ackerschott wird gleich wieder davon anfangen, warum ich denn damals die Ausbildung nicht zu Ende gemacht habe. Außerdem guckt die Kapuzenjacke noch immer.

»Okay, wenn ich mal kurz hingeh?«, fragt Kati.

»Klar.«

Kaum ist Kati weg, da zieht Jan mich mit sich Richtung Wasser, an den Booten vorbei, die jetzt am Ufer festliegen. Die Sonne ist schon hinterm Bosberg verschwunden. Das Wasser wellt sich bläulichgrau. Von Fest und Feuer trennt uns ein Gebüsch. Wir waren schon mal hier, auch beim Seefest, da hatte er noch keine schwangere Frau. Jan knöpft seine Jacke auf, und ich frag mich schon, was jetzt kommt, aber er fingert nur einen schmalen weißen Kegel aus der Innentasche. In der Dämmerung wirkt sein knochiges Gesicht ernster. Die Schatten heben die Konturen hervor, die Augen sind schwarze Löcher. Als er einen Zug nimmt, glühen die Wangen orange auf.

»Darfst du das denn, Herr Kommissar?«

»Sagen wir mal so: Es ist gut, wenn mich keiner dabei sieht. Du wirst mich ja nicht verraten, oder?«

Bitter ist der Rauch und scharf in der Lunge. »Was versprichst du mir, wenn ich dich nicht verrate?«

»Was du willst«, sagt sein Mund direkt neben meinem Ohr. Dieser ölige Geruch, jetzt mit Erde vermischt.

Und dann ist der Mund auf meinem, seine Zunge, seine Hände. Keine Ahnung, wo der Joint ist, vielleicht verglüht er irgendwo neben uns. Mein Atem, sein Atem. Mit Jan folgte auf den einleitenden Kuss ein ewiges Gefummel, dann zog man sich gegenseitig aus, Kleidungsstück für

Kleidungsstück, und irgendwann schlief man endlich miteinander. Danach wollte er immer noch irgendwas reden. Der Sex mit Vinz ist klarer, unmittelbarer, erwachsener. Er kommt schnell zur Sache (und es ist ganz egal, ob man noch was anhat oder nicht), danach zündet er eine Zigarette an, die wir zusammen rauchen, schweigend, manchmal sprechen wir noch über den Laden. Niemals würde er fragen: Was denkst du gerade? Wie fühlst du dich? War ich gut? In Berlin habe ich wenig an Jan gedacht, und hier ist er gleich wieder da. Keine Ahnung, was das hier bedeutet.

Das Klingeln kommt von Jans Handy. Er fummelt nach dem Telefon, richtet sich auf.

»Hallo Maus.«

Seine Stimme ist so weich, dass man darin versinken könnte. Ich drehe mich weg von ihm, zerre meine Kleidung zurecht und gehe in Richtung Feuer zurück. Aber jeder Schritt ist mühsam, ich komme kaum voran. Überall liegen Steine, und inzwischen ist es auch stockdunkel geworden. Ich bin also nicht weit gekommen, da fasst Jan meinen Arm und dreht mich zu sich.

»Hey!« Er lässt nicht zu, dass ich weiterstolpere. »Das war doch bloß … Komm, bitte!«

»Nein. Das ist Quatsch!« Sein Gesicht ist eine Anordnung dunkler Flecken, besonders düster die Augen, die jetzt wieder ganz nah sind. »Echt nicht, Jan.« Ich schiebe ihn beiseite, mache mich auf in Richtung Licht und Stimmen, mit tastenden Füßen, die gerade das Gehen neu erfinden.

Kati muss hier irgendwo sein, aber ich sehe nur Lilli und Lara, sie stehen in der Nähe des Feuers, ihre Gesichter flackern, und ich höre sie kichern, auf so eine völlig überdrehte Art, sie haben wohl doch noch was zu rauchen gefunden. Und dann steht da auch noch dieser Typ mit den Augen. Ich will fragen, ob sie Kati gesehen haben, aber Lilli macht so eine Geste: Lass sein! Hör auf! Und Lara lacht und lacht. Und dann sehe ich erst, dass offenbar Carsten Schmalscheid gerade so lustig ist. »Die Alte ist so behämmert, das ist nicht zum Aushalten«, sagt er. Lillis Geste wird größer: Stopp! Halt! Sie lacht schon gar nicht mehr.

Und Carsten: »Setzt die sich bei mir auf'n Schoß und fängt gleich an hier so.« Er greift sich in den Schritt, knetet da herum, Lara keucht vor Lachen.

Lillis Augen sind ganz groß, als würde gleich ein Unglück hereinbrechen.

Carsten: »Und ich so: ›Baby, kannst du gern auf dem Klo weitermachen ...‹«

Dann sieht Lara mich auch und schüttelt abwehrend den Kopf, ihr Kichern klingt jetzt wie ein Heulen.

Der Typ mit den Augen will etwas sagen, aber Carsten macht weiter. »Macht die mir auf'm Klo die Hose auf und fängt an zu blasen, und dann sagt die plötzlich: ›Wart mal‹, hängt den Kopf ins Klo, kotzt voll ab und will dann gleich weitermachen ...« Und dann kann Carsten nicht mehr, er keucht und wiehert. Lara und Lilli starren mich an, während Carsten weiterzusprechen versucht: »Und ich so: Nee, Frau Schreiber, da nehmen Sie jetzt aber schön die Hand.« Erst jetzt, noch immer kichernd, blickt Carsten sich zu mir um. Wahrscheinlich hat er sich gewundert, dass sein Publikum plötzlich keinen Mucks mehr von sich gibt.

»Scheiße!«

Ich spüre mit einem Mal sehr deutlich mein Herz pumpen, es rauscht in den Ohren. »Was ist denn scheiße?«, frage ich Carsten und trete an ihn heran.

»Nichts.«

»Sag doch mal! War doch erst so lustig, und jetzt ist es auf einmal scheiße?«

Carsten tritt einen Schritt zurück, hinter ihm das Feuer. Es wird ihm nichts nützen, dass er einen Kopf größer ist als ich. Mit beiden Händen stoße ich ihn gegen die Brust, dass er zurücktaumelt.

»Sag mal, du Wichser!«

»Das war doch nur ...«

»Was? Hast du da gerade über meine Mutter gesprochen?«

»Das war ...«

Und wieder mit beiden Händen gegen seine Hühnerbrust, hinter ihm lodert es heiß, er taumelt. Irgendjemand schreit. Und noch mal mit beiden Händen.

»Pass auf, das Feuer!«

Carsten will zur Seite ausweichen, stolpert, stürzt und kommt auf allen vieren auf. Ich hole aus, trete ihm in den Bauch. Und noch mal mit voller Wucht, dass er zur Seite kippt. Und wieder: Schwung holen und zutreten.

»Luca, hör auf!«

Ich zeig dir gleich *Hör auf*, erneut hole ich aus, aber irgendwas reißt mich nach hinten.

»Du hast sie doch nicht mehr alle!«, schreit jemand. Vielleicht Carsten. Und ich will's ihm gern noch mal zeigen, aber da sind Hände, die mich halten, Arme, die sich um meinen Oberkörper schlingen.

»Hör auf, Luca!«

Meine ganze Kraft lege ich in die Tritte, winde mich in alle Richtungen, werfe den Kopf zurück, bis mich jemand bei den Schultern packt. Kati. Sie sieht mich direkt an: »Mann, Luca! Hör auf!« Dann erst rieche ich Öl und Erde, es ist Jan, der mich hält. Er lässt von mir ab, steht da, die Hand vor die Nase gepresst, dunkel rinnt es zwischen den Fingern. Mein Hinterkopf und meine Tritte haben den Falschen erwischt.

»Scheiße, das wollt ich nicht.«

»Schon gut«, murmelt er.

»Fotze!«, brüllt irgendwer in meine Richtung. »Beschissene Fotze!«

Kati hält mich fest, ihr Gesicht ist ganz nah an meinem: »Nicht, Luca! Hör auf mit dem Scheiß. Du machst alles nur schlimmer.« Ihre Stimme klingt ein bisschen wie die von Frau Falkenberg. Und wieder brüllt jemand: »Fotze! Komm doch her!«

Ich mache mich los und renne in die andere Richtung. Aber nur wegen Kati, weil ihre Stimme noch nie wie die von Frau Falkenberg geklungen hat. Ich laufe den Hang hoch, ignoriere die Schreie in meinem Rücken, bis Metall und Glas dunkel schimmern, und zum Glück finde ich gleich den Golf. Weg hier! Ruckend bewegt sich der Wagen aus der Lücke, ich will jetzt nicht auch noch irgendwo gegenknallen. Aber mit Autos bin ich besser als mit Menschen. Irgendwie komme ich vom Parkplatz, ohne Schaden anzurichten, auf den Ronne-Umgehungsweg und weg. Und obwohl im Rückspiegel alles dunkel bleibt, habe ich das Gefühl, dass mir jemand folgt.

TEIL ZWEI

Wo jetzt das Wasser glänzt, war einst ein Tal mit einem Bächlein darin. Neben dem Bach aber lebten Menschen, die ließen ihr Vieh auf den Wiesen weiden und waren bescheiden und glücklich. Nur einer war treulos und schlecht, das war der Mann der Marie. Des Nachts schlich er aus der Kammer, um bei einer anderen zu liegen. Und als die Marie ihm dann nachschlich und sah, wie er am Ufer des Bächleins die andere umarmte, begann sie zu weinen. Viele Stunden weinte sie, und die Tränen liefen über ihre Wangen und vermischten sich mit dem klaren Wasser. Und da sie mit dem Weinen nicht aufhörte, schwoll das Bächlein an, trat über die Ufer und verschlang den treulosen Mann und seine Geliebte. Und da die Marie noch immer weinte, stieg das Wasser weiter, lief in Scheunen und Ställe, in Häuser und Hütten, es kroch die Wände hoch bis unters Dach und, da die Marie nicht aufzuhören vermochte, auch über die Dächer hinweg, bis ihre Tränen das ganze Tal füllten und es nichts mehr gab, das sie an den Mann erinnern konnte. Bis heute sitzt die Marie da unten im See. Und wenn das Wasser zu sinken droht, weint sie von neuem, damit alles bedeckt bleibt.

Jetzt haben sie wieder was, was sie erzählen können über die Schreiberbrut: die Mutter notgeil und die Tochter gewalttätig. Ich trete das Gas durch. Der Asphalt zerfließt im Scheinwerferlicht. Wenn mir Carsten noch mal in die Quere kommt, der kann sich warmlaufen! Das Quietschen, als ich die Kurve schneide, die Reifen rutschen, greifen wieder. Scheinwerfer von vorn, Lenkrad nach rechts. Was hupt der Arsch denn so! Ich pass schon auf, dass er nicht in die Ronne ausweichen muss. Bei dem Wasserstand wär's noch nicht mal besonders gefährlich.

Die Scheinwerfer bilden einen Tunnel, durch den ich über die Straße fliege. Von der Ronne schleicht sich Nebel an. Dann links auf die Talbrücke, tagsüber kann man hier das Gefühl kriegen abzuheben, wenn man schnell drüber-fährt, jetzt ist nur wolkiges Dunkel um die Lichtkegel, dar-unter der fließende Asphalt. Gleich kommt links der Park-platz, auf dem der Wagen stand. War das wirklich erst heute Morgen? Ich ziehe das Lenkrad herum, ohne Blinker zu setzen, eh keine Sau hier. Den Golf stelle ich so hin, wie ich es in Erinnerung habe, dass Marion ihn abgestellt hat. (Oder der verrückte Perverse, der sie entführt und zerstückelt hat.) Wenn sie tatsächlich selbst den Wagen hier geparkt hat, dann wahrscheinlich auch nachts. Kam sie dann von zu Hause? War sie auf dem Weg nach Berlin? Zu irgendeinem Kerl? Irgendwann jedenfalls ist sie auf diesen Parkplatz gefahren und hatte kaum Sprit. Bis zur Tankstelle in Bosbach hätte es noch gereicht, da habe ich auf dem Weg zum Fest mit Kati getankt. Ich schalte die Scheinwerfer aus, schließe die Augen, sehe gepunktetes Schwarz, dann Carsten Schmalscheid, Jans blutende Nase, höre Katis Stimme, rieche Marion und muss raus aus dem Wagen. Dampfige Waldluft, ein Käuzchen, Rascheln, von ganz weit weg das Rauschen der Autobahn. Vielleicht wollte Marion einfach pinkeln oder frische Luft schnappen? Und dann? Die Tannen zum See runter stehen dicht, Scheinwerfer streichen von der Straße die Stämme entlang. Dann ist es wieder dunkel. Ist sie da runter? Marion hatte gar keine Schuhe, mit denen das gegangen wäre.

Das pulsierende Brummen des Telefons.

Kati schreibt:

Wo bist du?

Im Wald, tippe ich und lösche es gleich wieder. *Auf dem Weg nach Berlin*, sollte ich schreiben, und bevor ich es selbst verstehe, haben meine Finger schon Vinz' Nummer rausgesucht.

»Vinz? Ich bin's, Luca.«

»Luca? Weißt du, wie spät es ist?«

»Schläfst du schon?«

»Hallo? Luca? Wo bist du denn?«

»Ich bin hier auf einem Parkplatz. Ist total scheiße hier, ich ...«

»Luca? Bist du noch da?«

»Ja. Hörst du mich?«

»Jetzt ja, was ist denn?«

»Ich ... wollte nur fragen, wie's mit dem Laden läuft.«

»Was?«

»Alles okay mit dem Laden?«

»Was ist mit dem Laden?«

»Nichts, ich komme bald zurück, wollte ich nur sagen.«

»Ich verstehe kein Wort.«

»Ich komme bald wie-der!«

»Hallo? Lass uns morgen telefonieren. Ich versteh so nichts.«

»Ist gut, ich muss eh Schluss machen.«

Das stumme Telefon, der Wind, ein hölzernes Knacken vom Wald her. Auch wenn ich direkt in sein Ohr sprechen würde, würde Vinz nicht begreifen, was auf dem Seefest passiert ist. Am Ende würde er mich höchstens besorgt ansehen und sich fragen, ob es gut ist, wenn eine wie ich bei ihm im Laden arbeitet. Er hat nie die Tannen auf dem Bissberg gesehen, wenn der Wind sie zur Seite biegt, er weiß nichts vom silbrigen Wasser der Ronne und von Carsten Schmalscheid, und selbst von Jan hat er nie gehört. Wie kann er mich verstehen, wenn er das alles nicht kennt?

Das bläuliche Handylicht weist mir den Weg zur Straße, neben dem Asphalt kommt ein bisschen Gras, dann gleich die Leitplanke. Und wieder kommt es mir vor, als würde mir jemand folgen, obwohl da nichts ist, kein Licht, kein Geräusch, einfach so ein Gefühl. Hat Marion das auch gehabt? Und hat sie dann vielleicht jemand von hinten gepackt? Ich drehe mich nicht um, die Füße mal auf dunklem Asphalt, mal auf büschligem Gras. Dann die Brücke mit dem Bürgersteig. Endlich festen Boden unter den Füßen, doch hier oben greift gleich der Wind nach mir, zerrt an meinen Haaren, den Klamotten, meine Hand fährt am Geländer entlang. Dahinter geht es in die Tiefe. Der Hang fällt schroff ab bis zum See, unten sieht man nur schwarzblaue Dunkelheit. Am Himmel ein blasser dreiviertelvoller Mond, ein paar Sterne. Eine kräftige Böe drückt mich ans Geländer, fegt um meinen Kopf, dass es in den Ohren wummert. Soll der Wind mich doch fortreißen.

Die Mitte der Brücke ist durch eine kleine Kerbe im Geländer markiert, ich erfühle sie mit den Fingern und beuge mich über die Brüstung. Vielleicht kommt es vom Dope, dass die Brücke schwankt, nicht stark, mehr wie ein leichtes Beben, dazu der Wind. Und unten: nichts. Irgendwo müsste das Wasser sein, das Ufer und dieser Knick, an dem die Ronne um den Bissberg fließt, aber da unten gibt es keine Konturen, alles verschwindet in der Finsternis. Vierundvierzig Meter sind es von hier oben bis zum Seegrund. Wenn man mit dem Schiff unten durchfährt, hallt es wie in einer Kathedrale. Runterspringen ist natürlich nicht erlaubt, wegen der Schiffe. Ich hab's nie gemacht, aber ich kenne welche, die damit angeben. Bei diesem Wasserstand ist man allerdings gleich tot. Wenn Marion hier war, wird sie sich das auch überlegt haben. Unten das dunkle Nichts, oben schwankt die Brücke, als wollte sie einem schon mal eine Vorstellung davon geben, wie es ist, keinen Boden mehr unter den Füßen zu haben. Zwischen Leben und Tod liegen etwa dreißig Meter Bodenlosigkeit. Wie einfach alles ist, wenn es keinen nächsten Tag gibt.

Das leichte Schwanken wird zu einem Beben, Scheinwerfer streifen vorbei, ich sehe aus den Augenwinkeln, wie sie Richtung Ronnbach verschwinden. Und wieder Ruhe und Dunkelheit.

Marion, bist du da unten?

Und wieder dieses Beben. Diesmal kommt das Auto von der anderen Seite. Aber etwas daran ist komisch. Die Scheinwerfer und die Straßenseite. Rote Rücklichter rollen in meine Richtung. Schnell wende ich den Kopf zurück zur anderen Seite des Geländers, lausche auf das Näherkommen, und zu allem Überfluss schiebt sich eine Wolke an den Mond heran. Ich könnte weglaufen, aber ich bleibe, die Arme auf das Geländer gestützt. Hinter mir ruckt eine Bremse. Ich müsste nur übers Geländer, um zu entkommen.

17. SEPTEMBER 1962

Ein Himmel wie Blei, die Tannen auf der Ronnhöhe darunter waren beinahe schwarz, nur hinten auf dem Bissberg, wo sie gerodet hatten, war ein schmaler Streifen Sonnenlicht zu sehen. Wenn er Glück hatte, würde es erst in ein paar Stunden regnen. Cord musste das Dach reparieren. In der Schlafkammer kam der Regen durch. Anna sagte nichts dazu, aber ihr Blick, wenn sie Eimer unter die undichten Stellen schob. Früher hatte Franz Liseke ihm bei diesen Arbeiten geholfen, aber der wurde alt, inzwischen dauerte alles länger, wenn er dabei war. Cord hatte ihn nur nach der Leiter gefragt, Grete wollte sie bringen. Doch jetzt stand da der silberne Mercedes vor dem Liseke-Hof, und von Grete keine Spur. Dieser Schreiber mit seinem Angeberwagen. Cord hätte gern draufgespuckt.

Ein langgezogener heller Ton kündigte eine Sprengung an. Der Boden vibrierte, ein dumpfer Knall. Wahrscheinlich ein Stück Fels, das der Talbrücke im Weg war, vielleicht auch die Kapelle, zuzutrauen wäre es ihnen.

Das Küchenfenster stand auf, Cord hörte seinen Kleinen weinen, der Große rief etwas, um ihn zu übertönen, dazu Annas Stimme, wie ein zischelndes Wispern. Gleich würde sie ihn rufen. Es ging schon gegen Mittag.

Endlich kam Grete. Die Leiter wankte unter ihrem Arm. Er ging ihr entgegen, packte mit an. Ihre Wangen waren rosa, dazu dieser Mund, voll und geschwungen wie bei den Frauen im Kino. Ihr Atem ging schnell, als sei sie gerannt.

»Was war denn?«, fragte Cord mit einem Blick auf den Mercedes.

»Der Vatti hat den Hof verkauft.« Gretes helle Augen bohrten sich in seine.

Er nickte stumm, wandte sich ab und ging schneller, dass sie hinter ihm ins Stolpern geriet, aber sie sagte nichts. Grete ließ sich nicht abschütteln, schon damals als Kind nicht.

Gemeinsam trugen sie die Leiter zum Haus. Cord deutete auf die Stelle, an der er hochsteigen wollte.

»Und jetzt zieht ihr um, oder was?« Seine Stimme klang dunkler als sonst.

»Wir bauen da oben.« Sie reckte ihr Kinn in Richtung Bissberg, zu einer kahlen Fläche am Hang, zerfurcht von matschigen Wegen, die vielleicht einmal Straßen werden würden. Hitzke und Howald hatten schon angefangen zu bauen, hell ragten die Mauern aus dem Gelände. Die anderen würden nachziehen.

»Na denn«, sagte er und nickte zur Leiter. Die Hände am runden Holz, spürte er ihren Blick. Als ihn etwas am Bein berührte, zuckte er zusammen.

»Ditzken!« Gretes Stimme klang weich.

Die schwarze Katze stieß einen Laut aus, der wie eine Frage klang, und drückte sich an Cord. Er wollte sie wegschubsen. Liseke hielt das nutzlose Tier, damit es die Ratten jagte, aber es lag nur herum oder erschreckte einen zu Tode. Grete hob es auf ihren Arm und legte ihre Wange an das dunkle Fell. »Los, lauf rüber zu uns, du Strolch.« Sie ging in die Knie, ließ die Katze durch ihre Hände auf den Boden gleiten. Die sah sich noch einmal nach den beiden um, dann schlich sie davon in Richtung Zaun. Grete lachte. »Sie denkt, hier bei euch ist ihr Zuhause.«

Er lachte nicht, und auch Grete wurde wieder ernst, sie umfasste die Leiter und nickte ihm zu.

Er konnte die zerbrochenen Dachziegel schon sehen, als er die Stimmen vom Nachbarhof hörte. Der alte Liseke und Schreiber waren aus der Tür getreten. Liseke wirkte mit der Krücke und ohne Prothese wie ein Greis. Sonst fiel kaum auf, dass vom linken Bein ein ganzes Stück fehlte. Schreiber dagegen zeigte breite Schultern wie ein junger Kerl, dabei musste er mindestens vierzig sein. Die Männer reichten einander die Hände. Cord konnte nicht erkennen, ob es dem Alten unangenehm war. Während er die Leiter weiter hinaufkletterte, erwartete er das Geräusch von Autoreifen auf Kies, stattdessen war da Schreibers Stimme unter ihm. Der nassgekämmte Haarschopf tauchte direkt neben Grete auf. Cord spürte ein Pochen am Hals. Diese Burschen vom Talsperrenverband glaubten, sie könnten sich hier alles nehmen. Denen war doch egal, dass manche Höfe hier über hundert Jahre alt waren. Die hatten mehrere Kriege

überlebt. Und dann kam Schreiber mit seinem Talsperrenverband und wollte das alles auslöschen, um einen See zu
bauen.

»He!«, rief Cord runter, um zu zeigen, dass er den Kerl
im Blick hatte.

Schreiber legte den Kopf in den Nacken. »Jetzt muss
das arme Fräulein Liseke die Leiter halten. Behandelt man
so eine schöne Frau?«

Grete sagte etwas, aber Cord verstand es nicht, da war
dieses Rauschen in seinen Ohren. Er zwang sich, langsam
hinabzusteigen. Knapp verfehlte sein Stiefel Schreibers
Hand, die auf einer der Sprossen lag.

»Tag, Hennes. Reparierst du das Dach?« Der Kerl duz-
te ihn, dabei war Cord fünfundzwanzig und führte den Hof
seit Jahren allein.

»Geht dich das was an?«

»Das kannst du dir sparen. Wird eh alles abgerissen.«

Cord kniff die Augen zusammen.

»Weißt du doch. Strenggenommen darf nicht einmal
mehr erneuert werden.«

»Na denn«, sagte Cord. Das Haus hatte sein Großvater
gebaut, sein Vater hatte es an ihn weitergeben sollen. Aber
mittlerweile hing das Dach gut sichtbar durch, und es war
ein Wunder, dass der Stall nicht einfach zusammenbrach.

»Ich werd mal nichts sagen.« Schreiber zwinkerte Grete zu und ließ den Blick über den Hof schweifen. »Guck lieber mal, dass ihr hier bald weg seid. Wir fangen demnächst
an abzureißen.«

»So?« Das Rauschen in Cords Ohren wurde stärker.

»Den Vertrag, den dein Vater unterschrieben hat, muss ich dir doch nicht noch mal zeigen, oder?«

Cord war vielleicht fünf Jahre alt gewesen, als man ihm sagte, dass sein Vater nicht mehr kommen würde. Er erinnerte sich nur an einen schweren, kratzigen Mantel und an das harte Schluchzen seiner Mutter. Die war jetzt auch schon seit drei Jahren nicht mehr. Über den Vertrag hatte sie nie ein Wort verloren. Schreiber gegenüber hatte sie stur geschwiegen. Cord hatte ihn nach ihrem Tod in einer Schublade gefunden.

Offenbar hatte der Talsperrenverband den Leuten hier schon vor dem Krieg Angebote gemacht. Sein Vater hatte angenommen, vielleicht hatten sie Geld gebraucht. Ganz sicher hatte damals keiner geglaubt, dass sie das Tal jemals in einen See umbauen würden. Und galten denn überhaupt noch die Gesetze von damals?

»Ich weiß nichts von Verträgen.« Cord hatte ihn verbrannt. Als sein Vater den Hof verkauft hatte, brach gerade der Krieg aus, alles war ungewiss. Man verstand ja auch jetzt nicht, warum ausgerechnet die Ronne gestaut werden sollte, als »Wasserreservoir für das Ruhrgebiet«, zur »Wasserstandregulierung der Ruhr« und weiß der Teufel. Die Leute vom Verband hatten damals eine hübsche Summe geboten, so viel, dass Cords Vater sich einen schönen neuen Hof hätte kaufen können, aber jetzt war das Geld nichts mehr wert. Der Hof war alles, was Cord hatte. Er hatte doch auch der Mutter versprochen, sich darum zu kümmern.

»Hier kommt die Talsperre hin. Da musst du so oder so weg.«

Die Wut würgte Cord. Wieder vibrierte die Erde von einer Sprengung oder wer weiß was. Anna rief zum Essen. Es roch verbrannt.

»Sichert euch eins von den Grundstücken im neuen Dorf.« Schreiber zeigte auf den kahlen, zerfurchten Hang mit den einsamen Grundmauern von Howald und Hitzke.

Er spuckte aus. Selbst wenn er wollte, Cord würde sich niemals etwas anderes kaufen können. Wo sollte er auch mit den Tieren hin? Drei Kühe, die anderen im Tal hatten höchstens zwei, dann waren da noch die Wiese an der Ronne und das Stück Wald weiter oben am Hang, wo sie auch schon gerodet hatten. Sollten sie, aber seinen Hof würde er nicht verlassen.

Wieder Annas Stimme, jetzt lauter. Ein Kipplaster fuhr am Haus vorbei, der Fahrer musste neu sein, er kannte das Schlagloch noch nicht. Es krachte, ein Schwung Erde hüpfte von der Ladefläche und prasselte zu Boden.

»Deine Frau ruft«, sagte Schreiber. »Geh ruhig, ich kann dem Fräulein Liseke mit der Leiter helfen.«

»Verzieh dich! Das ist mein Hof!«

Schreiber lachte. Der Kerl nahm Gretes Hand und deutete einen Handkuss an. Cord hätte ihn gern zur Seite geschubst. Grete entzog ihm die Hand und warf Cord einen Blick zu.

»Bei mir müssten Sie keine Leitern tragen«, raunte Schreiber in Gretes Richtung, wie eine Zauberformel, mit der er sie besprechen wollte.

Grete lachte. »Warum soll ich denn keine Leiter tragen?«

»Ich würde Sie auf Händen tragen«, sagte Schreiber. »Denken Sie an mich!«, rief er noch im Gehen über die Schulter.

Cord atmete auf, als er endlich mit knirschenden Reifen losfuhr. Gretes helle Augen, sie sah ihn an und lachte wie über einen guten Witz.

Und wieder Annas Stimme mit einem Ton, der Ärger versprach.

»Bis später dann«, sagte Grete.

»Ja, bis später«, sagte er.

19. SEPTEMBER 2015

Hallo!« Die Männerstimme klingt atemlos.

Ich drehe mich danach um.

Er knipst das Licht im Autoinnenraum an, beugt sich zur Beifahrertür, halblanges Haar, Kapuzenjacke: der Typ mit den Augen.

»Alles in Ordnung?«

»Was geht dich das an?«

»Ich war auf der Party am See und hab gesehen, wie du weg bist. Ich wollt nur wissen, ob alles okay ist bei dir.«

»Alles okay. Sonst noch was?«

»Ich wollte nur ... ach Scheiße, wart mal.« Klickend springt das Warnblinklicht an, die Autotür knallt. Dann ist er neben mir, lehnt sich ans Geländer. Wenn er mich jetzt anfasst, bin ich weg. Ich wende mich wieder zum See, um-klammere die Brüstung, in meinem Rücken das rhythmische Blinken. Und er, jetzt auch mit Gesicht zum See: »Ich kann verstehen, dass du den Typen verprügeln wolltest.«

»Was?«

»Der Typ auf der Party, auf den du losgegangen bist. Ich fand das super!«

»Sag mal, bist du bescheuert?«

»Vielleicht ist das nicht das richtige Wort. ›Angemessen‹ passt besser. Was der erzählt hat … Das ging gar nicht.«

Ich spucke in die Tiefe.

»Der wird sich bestimmt überlegen, ob er noch mal so über eine Frau redet.«

»Die Frau, von der er geredet hat, ist meine Mutter.«

»War die denn auch da?«

»Keine Ahnung, wo die ist. Vielleicht hier runtergesprungen.«

Für einen Moment habe ich das Gefühl, er zuckt, als hätte ich was Ungehöriges gesagt. Scheint aber Einbildung gewesen zu sein, denn er sagt nichts weiter und rührt sich auch nicht vom Fleck, der steht einfach weiter neben mir, während seine Warnblinkanlage tickt und jeden Moment ein Auto kommen könnte. Offenbar ist dem egal, dass ich warte, dass er endlich wieder in seinen Wagen steigt und abhaut. Und dann klickt auch noch sein Feuerzeug, ein paarmal, vergeblich. Er dreht sich aus dem Wind, hält die Jacke als Schutz vor die Kippe, geht in die Hocke. Ganz schön ungeschickt für einen perversen Menschenhändler! Der Typ richtet sich wieder auf, flucht. Die Zigarette segelt als kleiner weißer Stab in die Dunkelheit. Sie dreht sich, wird vom Wind unter die Brücke gedrängt und verschwindet.

»Du bist Luca, oder?«, fragt er.

Ich hebe die Schultern und versuche, mir nicht anmerken zu lassen, dass ich ihn mir genauer ansehe.

»Wir kennen uns doch von der Schule. Ich war in der ersten Klasse und du in der zweiten.«

Das ist das Schlimme in Ronnbach, hier bestehst du zu achtundneunzig Prozent aus Vergangenheit. Die Grundschulzeit ist für manche präsenter als die Gegenwart. Und der neben mir ist nicht mehr der mysteriöse Fremde, der vielleicht schuld ist am Verschwinden meiner Mutter, sondern der kleine Paul aus der ersten Klasse, den wir Zweitklässler nicht mitspielen ließen. Aber Paul gab nicht auf, er wartete auf mich nach der Schule und schenkte mir Fußballbildchen, damit er eine Weile neben mir gehen durfte. Einmal warteten da Malte und ein paar andere aus der Vierten. Sie wollten mich allein erwischen, und es war pures Glück, dass Paul da war und so laut zu singen begann, dass der Hausmeister rauskam und schimpfte. Ich konnte abhauen, ließ Paul aber trotzdem nicht mitspielen. Der Kleine war mir peinlich, lieber wollte ich zu den Älteren gehören, zu Jan und seinen Freunden. Irgendwann kam Paul dann nicht mehr zur Schule, seine Eltern sollen in eine andere Stadt gezogen sein. Es gab wohl auch Streit in der Familie, kein Wunder, denn Paul ist der Enkel vom alten Hennes, dem Katzenmörder. Das heißt, der richtige Enkel ist er wohl nicht, Pauls Vater ist ein Mann, mit dem Pauls Mutter zusammen war, bevor sie Frank Hennes geheiratet hat. Grete und Helga konnten sich stundenlang aufregen, dass Paul trotzdem »Papa« zum Hennes-Sohn sagte. Jedenfalls kam der kleine Paul aus verschiedenen Gründen als Freund nie in Frage. Und jetzt steht er hier und will großes Wiedersehen feiern.

»Ach du bist das«, sage ich.

»Ich hab dich ja ewig nicht gesehen«, sagt er, als würde das eine Rolle spielen. Und was bedeutet es schon, dass wir uns von früher kennen?

»Ich habe gehört, du bist in Berlin.«

Darauf hab ich aber keinen Bock. »Pass auf, ich will jetzt nicht darüber reden, was ich so mache, und es ist mir auch egal, was du machst. Halt einfach die Klappe, ja?«

Immerhin ist er jetzt ruhig. Aber er geht noch immer nicht, sondern fingert wieder nach einer Zigarette. Das Geraschel seiner Jacke, dann klickt es wieder, dreimal, viermal, beim fünften Mal flucht er leise.

Und mir wird's zu bunt: »Alter, kannst du keine Kippe anzünden?«

Und weil er nichts sagt, sondern nur weiterklickt, forme ich meine Hände zu einem Windschutz vor seinem Gesicht. Die Flamme erwischt den Tabak, rote Glut. Kantig und hart erscheinen seine Züge. »Danke.«

Ich höre ihn Rauch ausatmen und noch mal ziehen. Der Wind zerrt an uns.

»Ich glaub, ich steh zum allerersten Mal in meinem Leben hier oben«, sagt er und beugt sich vorsichtig über die Brüstung.

»Und warum? Höhenangst?«

»Nee. Ich durfte nicht. Mein Opa ist fast ausgerastet, wenn er mich nur in der Nähe erwischt hat. Und mein Vater war auch dagegen. Ich habe gerade immer noch das Gefühl, was Verbotenes zu tun.« Er lacht leise.

»Weißt du, warum die das nicht wollten?«

»Die meinten immer, da sind schon Leute runtergefallen.«

»Gefallen?«

»Gesprungen, was weiß ich.«

»Das sind doch nur Geschichten.«

»Vielleicht.« Paul klingt nicht überzeugt.

»Dann warst du nicht mal heimlich hier?«

Er schüttelt den Kopf.

»Weichei!«

Er lacht, aber es klingt nicht froh. Wieder knistert seine Kippe. Dann wird es plötzlich heller. Mit der Taschenlampe seines Handys leuchtet er von der Brücke runter, ein Ausschnitt glänzende Wasseroberfläche wird sichtbar. Dass dem das Telefon nur nicht runterfällt, so wie er das über das Geländer hält. Der Strahl wandert weiter in die Richtung, in der die Ronne sich um den Bissberg windet.

»Da hat mein Opa früher gewohnt«, sagt er.

»Meine Oma auch, aber ich glaube, mehr da.« Ich zeige ein winziges Stück weiter nach rechts, dabei weiß ich das gar nicht genau. Paul strahlt mit der Taschenlampe seines Handys meinen Arm entlang bis zu meinem Stummelfinger, mit dem ich eigentlich nur kurze Strecken zeigen kann, und darüber hinaus ins trübe Schwarz. Wir starren dem Lichtstrahl hinterher und übersehen meinen Stummel. Hinter uns noch immer das rhythmische Klicken des Warnblinkers.

»Was hast du jetzt vor?« Er sagt das ins Dunkel, das Telefon hat er wieder weggesteckt.

»Runterspringen natürlich. Meine Mutter wartet.«

Er schnippt die Kippe weg, glühend trudelt sie in die Tiefe. »Komm, lass uns gehen.« Seine Stimme klingt rau.

»Wohin denn gehen?«

»Ich kann dich nach Hause bringen.«

»Mein Wagen steht dahinten. Ich kann selber fahren.«

Ich weiß selbst nicht, warum ich den Schlüssel aus der Tasche hole und schwenke, als müsste ich beweisen, dass ich einen habe. Und schon bereue ich es wieder, denn mit einem Griff hat er den Schlüssel gepackt und eingesteckt.

»Hey, was soll das?«

»Du solltest heute nicht mehr fahren.« So ein Wichser. »Du kannst den Wagen doch morgen abholen. Wenn die Bullen dich erwischen, bist du den Lappen los.«

Ich merke schon wieder, wie mir heiß wird, wie ich dem Kerl eine verpassen will, dass er über die Brüstung geht. Aber dann wäre der Schlüssel auch weg, und was wäre dann gewonnen? Also schlucke ich hart, beiße die Zähne aufeinander. Und der Typ steht da mit meinem Schlüssel und macht eine Geste in Richtung seines Autos, dass ich einsteigen soll.

Niemals.

»Bevor ich in deinen Wagen steige, geh ich lieber zu Fuß nach Hause«, spucke ich ihm entgegen.

»Gut, ich komm mit. Warte hier auf mich, ich stell eben den Wagen ab, dann bin ich wieder da. Nicht abhauen!«

Und schon schlägt die Autotür, der Motor startet, das blinkende Klicken hört auf. Und dann kann ich nicht erkennen, ob er einfach weiterfährt oder wirklich auf den

Parkplatz abbiegt. Das Licht der Scheinwerfer verschwindet hinterm Gestrüpp der Kurve und mit ihm mein Autoschlüssel.

Nachricht an Vinz:

Ich habe getrunken und gekifft. Ich habe mich geprügelt und den Falschen erwischt. Wahrscheinlich habe ich hier jetzt keine Freunde mehr. Ich stehe allein auf einer Brücke, und mir wurde der Autoschlüssel geklaut. Was würdest du tun?

Kein Empfang. Ich könnte heulen. Da sind auch schon wieder Schritte auf der Brücke, noch sind sie weit genug entfernt. Ich kralle meine Hände um das Geländer, sehe runter in die schwarze Tiefe und lasse den Wind an mir zerren. Aber ich rühre mich nicht, aus irgendeinem Grund bleibe ich stehen, bis Paul neben mir ist.

»Komm«, sagt er. »Ich weiß den Weg.«

Dann gehe ich halt zu Fuß, mit einem wie Paul werde ich schon fertig, wenn er mir dumm kommt. Und wieder wird der rote Golf hier zurückgelassen. Gleich hinter der Brücke führt ein kleiner Pfad durch den Wald runter zur Ronne. Paul behauptet jedenfalls, dass da ein Pfad sei. Mir kommt es vor wie ein bloßes Durcheinander aus Baumstämmen, Gestrüpp und Zweigen. Der Boden ist bedeckt mit raschligen Blättern, darunter glitschige Erde. Äste und Wurzeln verhaken sich zwischen meinen Beinen. Ich schlittere, schlingere, dass ich Paul nicht verliere. Die Lichtkegel unserer Handytaschenlampen stochern durch die Bäume.

Scheißidee mit dem Laufen! Jeder Schritt ist ein Wagnis, aber ich sage nichts dazu. Wenn ich erst den Schlüssel zurückhabe, werde ich nie wieder ein Wort mit Paul sprechen. Ich habe keine Ahnung mehr, ob der Weg noch in die richtige Richtung führt. Wer weiß, wohin der mich bringen will.

Und dann trete ich ins Leere.

Wie schlecht das ist, ist mir gleich klar. Dann ist wieder Boden unter den Füßen, aber ganz falsch. So darf man nicht mit einem Fuß aufkommen. Ich kippe, kann mich nicht mehr halten, rutsche, raue, borstige Zweige im Gesicht, und lande auf dem Hintern.

»Luca? Alles in Ordnung?«

»Geht schon.« Die rechte Wange brennt, und dieses Stechen im Knöchel, dazu die Dunkelheit. Da ist plötzlich Pauls Hand an meinem Arm.

»Komm, ich helf dir!«

Ich will ihn abwehren, aber ich sehe ja nicht mal was. Also lasse ich mir helfen, ich hab keine Wahl. Er riecht nach Tabak, ein bisschen nach Waschmittel.

»Kannst du laufen?«

»Klar!« Dabei ist das Pochen im Fuß jetzt spitz und alarmierend. Ich taste nach meinem Handy.

»Scheiße, mein Telefon!«

»Sag mal deine Nummer, ich ruf dich an«, sagt Paul.

»Ich hab's aber lautlos gestellt.«

»Egal, vielleicht leuchtet es ja.«

Aber es leuchtet nichts zwischen all den Blättern, Zweigen und der Erde. Paul schaltet sein Handylicht aus, damit wir es besser sehen könnten. Da ist unser Atem in der Dunkelheit, dazu das Rauschen der Blätter und, ganz leise, das Plätschern der Ronne. Paul versucht es noch einmal. Und ich guck so genau, wie es nur geht, nach unten, dabei habe ich keine Ahnung, in welche Richtung es gefallen ist.

Nichts.

Pauls Handylampe bohrt sich wieder in die Dunkelheit. Der Lichtstrahl tastet den Boden um mich herum ab.

»Halt mal.« Er drückt mir sein Handy in die Hand und geht in die Knie. »Wo hattest du es denn noch?«

»Keine Ahnung, als ich gestolpert bin, glaube ich. Ein paar Schritte weiter nach da?« Ich leuchte, aber alles sieht gleich aus bei den Lichtverhältnissen.

Paul wühlt trotzdem auf allen vieren im Erdreich. Früher war er der Kleine, jetzt ist er gut einen Kopf größer als ich. Er tut so hilfsbereit, aber kann man jemandem trauen, der einem die Autoschlüssel abnimmt? Sucht der überhaupt richtig nach meinem Handy?

»Leuchte mal hierher«, sagt er.

Der Schmerz haut mich um, als ich den Fuß aufsetze.

»Was ist?«

»Nichts.« Ich atme flach.

»Alles klar?«

»Kannst du was sehen?«

»Nee.«

Ich will selbst in die Knie gehen, aber der Knöchel. Überhaupt geht gar nichts mehr. Diese Kälte, als hätte etwas alle Wärme aus mir gesaugt. Dieses blöde Seefest, diese schrecklichen Bäume, dieser elendig glitschige Boden, dieser völlig überflüssige Schmerz im Fuß und dieser Mann mit den Augen, von dem ich nicht weiß, was er von mir will. Er wird mein Zittern am Lichtstrahl bemerken.

»Lass mal. Ich such morgen selber danach, wenn's hell ist.« Obwohl das Wahnsinn ist ohne Telefon, aber ich halte diesen finsteren, unübersichtlichen Wald keine Sekunde länger aus.

»Sicher?« Paul ist wieder neben mir.

»Jetzt komm!«, sage ich gegen das enge Gefühl im Hals. Nur weitergehen und in Bewegung bleiben. Wenn wir erst aus dem Wald raus sind, kenn ich mich auch wieder aus. Die Dunkelheit macht mich wahnsinnig. Ich weiß selbst nicht, warum ich ihm sein Telefon zurückgebe. Ich sollte es zur Sicherheit behalten. Aber diese Kälte, dieses irre Zittern, und dann auch noch der Fuß. Bei jedem Schritt schießt der Schmerz ins Bein. Dafür ist die Dunkelheit immerhin gut, dass er das nicht merkt.

Und dann sind wir endlich raus aus dem Wald. Sonst steht das Wasser der Ronne bis hier, jetzt beleuchtet der Lichtstrahl eine graubraune, schrägabfallende Steppe. Erst viel weiter unten glänzt schwarz das Wasser. Ich würde mich gern setzen, aber Paul wieder: »Alles klar?«

»Klar.«

»Hier lang.«

Er hat die Taschenlampe ausgemacht, das Mondlicht reicht aus. Hellgrau setzt sich ein breiter Pfad von der Ufersteppe ab. Links unter uns das dunkle Wasser, rechts über uns bewaldeter Hang. Das Plätschern ist jetzt deutlicher.

»Wusste gar nicht, dass hier ein Weg ist.«

»Früher war das die Straße vom alten Ronnbach nach Bosbach, die geht einmal um den Bissberg rum. Mein Opa hat mir das gezeigt. Normalerweise steht das hier unter Wasser, aber früher führte der Weg direkt am Hof meines Opas vorbei.«

Wir gehen also auf einem Weg, den der Katzenmörder empfohlen hat. Na super.

»Aber du bist schon sicher, dass wir so nach Hause kommen?«

»Vertraust du mir nicht?«

»Ist dein Opa nicht blind?«

»Na ja, fast. Aber wenn er sich was ganz nah vor die Augen hält, sieht er noch was.«

»Aha.«

»Der hat so eine Augenkrankheit«, redet er ungefragt weiter. »Da sterben einem die Netzhautzellen ab. Erst kann man im Dunkeln nichts mehr sehen und ist schnell geblendet, dann sieht man auch bei Tageslicht immer weniger. Der Opa hat das erst nicht gemerkt, weil es ganz langsam passiert, bis er einen Unfall gebaut hat. Da hat der Arzt das dann festgestellt. Aber da war ich noch ganz klein, meine Mutter hat mir das erzählt. Wie gesagt, ein bisschen sieht mein Opa auch noch. Man sieht erst an den Rändern immer weniger, und am Ende kann man nur noch in der Mitte des Sehfelds was erkennen, wie durch einen Tunnel.«

»Sagt das dein Opa?«

Er lacht. »Nee, mein Papa.«

»Warum sagst du eigentlich ›Opa‹ und ›Papa‹?«

Er räuspert sich. Seine Hände fummeln seinen Tabak

aus der Tasche, statt einer Antwort dreht er sich erst mal eine. Ein paar Mal inhaliert er den Rauch tief. Schließlich sagt er:

»Ich kenn meinen richtigen Vater nicht.«

»Noch nie gesehen?«

Er schüttelt den Kopf. »Manchmal kriege ich so einen Rappel und will unbedingt seine Adresse rauskriegen. Aber meine Mutter weiß selbst nicht viel über ihn. Ist vielleicht auch egal.« Er schnippt die Kippe in die Ronne und kickt gegen einen Stein.

Für einen Moment tut mir Paul leid, aber dann fällt mir der Autoschlüssel wieder ein. Und ich versuche, schneller zu gehen, damit wir endlich ankommen. Die Bewegung ist gut gegen das Zittern. Den blöden Fuß ziehe ich mit wie ein schreiendes Kind. Komm schon!

»Was ist mit deinem Fuß? Du humpelst.«

»Umgeknickt. Ist nicht so schlimm.«

»Luca?«

»Hm.«

»Darf ich dich mal was fragen?«

Das klingt nach Grundsatzgespräch, und darauf habe ich schon mal grundsätzlich keine Lust. Aber er spricht ungefragt weiter.

»Was ist eigentlich mit deinem Finger passiert?«

Das reicht! »Jetzt pass mal auf! Ich könnte längst zu Hause sein. Wegen dir hab ich mein Handy verloren! Wegen dir stolpere ich im Dunkeln durch die Gegend. Und dann stellst du auch noch so Scheißfragen! Kannst du einfach mal die Klappe halten?«

»Ist ja gut, ich wollt nicht … Ich hab mich nur erinnert, dass du in der Schule irgendwann den Verband hattest, und dann …«

»Halt einfach den Mund!«

Sein Gesicht kann ich nicht erkennen, er wendet sich ab, geht langsam weiter. Das Plätschern der Ronne, das Rauschen der Blätter, unsere Schritte. Sein Atmen. Mein Atmen. Man soll ja gleichmäßig atmen, in den Schmerz rein, aber man kann unmöglich in einen Knöchel atmen. Wir haben den Bissberg ein gutes Stück umrundet. Vor uns sind schon die Lichter von Ronnbach zu sehen. Ich weiß selbst nicht, warum ich davon anfange, vielleicht weil ich hoffe, besser durchzuhalten, wenn ich rede: »Ich hatte mit den falschen Leuten zu tun.«

»Was?«

»Du wolltest doch wissen, was mit dem Finger war. Ich war sieben oder so, gerade in die zweite Klasse gekommen. Und ich hatte meinen Lieblingspullover an, einen blauen mit einem Löwen drauf. Der war nachher völlig versaut.«

»Ah.«

Den Pulli hatte ich von Marion. Ich saß unten bei ihr in meinem Zimmer. Sie muss oben bei Grete gewesen sein, ich hörte aufgebrachte Stimmen, dann Marions eilige Schritte auf der Treppe. Sie riss die Tür auf.

»Luca, wir fahren weg! Pack deinen Koffer!«

Ihr Blick war fiebrig, ihre Bewegungen schnell und rabiat. Ich hatte Angst zu fragen, wohin es gehen sollte, und fragte trotzdem. Sie sah mich an, als hätte sie eine Zitrone im Mund. »Überraschung!«, sagte sie dann.

Ich hatte keine Lust, aber in dieser Stimmung war Marion wie eine scharfe Waffe, also legte ich irgendwas in die Tasche.

Sie warf unser Gepäck in den Kofferraum und knallte ihn zu, dass es scheppterte.

»Gretes Sachen fehlen noch«, sagte ich.

Wieder dieses Zitronengesicht: »Sie kommt nicht mit.«

»Warum nicht?«

In dem Moment erschien Grete oben in der Tür, mit verschränkten Armen. »Wo willst du hin?«

»Weg!«, schrie Marion. »Lass uns in Ruhe!« Und zu mir: »Steig ein!«

Grete starrte zu uns herunter.

Marion: »Verdammt, Luca, steig jetzt ein!« Ihre Augen waren schwarz vor Wut. Und ich beeilte mich, kroch hinter den umgeklappten Beifahrersitz – der Golf hat ja nur vorn zwei Türen –, kletterte auf die Sitzerhöhung, griff nach dem Anschnallgurt, im Bauch die Ahnung einer bevorstehenden Katastrophe. Dass Grete nicht mitsollte! Ich wandte den Kopf in ihre Richtung.

»Oma!«

Aber nur Marion kam. Sie schloss die Beifahrertür mit Wucht, ging um den Wagen herum, schob sich auf den Fahrersitz. Wahrscheinlich rief ich noch nach Grete, denn sie wandte sich noch einmal zu mir.

»Bitte, Luca!«

Mit einem Mal sah sie aus, als würde sie gleich in tau-

send Stücke fallen. »Bitte, Luca! Lass uns einfach fahren!«
Ihr Gesicht war weiß.

»Ich will aber zu Grete!«

»Bitte!«

»Ich muss ihr doch richtig tschüss sagen.«

»Nein, heute müssen wir das nicht. Schnall dich an!«
Ihre Stimme klang wieder etwas fester. Sie sah, dass ich am
Gurt fummelte, schob die Beifahrerlehne in Position und
schloss ihre Autotür. Als sie nach der Kupplung griff, stand
plötzlich Grete neben mir am Fenster. Sie legte ihre Hand
auf die Scheibe, ihre Augen waren rotgerieben. Marion
fummelte vorn mit dem Zündschlüssel herum. Natürlich
öffnete ich den Gurt wieder. Jemand musste Grete trösten.
Marion startete den Wagen.

»Kind!«, rief Grete mit einer Stimme, mit der Frauen
in Filmen nach ihren ertrinkenden Babys schreien. Sie zerrte an der Tür, öffnete sie sogar ein Stück. Marion warf sich
quer über den Beifahrersitz, um die Tür wieder zuzukrie-
gen. Vielleicht kam sie dabei aufs Gas, jedenfalls machte der
Wagen einen Satz nach vorn.

Gretes Schrei.

Plötzlich war sie weg von der Tür.

Ihr Schrei blieb.

Marion wandte sich wieder dem Lenkrad zu. Der Motor
war ausgegangen, sie drehte erneut den Zündschlüssel. Ich
nutzte die Zeit, um den Vordersitz nach vorn zu schieben
und zur halboffenen Tür zu rutschen. Marions Blick, als sie
das bemerkte: Die Nasenflügel blähten sich, die Augen weit
und fassungslos. Und während ich noch versuchte, mich

zwischen dem umgeklappten Beifahrersitz aus der Tür zu quetschen, drängte sie den Sitz zurück. Ich hielt dagegen, schob meine Hand ins Freie, und dann war die Tür mit einem Mal zu. Zwischen dem Knallen der Autotür und meinem Schrei lag das Bedauern. Mir war gleich klar, dass das hier nicht mehr rückgängig zu machen war. Mein Schrei war erst nur ein Reflex. Der Schmerz sickerte langsam zu mir durch. Und dann geriet alles durcheinander. Das Gebrüll meiner Mutter, Gretes Rufen, erst gedämpft, dann lauter, als die Tür geöffnet wurde. Schreie, wohl auch meine eigenen. Die Finger, auch als sie befreit waren, fühlten sich an wie im Schraubstock. Sie sahen auch nicht mehr aus wie Finger, blau und blutig zerquetscht. Dann nahm mich jemand auf den Arm, in meiner Erinnerung war es Grete, dabei trug sie mich da schon lange nicht mehr.

Und dann lag ich in einem Bett im Krankenhaus mit einem weißen Verband um die Hand, neben mir Grete. Marion kam irgendwann später, vielleicht am nächsten Tag. Sie brachte Schokolade mit und ein riesiges Geschenk, das ich mit der verbundenen Hand gar nicht selbst auspacken konnte. Ein Piratenschiff mit Figuren und allem. Marions Lächeln dazu war fremd. Sie sah mich fast nicht an. Grete guckte streng, bis sie ging. Dass ein Stück vom Finger fehlte, sagten sie mir erst, als der Verband runterkam. »Er ist noch dran, nur kürzer«, sagte der Arzt. »Hast Glück gehabt. Kannst noch Klavierspielerin werden.«

Ich starrte auf den Stummel und wunderte mich, dass es auch da wehtat, wo gar kein Finger mehr war.

Leises Plätschern von der Ronne. Paul sagt nichts. Und ich würde gern im Boden versinken. Warum musste ich das auch erzählen? Was weiß ich schon über Paul? Ich bin nicht mal sicher, ob er mir die Autoschlüssel wiedergeben wird.

»Und wer sind jetzt die falschen Leute?«, fragt er schließlich.

»Meine Mutter.«

»Das tat ihr sicher leid«, sagt Paul.

»Hat sie jedenfalls nicht gesagt.«

»Tut der Finger noch weh?«

»Nur wenn's kalt ist.«

Da ist Pauls Hand an meiner Rechten, umfasst sie warm, als wäre das kein großes Ding.

»Ist gut jetzt!«

Ich zieh die Hand weg, zeige Richtung Ronnbach. »Ist ja nicht mehr weit. Da vorne ist es schon.«

Vor uns endet der Weg in der Ronne, kleine dunkle Wellen schwappen ans Ufer.

»Da unten im Wasser war früher Ronnbach«, sagt Paul. »Wenn die Häuser noch stehen würden, könnte man jetzt die Dächer sehen.« Grete hat mir nie groß vom alten Dorf erzählt, jedenfalls nicht von sich aus. Und wenn andere davon anfingen, hat sie nur kurz erwähnt, dass es den Hof gab und dass sie umziehen mussten.

Von hier aus müssen Paul und ich wieder durch ein Stück Wald, den Hang hoch, oben dann weiter auf dem Panoramaweg. Aber bergauf und uneben, das geht gar nicht mit meinem Fuß. Der Knöchel ist schwer und unbeweglich, dazu das Pochen. Ich lass mich auf den Hintern fallen, keuche, schließe die Augen, weiße Punkte hinter den Lidern.

»Komm, gleich haben wir's geschafft«, sagt Paul.

»Geh schon mal. Ich komm nach.«

Aber Paul bleibt sitzen. Klimpernd zieht er etwas aus der Hosentasche. »Tut mir leid, dass ich die Schlüssel genommen habe. War blöd von mir, aber ich wollte nicht, dass dir was passiert.«

Der Schlüssel ist ganz warm von Paul. Ich steckte das Ding in die Tasche, erleichtert, dass ich ihn nicht darum bitten muss.

»Gut. Tschüss dann. Ich will noch ein bisschen hier sitzen. Ich kenn mich ja aus.«

»Quatsch. Ich warte.« Ich spüre, dass er neben mir in die Hocke geht. »Ich hatte mal eine Bänderzerrung. Da war ich mit Freunden unterwegs, die mussten mich fast tragen, als es bergauf ging. Allein hätte ich das nicht geschafft.«

»Aha.«

»Komm, Luca. Ich bin nicht blöd, ich hab gesehen, dass was mit deinem Fuß ist. Lass dir helfen, danach lass ich dich auch in Ruhe.«

Ich würde ihn am liebsten wegschubsen, damit endlich Ruhe ist. Der Fuß, das verlorene Handy und dieses Drücken im Hals, alles seine Schuld. Aber ich schluck's runter, ich schlucke alles runter. Soll er mir halt helfen. Danach ist er weg.

Er schiebt seinen Arm unter meinem durch und hebt mich an, meine Brust an seiner Schulter. Wir konzentrieren uns auf die Schritte, atmen so leise wie möglich. Und leise schwappt auch das Wasser der Ronne gegen das Ufer, selbst die Blätter halten für einen Moment inne. Pauls warmer fester Körper drückt sich gegen meinen. »Entschuldige«, sagt er ein paarmal ohne Grund. Er schleppt mich hoch auf den Panoramaweg, dann weiter zum Dorf. Bei jedem Schritt denke ich: Jetzt ist aber Schluss, ab hier geht's doch wieder allein, und lasse mein Gewicht dann doch auf seiner Schulter. Als hätte ich nicht schon genug Seltsames mit ihm erlebt. Da ist noch die Unterführung unter den Bahnschienen, das gelbliche Tunnellicht, die elende Treppe, sein Arm um meine Hüfte. Oben mache ich mich endlich los.

»Okay, danke!«

Aber Paul bleibt, seine Schritte neben meinen, sein Atem, mein Keuchen.

16. JUNI 1965

Sie kamen am Nachmittag. Cord holte gerade die Kühe rein. Schwer trabten die Tiere durch den Matsch, als der LKW vor dem Hof hielt. Der Regen war stärker geworden.

»Hennes!«, rief Schreiber durchs heruntergekurbelte Fenster. Er winkte mit einem Papier.

Cord drehte ihm den Rücken zu und trieb die Tiere Richtung Stall. Der Regen tropfte von seinen Haaren und lief ihm in den Kragen.

»Verdammt, Hennes! Du musst das Haus räumen!« Schreiber sprang aus dem Wagen. Er hielt eine Tasche über den Kopf, um nicht nass zu werden. Cord atmete tief. Anna wollte, dass er sich fügte. Das Schweigen zwischen ihnen wurde rabiat, wenn es um Schreiber ging. Aber Cord war vorbereitet. Er schloss den Stall und ging an Schreiber vorbei ins Haus.

Anna stand mit den beiden Jungen in der Diele, das fluserige dunkle Haar unter einem Tuch versteckt. »Wo sollen wir denn jetzt hin?«, fragte sie. Ihr Blick war schwer zu ertragen.

»Ihr bleibt hier drin«, sagte Cord.

»Wer ist das?«, fragte Frank.

»Schweine!«, sagte Cord und nahm die Flobert vom Haken.

»Was soll das!«, rief Schreiber. Es waren noch zwei andere Männer aus dem Wagen gestiegen. Breitschultrige Kerle, die Cord von oben bis unten musterten. Der Regen schien an ihnen abzuperlen.

»Runter von meinem Hof!«

»Der Hof gehört dem Talsperrenverband. Im November ist Einstau. Und wenn das Wasser kommt, muss hier alles weg sein. Da kannst du nichts dran ändern.«

»Hau ab!«

»Nimm die Waffe weg. Lass uns reden.«

Cord hob die Waffe und zielte.

Schreiber lachte. »Das bringt doch nichts!«

Glatt und fest lag der Holzgriff in Cords Händen. Mit einem Mal fand er die kühlen Tropfen angenehm. Das Entsichern ging wie von selbst.

»Das wagst du nicht!«

Dieses siegessichere Gesicht von Schreiber mit seinen Burschen. Cord krümmte den Finger, ertastete den Widerstand des Abzugs und drückte ab. Der Schuss hallte durch das Tal. Erde spritzte vor Schreibers Füßen auf.

Schreiber wich zurück. »Du machst dich strafbar!«

»Das ist mein Hof!«

Eine Weile war nur das Rauschen des Regens zu hören. Cord lud nach, ohne Schreiber und seine Männer aus den Augen zu lassen. Die nassen Hände am Abzug, dass die jetzt bloß nicht rutschten.

»Hennes, wat machst du denn?« Der alte Liseke stand, auf seine Krücke gestützt, vor dem Nachbarhof und schüttelte den Kopf. Grete tauchte neben ihm auf, und als Cord sie sah, die hellen Augen, das feuchte Haar, ihren Mund, da wollte er weglaufen, die Flobert hinwerfen und sich irgendwo verstecken.

Beinah zu spät bemerkte er Schreibers bulligen Gehilfen, der sich langsam, aber zielstrebig auf ihn zu bewegte. Schon streckte der Mann die Hand nach seiner Waffe aus. Cord musste in Gedanken den Lauf gesenkt haben. Gerade noch rechtzeitig riss er ihn hoch und richtete die Waffe direkt auf den Bauch des Mannes. Schmale Augen fixierten ihn. Der Geruch der nassen Lederjacke. Erneut krümmte sich sein Finger um den Abzug. Sie sollten nur wagen, Hand an ihn zu legen!

Die Lederjacke warf einen fragenden Blick zu Schreiber, der den Mann mit einer Bewegung des Kopfes zu sich rief. Cord starrte ihm hinterher. Die Männer steckten die Köpfe zusammen, Schreiber redete auf seine Gehilfen ein. Der Regen verschluckte ihre Worte.

Kurze Zeit später lief die Lederjacke in Richtung des neuen Dorfes davon. Cord hätte sich gern hingesetzt und ausgeruht. Seine Kleidung hing an ihm, als wollte sie ihn runterziehen. Die vom Regen schwere Jacke, das Hemd war auch schon durch. Wie konnte man mit solchen Händen noch einmal schießen? Klamme Kälte bis in die Fingerspitzen.

Er musste wissen, was Schreiber jetzt vorhatte, er brauchte Zeit. Wenn doch wenigstens Liseke und Grete aufhören würden, ihn so anzusehen.

Mit letzter Kraft umfasste er das Gewehr fester. Er zielte auf die matschige Erde zwischen sich und Schreiber, aber er sah nur ein verschwommenes Gemisch aus Braun und Grau. Er biss die Zähne aufeinander und drückte ab. Der Schuss erschien ihm lauter als der erste, wieder spritzte Erde auf. Diesmal verfehlte er Schreiber nur knapp. Der zuckte zur Seite. So nah hatte die Kugel gar nicht neben ihm einschlagen sollen. Cords Finger zitterten, dennoch schrie er: »Ich warne dich!« Dann zog er sich Richtung Haus zurück. Er vermied es, noch einmal zum Zaun zu sehen.

»Das wird dir nichts nützen!«, brüllte Schreiber, als Cord die schwere Tür hinter sich zuzog. Mit geschlossenen Lidern lehnte er sich von innen gegen das Holz und atmete tief.

Als er die Augen öffnete, sah er Anna im dämmrigen Dielenlicht auf dem Boden sitzen, Hansi auf dem Schoß, Frank verkroch sich hinter ihr. Alle drei starrten ihn an. Und er stand da, die Flobert in den Händen. Es dauerte, bis er Annas Tränen bemerkte.

»Was, wenn Schreiber dich anzeigt?«

»Wenn die uns hier rauskriegen, ist eh alles egal«, sagte Cord. Er setzte sich neben Anna und starrte aus dem kleinen Fenster neben der Haustür. Regentropfen klatschten dagegen. Es dämmerte bereits. Irgendwann hörte er, wie der Motor des Lastwagens gestartet wurde, dann knirschten die Reifen im Kies. Cord sprang auf.

»Siehst du, sie fahren!«

»Dass die wegen dir die Talsperre nicht bauen, das denkst aber auch nur du.« Wieder dieser Blick, als würde alles Übel in ihrem Leben von ihm ausgehen. Früher hatte sie ihn angesehen wie einen richtigen Kerl. Beim Schützenfest, kurz nachdem die Mutter gestorben war. Wie bereitwillig sie mit ihm gegangen war. Auf dem Hof packte sie gleich mit an. Sie wusste, was zu tun war, ohne dass er es erklären musste. Aber dann hatte wohl mal Schreiber mit ihr geredet, als er sie allein erwischt hatte. Seitdem fing sie immer wieder davon an, er solle sich fügen, schon wegen der Familie. Sie verstand nicht, was der Hof für ihn bedeutete.

Cord wandte sich zum Fenster. Grete und ihr Vater gingen durch den Regen hoch zum neuen Dorf. Herta Liseke war sicher längst dort. Grete trug ein großes Bündel über der Schulter. Es würde klitschnass sein, wenn sie oben waren.

»Jetzt geht der Liseke auch«, sagte Cord. Er hockte sich neben Anna und die Kinder und schlang die Arme um die Knie.

Sie saßen auf dem Boden, bis es dunkel wurde. Keiner sagte mehr ein Wort. Hansi war auf Annas Schoß eingeschlafen, Frank kauerte stumm neben ihr. Nicht einmal von draußen kam ein Geräusch. Vermutlich hatten die Arbeiter ihr Werk für heute beendet. Zum Sprengen war es zu feucht.

»Außer uns ist niemand mehr hier«, flüsterte Anna schließlich. »Wir sind die Letzten im Tal.«

Bei Grete brennt noch Licht, obwohl es weit nach Mitternacht sein muss. Sie wird sofort merken, dass was ist. Ich bin dreckig und verschwitzt, als wäre ich mehrere Tage in der Wildnis unterwegs gewesen.

»Na dann«, sag ich zu Paul. Wir stehen unten an der kleinen Mauer, am Anfang der Auffahrt.

Und er: »Ich war noch nie bei euch zu Hause.«

»Glaub mir, das ist auch besser so.«

»Also dann …«

Da geht auch schon das Licht im Flur an, Gretes Stimme von der Tür: »Luca? Bist du das?« Fehlt mir gerade noch, dass die mich hier mit dem Hennes-Enkel sieht.

»Ja, Oma.«

»Wen hast du denn bei dir?« Und schon ist sie bei uns. »Na, kommt mal rein.« Als würde Paul zu mir gehören. »Kommen Sie doch«, sagt Grete in diesem Ton, der für einen Befehl zu freundlich, aber für eine Bitte zu bestimmt ist. Man kann sich nur widersetzen, wenn man unhöflich wird. Paul wirft mir einen Blick zu und bleibt höflich, trottet hinter mir.

Im Flurlicht mustert sie mich: »Mein Gott, wie siehst du denn aus!« Dann zu Paul: »Sie ja auch. Wo kommt ihr denn her?«

»Wir sind von der Brücke hierhergelaufen«, erkläre ich.

»Wie, den ganzen Weg? War was mit dem Auto?«

»Nee, einfach so«, sage ich mit einem wütenden Blick zu Paul.

Gretes Augen flitzen zwischen uns hin und her.

»Was ist mit deinem Fuß?«, fragt sie auf der Treppe. Pauls Versuch, mir zu helfen, wehre ich ab und hüpfe auf einem Bein hoch.

»Ist unterwegs passiert.«

Grete stellt uns Gläser mit Sprudel hin. Paul sitzt steif auf der Küchenbank unter Opa Schreibers Bild und bedankt sich artig. Bisher habe ich ihn nur im Halbdunkel gesehen. Im Licht von Gretes Küche wirkt er wie ein Fremder. Nur mit Mühe kann ich den kleinen Paul in ihm erkennen. Sein schmales Gesicht ist unrasiert, und diese Augen. Sie sind braun, aber ganz hell dabei, als würden sie von innen beleuchtet.

Er trinkt in raschen Zügen.

»Vielen Dank, jetzt muss ich aber.« Selbst seine Stimme klingt hier anders.

»Und wohin geht's jetzt noch?«, fragt Grete, die aufstehen müsste, damit er loskann, aber sie bleibt auf ihrem

Stuhl. Offensichtlich hat sie keinen Schimmer, wer Paul ist.

»In den Birkenweg, das ist ja nicht weit.«

»Im Birkenweg gibt's doch gar keine Pension. Sind Sie denn von Ronnbach?« Grete wieder, will immer alles über alle wissen, nachher ist Paul noch ein Tourist.

»Nein, ich komm aus Köln. Aber mein Opa ist von hier. Ich besuche ihn gerade.«

»Das ist ja schön.« Grete macht noch immer keine Anstalten, Paul aus ihrer Küche zu entlassen. »Wie schreibt sich dein Oppa denn?«

»Hennes.«

Gretes helle Augen verdunkeln sich. »Der Junge vom Frank.«

Sie sagt natürlich nicht Sohn.

»Ja, genau. Ich bin hier zur Schule gegangen, dann sind wir nach Köln ...«

»Ich weiß«, unterbricht ihn Grete und steht endlich auf.

Paul räuspert sich, erhebt sich: »Also, danke für alles.« Grete winkt ab und macht demonstrativ Platz, damit er auch wirklich keinen Grund mehr hat, noch zu bleiben. Paul wirft mir noch einen kurzen Blick zu und verschwindet dann im Flur. Grete hinterher. Ich hör ihn gerade noch »Tschüss« sagen. Die Tür klackt.

Als Kind war Paul klein und blass. Kati und ich rannten vor ihm weg, wenn er auf den Spielplatz kam, oder wir versteckten uns in den Büschen, um zuzusehen, wie er sich alleine die Zeit vertrieb. Wie kann das der gleiche Mensch sein, der heute Nacht mit mir durch die Dunkelheit gegangen ist? Grete kommt zurück, knallt die Wasserflasche auf die Anrichte, stellt Pauls Glas in die Spüle, wischt mit dem Lappen über das Stück Tisch, auf dem es stand. Dann atmet sie tief.

»Tut mir ja auch leid, der Junge«, sagt sie etwas ruhiger. »Aber da soll sich schön der Hennes drum kümmern. Fehlt noch, dass ich dem seine Leute hier aufnehme.«

»Was hat er dir denn getan?«

»Der Cord hat unser Ditzken erschlagen. So 'n kleines Kätzchen. So einer ist das. Der Vatti hat den Hennes wie seinen eigenen Sohn behandelt, und dann so was.«

»Aber das ist doch schon ewig her.«

»Der Vatti war todkrank. Der Hennes hätt mal kommen können und helfen, stattdessen bringt er das Ditzken um.«

»Aber da kann doch Paul nichts für.«

»Was glaubste, zu wem der hält, wenn es hart auf hart kommt?«

»Weiß ich doch nicht.«

»Na siehste!« Grete zieht ihre Strickjacke enger um sich, ihre Gesichtszüge entspannen sich. »Und jetzt geh schlafen, ist spät.«

Sie hat natürlich recht, wie immer, ich sollte schlafen. Und Paul ist ja auch komisch, von dem sollte ich mich wirklich fernhalten. Aber dass Grete so zu ihm ist, nur weil er der Enkel ihres Lieblingsfeinds ist, geht gar nicht. Mein Herz pumpt empört dagegen an, und doch bleibe ich sitzen. Ich steh nicht auf. Ich humple nicht mit zusammengebissenen

Zähnen aus der Küche, aus der Wohnung, durch das graue Licht im Flur zur Haustür. Von da oben würde man doch nur die Treppe zur Einfahrt sehen, ein kleines Stück Hitzmarker Weg und das vage Licht der Laterne auf dem Asphalt. Paul würde längst weg sein.

In meinem Zimmer taste ich nach meinem Handy, aber meine Tasche ist leer. Mein Telefon liegt irgendwo im Wald, mit allen Nummern und Nachrichten und Bildern drin. Wie soll ich denn Vinz jetzt erreichen? Mit jeder Sekunde, die ich hier bin, entferne ich mich weiter von ihm. Der Geruch nach Wald, Wasser und Erde überlagert alles, bis nichts mehr von dem mehligwürzigen Duft des Ladens bleibt, bis Vinz nur noch eine vage, ferne Vorstellung ist. Schon jetzt weiß ich nicht mehr, wie er mich ansehen wird, wenn ich wieder vor ihm stehe.

Manchmal frage ich mich, was wäre, wenn ich Vinz hier begegnet wäre. Ich wüsste dann, mit wem er früher was hatte, ich würde wahrscheinlich seine Eltern kennen, und Grete könnte mir vorbeten, was man sich so über die erzählt. Jeder trägt hier einen Riesenrucksack voll alter Geschichten mit sich herum. In Berlin dagegen ist jeder der, der er in genau diesem Moment ist. Da sagt keiner: Klar, so warst du doch immer, deine Mutter war auch so. Da fragt keiner, mit wem meine Mutter was hatte oder ich. Von Jan habe ich Vinz nie erzählt, obwohl unsere Trennung noch gar nicht lange her war, als ich im Laden angefangen habe. Vinz will nicht mal wissen, mit wem ich telefoniert habe, wenn es nichts mit der Arbeit zu tun hat. Hier in Ronnbach hat es keine zwei Tage gedauert, und schon bin ich wieder in irgendwas verstrickt. Die Leute glauben, sie wissen alles über einen, und vergessen nichts.

Ich lausche, bis Gretes Geräusche sich in ihrem Schlafzimmer verlieren. Dann humple ich noch einmal aus der Wohnung, die Treppe runter, Stufe für Stufe, und drücke zum zweiten Mal seit meiner Ankunft die Türklinke zu Marions Wohnung. Sie hat noch einen dieser alten Apparate mit geringelter Schnur zwischen Hörer und Tippgehäuse. Vinz' Handynummer weiß ich nicht auswendig, dafür die vom Laden, ich muss sie ja immer den Händlern und Kunden diktieren.

Marions Telefon steht im Wohnzimmer auf dem niedrigen Tischchen zwischen Tabakkrümeln und dem leeren Glas. Auf das Tuten folgt ein Klick: »Sie rufen außerhalb unserer Geschäftszeiten an ...« Das ist meine Stimme. Wie stolz ich war, dass ich die Ansage so schön profimäßig hingekriegt habe. Hallo Vinz, nur damit du Bescheid weißt, ich bin gerade nicht erreichbar. Mach dir keine Sorgen, ich melde mich. Ich weiß genau, wie meine Stimme klingen wird, wenn ich das jetzt draufspreche, also lieber auflegen. Wir hatten ja ohnehin gesagt, dass wir morgen telefonieren.

Wie still es hier ist. Und dieser Geruch nach uraltem Rauch und nie geöffneten Fenstern. Du hast hier festgesteckt, Marion. Diese Kellerhöhle und das Frizz waren alles, was du hattest. Arbeit, schlafen, saufen. Ich dagegen ... Es ist zum Heulen. Und es ist allein Marions Schuld, dass mein Leben so armselig ist. Was kann da schon rauskommen, bei so einer Mutter? Allein diese Wohnung. Die Staubflusen auf dem Boden, der überquellende Papierkorb. Was sagst du dazu, Marion? Hast du irgendeine Erklärung für dieses verkorkste Leben? War das jetzt alles von dir, oder kommt da noch was? Ich greife nach dem Papierkorb und kippe ihn um. Zerknüllte Taschentücher und Papierschnipsel verteilen sich auf dem staubigen Boden. Auf dem Sofa sitzend, rühre ich mit dem guten Fuß darin herum. Im Fernsehen habe ich gesehen, dass Ermittler oft im Müll der Leute auf Hinweise stoßen. Ein paar beschriebene Zettel sind dabei. Marions Schrift ist klein und krakelig wie von einem Kind. Ein Einkaufszettel: *Fluppen, Zahnpasta, Duschgel, Feuerzeug.* Erinnerungen: *Telefonrechnung überweisen!* Auf einem steht: *Schürholz – RP, 30. 9., 15:40.* Schürholz ist hier in der Gegend ein Name wie Müller oder Meier, jeder kennt einen, die meisten sind sogar mit einem verwandt. Gretes Opa hieß so, Katis Oma auch, und Yvonne hieß Schürholz, bevor sie Wolfs Namen angenommen hat. Ein Restaurant in Bosbach heißt so, Lehrer in der Schule, Ärzte und in Hitzmark gibt es ein Lebensmittelgeschäft, das Schürholz heißt. Der Zettel ist also so informativ wie ein kaputter Kompass, trotzdem stecke ich ihn ein. Vielleicht kann Susanne etwas damit anfangen. Es muss doch noch irgendeinen Hinweis geben, irgendetwas, das mir verrät, wo Marion ist. Briefe, Unterlagen, Nachrichten. Wer verschwindet verdammt noch mal einfach so, ohne eine Spur! Vorsichtig stehe ich auf, beiße die Zähne zusammen gegen den Schmerz im Fuß. Das Tischchen, das wie nach einem Gelage aussieht, der Boden voll Staub und Müll, das Regal mit dem flachen

Riesenbildschirm. Eine Etage darüber stehen ein paar Bücher mit verknickten Einbänden, die Titel stehen in schleifigen Buchstaben darauf, es geht um die ganz große Liebe, das sieht man gleich. Unter dem Fernseher stehen Aktenordner: *Wohnung, Arbeit, Ausbildung*, Marion hat mal Krankenschwester gelernt, aber kurz vor dem Ende abgebrochen. Ist schon ewig her, ich war noch lange nicht geboren, aber als Streitthema zwischen Grete und Marion geht das bis heute ganz gut. Als ich die Ausbildung zur Tourismuskauffrau abgebrochen habe, hat Grete tagelang nicht mit Marion geredet. Sie fand, das sei ihre Schuld. Schlechter Einfluss, was weiß ich. Dabei war Marion die Letzte, die es erfahren hat.

Und dann liegt da im Regal dieser winzige Computer, auf den Marion so stolz war. Ist mir vorher gar nicht aufgefallen. Ein Netbook, in Rot natürlich. Hat sie sich mal geleistet, kurz bevor ich nach Berlin bin. Das Gehäuse rumort, der Bildschirm flackert, aber dann werde ich nach dem Passwort gefragt. Und da ist für mich Schluss. Und dann der Knöchel, pocht, heiß und stechend. Ich ziehe Schuh und Socken aus, die Haut zwischen Wade und Ferse ist rotgewölbt und spannt. Im Gefrierfach des Kühlschranks finde ich ein völlig vereistes Kühlrechteck. Ich setze mich auf Marions Schlafsofa und wickle es mit einem Küchenhandtuch am Fuß fest. Die Kälte betäubt den Schmerz, ich lehne mich zurück, und sofort wird mein Atem schwer, meine Beine, die Schultern, die Arme, alles will nur noch einsinken und nicht mehr aufstehen. Aber da drückt was im Rücken, und ich ertaste das flache, kantige Netbook und probiere es doch noch mit dem Passwort. Drei Versuche gebe ich mir.

1. Marions Geburtstag: *11. 06. 1966* – falsche Eingabe.

2. Ihr Name rückwärts geschrieben: *rebierhcs noiram*.

3. Marions Name vorwärts, aber dann breche ich ab und lösche, was ich getippt habe, und trage aus irgendeinem Grund ein: *11. 03. 1987*. Mein Geburtstag – funktioniert. Sie hat den Schriftzug vom Frizz als Hintergrund, war ja klar. Auf dem Desktop liegen wild verteilt ein paar Ordner: *Wagen, Wohnung, Vermischtes, Luca*. Einen ganzen Ordner für mich. Und als ich ihn anklicke, ist da nur eine einzige Bilddatei mit dem Namen *LMW*.

Luca, Marion, Wolf.

Das Bild ist uralt, ich erkenn mich nur, weil ich auf anderen Kleinkindfotos auch so aussehe. Ich bin höchstens zwei, hellblonder Flaum steht mir wirr um den Kopf, ich lache mit einem Mund voll winziger Zähne, Marion mit langem Haar und Wolf mit braunem, sie strahlen mich von beiden Seiten an. Ich hab das Bild noch nie gesehen, und sie hat das einfach hier auf dem Rechner. Schon die ganze Zeit? Das Kind da hat nichts mit mir zu tun, die Mutter nichts mit Marion. Nur Wolf ist Wolf, die Haare sind inzwischen grau, aber die Frisur und das Lachen sind genau gleich. Warum hat sie das Bild eingescannt? Und warum habe ich es noch nie gesehen?

Internet funktioniert natürlich nicht. In ihrem E-Mail-Programm ist alles durcheinander. Mails von einem Typen namens Lupmail, außerdem haufenweise Werbung. Mir hat sie nur per Handy Nachrichten geschickt, wenn überhaupt.

Lupmail schreibt:

9.9.

Ich habe am Montag auf Dich gewartet. Wo bist Du?

12.9.

Jetzt krieg Dich doch mal wieder ein. Ich warte auf ein Zeichen von Dir.

15.9.

Mein Gott, melde dich endlich!

Klingt nach Stress. Da hat sie mal wieder einem das Herz gebrochen. Ich hab immer erst nachher erfahren, wenn sie mit jemandem was hatte. War mir auch lieber.

Dann am 14.9. eine Mail vom Landgasthof Sengerich:

Liebe Frau Schreiber,
Ihr Freund hat bei Ihrem letzten Besuch, am
30./31. August, etwas bei uns liegen lassen. Wollen Sie
herkommen und es abholen, oder sind Sie ohnehin
bald einmal wieder bei uns?
Gruß
T. Sengerich

Der Gasthof ist in Volmershof, etwa dreißig Kilometer von Ronnbach entfernt, wo es ist wie hier: Fachwerkhäuser, Wälder, Hügel, Täler, durch die sich Bäche winden, nur ohne See. Man ist von hier fast schneller in Köln, obwohl es bis dahin viel weiter ist (siebzig Kilometer), aber über die Autobahn, nach Volmershof führt nur die Landstraße. Ich war bloß ein paarmal da, zum Schützenfest. Auf dem Rückweg musste immer einer kotzen, wegen der vielen Kurven.

Die schreiben *Ihr Freund*. Den einen trifft Marion heimlich, dem anderen besorgt sie's noch im Laden. Ich hoffe nur, *Ihr Freund* ist nicht Carsten Schmalscheid. Wenn sie mit dem im Gasthof war, muss ich kotzen. Vielleicht hat er das Ganze nur erfunden, aber wer weiß. Bei Marion gab's nie Regeln, nach denen man sich richten konnte. Wenn sie mal gute Laune hatte, war die zerbrechlich wie dünnes Glas. Es genügte ein falscher Blick, ein winziger Misston, und ihr Gesicht wurde hart und abweisend.

Verdammt, Marion, wo steckst du? Mit wem warst du in Volmershof? Und warum bist du so beschissen feige?

Es gab eine Zeit, in der wir alle zusammengewohnt haben: Marion, Wolf und ich. Davon weiß ich allerdings nur aus Erzählungen, nicht einmal das Bild auf dem Netbook weckt eine Erinnerung daran. Solange ich denken kann, haben wir in diesem Haus mit Grete gelebt. Nach dem missglückten Ausflug, bei dem ich den Finger verlor, war Marion still und abwesend, auch wenn wir zusammensaßen. Sie sah mich kaum noch an. Ich weiß gar nicht mehr, ob ich danach noch mal unten bei ihr gewesen bin. Ich erinnere mich nur an die Mahlzeiten, bei denen ihre Augen höchstens halb auf waren. Wenn sie sprach, dann verschleppte sie die Worte, schleifte sie ab und unterschlug ganze Silben. Es war, als wüsste sie gar nicht, was sie sagte. Und immer dieser leicht saure, gärige Geruch. An einem Abend war es besonders schlimm. Sie schlief fast am Tisch ein, und dann stand sie einfach auf und ging ohne Abschied, ihr Teller war noch unberührt. Sie schwankte so, dass sie sich an der Küchentür stieß, doch sie merkte es gar nicht richtig. Wir hörten, wie sie im Flur stolperte. Grete verdrehte die Augen. Dann das Rumpeln auf der Treppe, Grete ging widerwillig nachsehen, dann ihr Schrei!

Marion lag unten, Arme und Beine so komisch von sich gestreckt, als wäre sie eine Puppe. Und sie sabberte, aus dem Mundwinkel lief es milchig raus. Grete klatschte Marion auf die Backen und schrie sie an, aber Marion bewegte sich nicht.

»Bleib bei ihr!«, befahl Grete, und ich kniete neben Marion und sah den milchigen Sabbersee neben ihrem Mund größer werden, während Grete mit schriller Stimme telefonierte.

Irgendwann hörten wir den Rettungswagen. Blaues Licht wurde von den weißen Häuserwänden zurückgeworfen. Zuschauer auf dem Platz vor der Kirche und in den Fenstern der Nachbarn. Die Schreiberbrut wieder! Männer in rot-weißen Anzügen kamen und nahmen Marion auf einer Liege mit.

»Sie ist die Treppe runtergefallen«, sagte ich, wenn mich die anderen in der Schule fragten. Auch Grete sagte das: »Sie ist die Treppe runtergefallen.« Dass sie vorher so komisch gewesen war, darüber sagten wir nichts.

Sie blieb lange im Krankenhaus. Danach war es, als wäre statt meiner Mutter eine fremde Frau in die Wohnung unten eingezogen. Eine Frau, die zufällig so aussah und die gleichen Gewohnheiten hatte wie Marion, die jedoch viel weniger Zeit hatte. Ihre Schuhe klackerten die Treppe hoch, sie schlang ihr Essen runter, dann war sie schon aus dem Haus.

»Tschüssi!«

Mit mir redete sie kaum noch, und wenn, dann nur, um zu sagen, was sie störte. Ich duckte mich weg, ich versuchte, nicht aufzufallen, ich wünschte, ich hätte meinen blöden Finger nie aus der Autotür gehalten.

Es stand gar nicht mehr zur Debatte, dass ich bei ihr schlief oder irgendwas anderes unten bei ihr machte. Einmal kam eine Frau zu uns nach Hause, die von mir wissen wollte, wie es meiner Mutter so ging. »Warum ist denn deine Mutter die Treppe runtergefallen?«, fragte sie.

Und ich: »Weil sie keine Zeit hatte.«

Marion sah ich noch beim Abendessen, wenn es gut lief, sprach man wenig. Oft genug wurde zu viel gesagt.

»Luca, du isst wie ein Schwein!«

»Lass das Kind!«

»Was hast du immer für ein Theater gemacht, dass ich anständig essen soll, bei Luca guckst du nicht mal.«

»Nicht vor dem Kind!«

»Versuch doch, mich zum Schweigen zu bringen!«

Erleichterung, wenn Marion endlich verschwand, um ins Frizz zu gehen.

Die Räume waren weiß und leer, es roch bitter nach Kalk und Beton. Die Farbe an den Wänden war gerade getrocknet.

»Füße abputzen!«, ermahnte Anna die Jungen. Als käme es darauf an. Frank nahm Hansi an die Hand und ging mit ihm zurück zur Haustür. Dort traten sie ein paarmal auf der Stelle, obwohl es dort gar keinen Fußabtreter gab. Kleine erdige Abdrücke blieben auf den gelblichen Fliesen zurück. Und alles so dunkel. Tageslicht fiel in den Flur nur durch die offene Haustür und ein winziges Fenster unterhalb der Treppe. Von der Straße aus wirkte das Haus wie ein Bunker. Was für Menschen sparten an Fenstern? Und alles so klein! Die Diele im Hennes-Hof unten war fast so groß wie das ganze Untergeschoss. Wie sollte man so leben können?

»Wo ist der Garten?«, fragte Frank.

»Noch nicht fertig«, sagte Anna. »Ist ja alles noch Baustelle.«

Cord schwieg. Er würde sich weigern, den schmalen Streifen Rasen, den sie ums Haus anlegen wollten, Garten zu nennen.

Schreiber trat hinter ihnen ein, im Mantel, das Haar ordentlich zurückgekämmt, den Blick immer ein Stück an Cord vorbei. »Ah, schon da.«

Schreiber deutete auf die Tür gleich neben dem Eingang. »Hier ein kleines WC.« Dann eine einladende Geste zur nächsten Tür. »Und hier sind die Anschlüsse für die Küche.« Cord sah Anna dazu nicken wie eine artige Schülerin. Sie betraten einen etwas helleren Raum, gelblichbraune Fliesen auf dem Boden, zum Teil auch an den Wänden. Er fror. Immerhin ein größeres Fenster. Draußen schob Howald eine Schubkarre durch den Matsch. Die Mütze hatte er tief ins Gesicht gezogen, als ob das gegen den Regen helfen würde. Howald hatte sein Haus nebenan. Der alte Liseke, Herta und Grete wohnten weiter oben, gleich gegenüber der Kirche, man musste ein Stück gehen, um hinzukommen. Schreiber, Anna und die Jungen waren weitergegangen, Cord hörte: »Wohnzimmer ... Steckdosen ... optimal ...« Er sah: weiße Wände und Regen. Er lehnte seinen Kopf an den Fensterrahmen. Ein Stück den Hang hinab bauten sie die Schützenhalle, dahinter konnte er das Tal erkennen. Die Gegend wurde in Stücke gerissen. Vom alten Ronnbach war kaum noch was übrig. Es sah aus, als wäre eine Horde Plünderer durchgezogen. Lisekes Hof hatten sie abgebrannt, die Ruine ragte schwarz verkohlt neben dem Hennes-Hof in die Höhe, darum herum nichts als kahles Gelände, der Wald war längst bis zur vorgesehenen

Ufergrenze abgeholzt und gerodet. Als hätte man das Tal nackt ausgezogen. Und mittendrin floss unbeeindruckt die Ronne, genau wie immer, lange bevor sie mit den Bauarbeiten begonnen hatten. Den Hennes-Hof würden sie sprengen, das ging schneller.

Cord öffnete das Fenster, um Luft zu bekommen. Hammerschläge knallten von der neuen Schützenhalle zu ihm rauf, irgendwo kreischte eine Säge. Weiter hinten, auf der anderen Seite des Bissbergs, lag jetzt die neue Ronnebrücke. Fast weiß spannte sie sich über das Tal. Er hatte schon Autos darüberfahren sehen.

»Ich lasse euch allein«, rief Schreiber vom Flur her. Anna antwortete etwas darauf. Dann kam sie zu ihm. Gleichzeitig fielen ihre Blicke auf die graubraunen Abdrücke, die Schreibers Schuhe auf den beigefarbenen Fliesen hinterlassen hatten.

»Das kriegt man ruck, zuck sauber«, sagte Anna.

Cord schloss das Fenster mit einem Ruck. Der Boden in der Küche seines Hofes bestand aus festgetretenem Lehm. Irgendwann hatte er Holzdielen darüberlegen wollen, ganz sicher keine Fliesen.

»Guck doch wenigstens mal«, sagte Anna.

Die Mutter hätte das alles nicht einmal angesehen. Sie wäre im Tal geblieben, egal, was man ihr geboten hätte. Man hatte sie nur mit den Füßen voran vom Hennes-Hof gekriegt. Aber Anna zog ihn am Arm die Treppe hoch, er taumelte hinterher. Er sah noch mehr weiße Wände, eine Kloschüssel mit Wasseranschluss. Als wäre es so schrecklich gewesen, über den Hof in die kleine Hütte zu gehen.

Anna strich mit den Fingerspitzen über die Badewanne, das Waschbecken, den Türrahmen, das Treppengeländer, über Wände und Fensterbretter.

Cords Augen brannten, er hatte in der letzten Nacht kaum geschlafen.

Der alte Liseke hatte ihn überredet. »Ist doch das Beste, Junge!«, sagte er. »Denk an deine Familie.« Dazu Annas Blick.

»Ich sprech mal mit denen«, hatte Liseke gesagt, als Cord geschwiegen hatte. Und dann hatte er alles ausgehandelt. Der Talsperrenverband hatte ihnen schließlich dieses Haus gegeben. Gerber hatte es gebaut. Der Dachstuhl stand gerade, da war er krank geworden, und irgendwann war er gar nicht mehr aufgestanden. Seine Witwe, die Alma, wohnte jetzt bei ihrer Tochter in Hitzmark. Sie wollte das Haus nicht, und jetzt hatte Cord es. Das kleinste im Ort, dazu fast fensterlos, zumindest zur Straße hin. Wer machte so was? Der Hennes-Hof war einer der größten im Tal. »Dein Vater würd sich im Grab rumdrehen.« Cord hatte den Tonfall im Ohr, in dem die Mutter das sagen würde.

»War ja auch 'ne schlimme Sache mit deinem Vater und dem Krieg«, hatte Schreiber gesagt, als er ihm den Vertrag vorlegte. Anna fand, sie hätten Glück gehabt, dass sie jetzt was hatten, aber es war allein Liseke zu verdanken, dass Cord unterschrieben hatte. Die Tiere würden abgeholt werden. Der Verband hatte sie ihm schließlich auch noch abgekauft. Drei Kühe in tadellosem Zustand. Wahrscheinlich würde man sie schlachten, dabei hätte mindestens eine von denen noch gut drei Jahre gehabt. Wenn er an den Umzug dachte, wurde sein Körper lahm und schwer. Liseke und Anna taten so, als würde ein Umzug alles richten. Aber er wusste ja nicht mal, wie er hier oben den Lebensunterhalt für sich und die Familie bestreiten sollte.

»Hier könnte der Geschirrschrank hin«, sagte Anna, als sie wieder in der Küche standen. Er versuchte, sich das vorzustellen, den Schrank vor der gefliesten Wand. Unmöglich.

»Herr Schreiber sagt, hier könnte das Wohnzimmer sein.« Sie zog ihn in den Raum neben der Küche, blickte ihn an, als müsse er sich darüber freuen. Immerhin: ein großes Fenster, daneben sogar eine Tür aus Glas.

»Wir haben ja nicht mal ein Sofa.«

Wie Anna bloß darauf kam? Niemals hatte sie ein Wort darüber verloren, dass sie es gern bequemer hätte, wenn sie mit hochgekrempelten Ärmeln und zurückgebundenem Haar die Tiere fütterte, kochte, Wäsche machte und die Kinder versorgte. Wenn sie nun tatsächlich ein Sofa hätten, würden sie jemals darauf sitzen? Wann saß man überhaupt auf einem Sofa? Unten im Tal gab es nur die alte Küchenbank, aber wo sollte die stehen in dieser frischgefliesten Hölle?

Die Schritte der Kinder hallten in den leeren Räumen. Eine Tür knallte, Anna lief hin, er hörte ihre Stimme leise und beschwichtigend, in den letzten Wochen war sie oft schrill gewesen. Dann kam sie wieder zu ihm, ihr Blick suchte seinen, er wandte sich ab zu diesem großen Fenster, der Glastür daneben, durch die man nur Grau und Matsch sah.

»Irgendwann hört der Regen auf«, sagte Anna.

Cord schloss die Augen. Als ob das Wetter das Problem wäre. Das Problem ist das hier, das hört nicht einfach auf. Wir haben die Heimat verlassen für eine gelbgefliese Hölle und draußen nur Dreck und Feuchtigkeit. Das wird nicht mehr gut.

Annas Hand auf seinem Rücken. Sie spürte selbst, dass das nicht ging.

»Los, Kinder, wir müssen wieder.« Sie schob die Jungen zur Tür, knöpfte Hansi die Jacke zu.

»Ist doch schön hier!«, sagte sie zu der Knopfleiste. Es klang, als hätte sie es irgendwo gehört und würde es jetzt nachsprechen.

Der Kleine sagte nichts, Frank hob nur die Schultern.

»Kommt nicht darauf an, ob wir das schön finden«, sagte Cord in den Regen, der sie draußen empfing. Anna zog sich ihr Kopftuch über das Haar, nahm Hansi an die Hand und lief Richtung Tal, als würde sie jemand antreiben. Das Kopftuch, der formlose braungraue Mantel. Von hinten sah sie aus wie eine Alte mit ihrem Enkel, auf der Flucht. Frank trottete hinterher. Cord ahnte die schmalen Schultern unter der zu großen Jacke, an den Schuhen des Kindes klebte Matsch, genau wie an seinen eigenen. Und vielleicht waren der Regen und der Matsch schuld daran, dass Cords Schritte schwer und ungelenk waren, als wüsste er mit einem Mal nicht mehr, wie man geht.

Ich kann das nicht, dachte er, ich werde das nie können.

Vinz? Hier ist Luca. Ich hab mein Handy verloren, aber sonst ist alles gut. Mach dir keine Sorgen. Wenn was ist, du kannst mich bei meiner Oma erreichen, die Nummer hängt an der Pinnwand, neben dem Tresen.«

Elender Anrufbeantworter, aber Vinz muss ja Bescheid wissen. Er wird es heute Nachmittag hören, wenn er nach dem Rechten sieht, vielleicht bin ich dann schon auf dem Weg zu ihm. Wenn er bei Grete anruft, wird sie ihn ausfragen und mir nachher genau erklären, was der für einer ist. Besser, ich erreiche ihn vorher noch.

Vorsichtig wickle ich das Tuch vom Knöchel. Die Schwellung ist zurückgegangen. Langsame Bewegungen tun fast nicht weh. Es ist noch vor zehn. Ich hab höchstens fünf Stunden geschlafen, mein Körper fühlt sich an wie zerschlagen, die Augen brennen, im Kopf wummert es, und der Geschmack in meinem Mund ist ekelhaft. Aber an Schlaf ist nicht mehr zu denken. Spätestens heute Abend wird ganz Ronnbach wissen, was gestern beim Seefest war.

Keiner wird verstehen, warum ich das gemacht hab. Ich versteh's ja selbst kaum.

Draußen sieht es aus, als hätte jemand die Welt mit Weichzeichner bearbeitet. Den Kirchturm verhängt ein zartweißer Schleier, zum See hin wird der Nebel zäher.

In der Küche fummelt Grete an der Kaffeemaschine. Sie ist schon fein für die Messe.

»Guten Morgen«, sage ich extra laut.

Grete sagt nichts. Der Kaffee schwappt gefährlich, als sie die Tasse vor mich stellt, dann wendet sie sich wieder ab, hackt irgendwas klein.

»Danke!«

Nichts.

»Grete?«

Sie kann das tagelang durchhalten. Mit Marion hat sie das mal eine ganze Woche gemacht, bei mir höchstens bis zur nächsten Mahlzeit.

»Es tut mir leid!« Dabei weiß ich nur so halb, was ich falsch gemacht habe.

Sie presst die Lippen aufeinander.

»Ich hab mein Handy verloren. Ich konnte gestern nicht anrufen.«

Grete hackt in kleinen, zackigen Bewegungen.

»Das nächste Mal ruf ich dich von irgendeinem Telefon aus an.«

Sie hackt weiter.

»Grete, bitte! Und das mit dem Paul, dem … Jungen von gestern. Der war doch nur zufällig da. Ich wollt gar nicht, dass der hier mit reinkommt.«

Sie hält inne, ihre Augen flattern.

»Oma!«

Ich rutsche von der Bank, lege eine Hand auf ihren Rücken. Da endlich sieht sie mich an. Ihre Lippen zucken, sie sieht aus, als sei sie geschrumpft.

»Kind!«

»Alles gut, Oma«, sage ich und drücke ihren kleinen, weichen Körper an mich. Wann ist sie bloß so zerbrechlich geworden?

Und sie schiebt mich von sich, sieht mich an mit wässrigen Augen: »Was hast du nachts auf der Brücke gemacht?«

»Was?«

»Du hast gesagt, du warst gestern auf der Talbrücke mit dem Jungen. Was hast du da gemacht?«

»Runtergeguckt. Bisschen nachgedacht.« Dass sie das noch fragen muss.

»Mitten in der Nacht?«

»Ja!«

»Mit dem Jungen vom Hennes?« (Nie würde sie Enkel sagen.)

»Der kam erst später.«

»Aha.«

Grete wendet sich wieder zur Arbeitsfläche, macht weiter mit dem Schneiden, aber bedächtiger, fast zögernd. Ich setze mich, der Kaffee ist noch warm. Das mit der Brücke kann ich ihr nicht erklären. Das Schwanken, die Dunkelheit, der Wind da oben. Und das Seefest – wenn Grete das hört ... Ich werd nie wieder hingehen.

»Da sind schon Leute runtergesprungen.«

»Wo?«

»Von der Brücke. Hab ich doch erzählt, oder nicht.«

»Ich dachte, das wär ein Märchen.«

Sie schüttelt den Kopf, als würde ich überhaupt nichts kapieren.

»Wieso, was war denn da?«

Wieder schüttelt sie den Kopf, dieses Mal auf eine Weise, die anzeigt, dass jetzt wirklich Schluss ist.

»Vergiss das, Luca. Das war früher. Ist lange vorbei. Und mit der Brücke … Geh da nicht hin. Rüberfahren ist in Ordnung, aber so drübergehen in der Nacht, mach das nicht.«

Als wär ich ein Kind. Als wäre ich nicht achtundzwanzig und würde seit Jahren ohne sie leben. Jetzt keinen Streit anfangen.

»Ist gut, Grete.«

»Versprich es mir!«

Ich winde mich, was will sie denn noch?

»Versprich es einfach!«

Sie hat sich wieder aufgerichtet, bereit, sich abzuwenden, wenn ich nicht auf sie höre.

»Ist gut, Grete. Hab ich doch gesagt.«

»Und Marion, die kommt schon wieder. Um die machst du dir keine Sorgen mehr. Der geht's gut. Der geht's doch immer gut. Da musst du jetzt nich hier rumrennen und alle verrückt machen.«

»Mach ich doch gar nicht.«

»Dann haben wir uns ja verstanden.«

Aber ich verstehe gar nichts mehr. Ich nicke widerwillig, aber ich begreife nicht. Keine Ahnung, was ich tun kann, um Grete zufriedenzustellen. Früher hat mich das nicht gestört, wenn sie solche Sachen wollte. *Guck die Leute nicht so an, das gehört sich nicht! Sprich bei anderen nicht über die Familie! Und beim Hennes, da gehst du einfach weiter, nicht Tach sagen oder stehen bleiben, einfach weitergehen und nicht beachten!* Hab ich gemacht und gut. Dann gab's keinen Ärger. Aber jetzt ist da so ein Widerstand in mir, der genau das Gegenteil will von dem, was Grete sagt, der sie ignorieren will und aufbegehren, so wie Marion es getan hat. Dabei halte ich Grete keine zehn Minuten stand. Sie wendet sich schroff ab, wenn man sich ihr widersetzt. Ich mache dann automatisch alles, was sie von mir will. Ich bin doch die gute Tochter, die böse ist verschwunden.

Susanne wohnt in der Bosbacher Straße, die sich, vom Ronne-Umgehungsweg ausgehend, einmal durch den Ort windet. Die Luft ist kühl, der Himmel grau verhangen. Dafür hat sich der Nebel weitgehend aufgelöst und überall seine feuchte Spur hinterlassen: Der Asphalt ist eine Schattierung dunkler, die Autos sind von einer matten Schicht überzogen, in den Vorgärten glitzert es auf Hortensien und Rosen. Ich habe gewartet, bis Grete in die Kirche geht, dann bin ich erst los, als würde ich etwas Verbotenes tun.

Susanne hat ihre Wohnung in dem einzigen Mietshaus im Ort. Es gab einen Aufschrei, als sie hier es gebaut haben: So groß, das nimmt denen vom Finkenweg die Sicht auf den See! Andere Architektur, das passt nicht hierher! Und dann auch noch Singlewohnungen, wo kommen wir dahin! Während ich klingle, versuche ich, mich an irgendwas zu erinnern. Die weiße Tür mit dem Milchglas, die Briefkästen aus mattem Edelstahl. Es dauert ewig, bis es in der Sprechanlage knistert.

»Hallo?«

»Hallo, ich bin's, Luca. Darf ich reinkommen?«

»Luca?«

»Ja.«

»Moment.«

Ich denke schon, sie hat mich vergessen, als der Summer geht. Helle Fliesen im Treppenhaus, ganz oben steht die Tür auf, aber bevor ich reinkann, schiebt sich, zerknittert und die Jacke unterm Arm, Fritz an mir vorbei.

»Tach, Luca«, knurrt er, Blick nach unten, als könnte er so vermeiden, dass ich ihn erkenne. Susanne grinst, sie trägt ein zu großes weißes Hemd, nackte Beine gucken unten raus, die Schminke um ihre Augen ist dunkel verwischt, das Haar verwuschelt.

»Stör ich?«

»Jetzt auch egal.«

Von ihrem Wohnzimmer kann man durch eine spitzgieblige Fensterfront auf die Ronne gucken. Sie schimmert silbriggrau gegen einen tiefwolkigen Himmel. Ein paar Nebelfetzen hängen noch in den Tannenwipfeln. Es sieht nach Regen aus.

»Wusste gar nicht, dass du mit Fritz zusammen bist«, sage ich.

Wieder dieses Grinsen. »Wusst ich auch nicht.« Und

dann ernster: »Was war denn mit dem kleinen Schmal-scheid gestern?«

Ich hebe die Schultern.

»Na egal. Weshalb bist du gekommen?«

»Ich hab was gefunden bei Marion.«

»Was?«

»Einen Zettel.« Ich ziehe ihn aus der Tasche.

»*Schürholz – RP, 30.9., 15:40*«, liest Susanne. »Davon hat sie gar nichts erzählt.«

»Und was heißt das?«

»Restaurant Schürholz? Dass sie sich da bewerben wollte vielleicht?«

»Und das Frizz?«

Susanne zuckt die Achseln.

»Und RP?«

»Reservierungspflicht? Reisepreis?« Sie hat keine Ahnung.

»Und dann hab ich noch ihre E-Mails gelesen.«

»Warst du an ihrem Computer?«

»Was soll ich denn machen? Sie ist seit einer Woche weg.«

»Und?«

»Ein Typ hat ihr geschrieben, sieht aus, als hätte sie ihn abserviert.«

»Wie hieß der denn?«

»Lupmail.«

»Noch nie gehört.«

»Da war auch noch eine Mail von einem Hotel in Volmershof. Sie hat wohl da übernachtet.«

»Echt? Wann?«

»Vor ein paar Wochen, Ende August.«

Susanne kichert. »Doch nicht alleine!«

»Mit ihrem ›Freund‹, schreibt die Frau vom Hotel.«

»Wann war sie denn da? Montag?«

»Kann sein, hab ich nicht nachgeguckt. Warum?«

»Sie hatte da einen, schon lange, den hat sie immer montags getroffen. Wir haben ihn den Montagsmann genannt.«

»Aber montags hatte sie doch Sport.«

Susanne sieht mich an, als würde ich hinterm Mond leben. Montagssport, alles klar.

»Und wer war der Montagsmann?«

»Keine Ahnung, wollt sie nicht sagen, da war sie stur.«

»Hast du einen Verdacht?«

»Nee. Erst dachte ich, es wär der kleine Schmalscheid, aber das kann ich mir jetzt nicht mehr vorstellen.«

Sie sieht meinen Blick. »Was denn? Deine Mutter ist immer für 'ne Überraschung gut.«

»In der E-Mail stand, dass ›Ihr Freund‹ dort was vergessen hat.«

Susanne wirkt plötzlich wacher. »Und, warst du schon da?«

»Nee, Marions Wagen steht noch auf dem Parkplatz oben bei der Brücke.«

»Warte, ich fahr dich hin.«

Sie kommt zurück, in Jeans und tief ausgeschnittenem Oberteil. Sie kann's kaum abwarten rauszukriegen, wen Marion da getroffen hat.

Sie fährt mich direkt nach Volmershof, sie sagt, das sei kein Problem. Ich mach mir fast in die Hosen, wie die rast, vom Ronne-Umgehungsweg in den Wald, Baumstämme flackern vorbei in der grünbraunen Dämmerung, wie sie die Kurven schneidet, dahinter plötzlich wieder wolkiges Tageslicht, links von uns fällt es ab in das nächste Tal, Weiden, Zäune, unten ein Dorf, durch das sich ein Bach schlängelt. Und die ganze Zeit Radiogedudel, das im Fahrtwind zerfasert, denn Susanne muss rauchen mit Fenster auf.

»Was willst du machen, wenn du deine Mutter gefunden hast?«, ruft sie gegen den wummernden Fahrtwind.

»Dann sag ich ihr mal richtig Bescheid.« Dabei habe ich keine Ahnung, was ich ihr sagen werde. Seit Marion nicht in Berlin angekommen ist, habe ich das Gefühl, als hätte der Boden unter mir Löcher bekommen, als würde sich etwas auflösen und mich mitreißen. Eine Mutter muss doch da sein, man muss doch wissen, was mit ihr ist.

Susanne nimmt einen Zug von der Zigarette, schneidet die Kurve, rein in den nächsten Wald, den Hügel hoch und hinten wieder runter, um die nächste Kurve, alles, ohne zu schalten.

»Du darfst nicht so streng mit deiner Mutter sein.«

»Was?«

»Die hat's nicht leicht gehabt.«

»Aha.«

Sie schnippt die Zigarette raus, schließt das Fenster, als wollte sie mal was klarstellen.

»Deine Oma macht der das Leben zur Hölle, seit sie klein ist. Marion hat erzählt, dass ihre Mutti tagelang nicht mit ihr gesprochen hat. Alles hat die Marion falsch gemacht. Immer hieß es: ›Das kannst du eh nich‹, ›Mach das anders‹, ›So doch nicht‹. Und dann wurde ihr ständig unterstellt, dass sie lügt. Deine Oma hat der Marion nichts geglaubt. Die Marion hätte sich manchmal am liebsten in Luft aufgelöst, hat sie mir erzählt. Und dein Oppa war immer am Arbeiten. Ich glaub, ich hab den in meinem Leben nur zwei Mal gesehen. Der hatte seine Firma in Essen und war eigentlich mehr da als hier. Marion meinte, dass er Ronnbach schrecklich fand, aber deine Oma hat sich geweigert, hier wegzugehen.«

»Aber Opa Schreiber war doch hier, als ich klein war.« Einmal schob Marion ihn im Rollstuhl zum Ronne-Ufer, sonst lag er in einem hellen Raum im Bett und sagte nicht viel.

»Da war er schon alt und konnte nicht mehr so. Da brauchte er jemanden, der sich um ihn kümmert. Deine Oma hat ihn in ein Heim hier in der Nähe gesteckt. Die Marion war ihre ganze Kindheit allein mit deiner Oma. Die denkt immer noch, dass sie nichts kann und für nichts gut ist, die weiß gar nicht, wie großartig sie ist. Hat ihr nie einer gesagt.«

»Warum ist sie dann nicht längst weg, wenn's so schrecklich bei Grete war?«

»Wegen dir natürlich.«

»Ach ja? Dann hätte sie ja abhauen können, als ich nach Berlin bin.«

»Mit Mitte vierzig gehst du nicht mal eben weg.«

»Aber mit Ende vierzig schon?«

Sie hebt die Schultern, zündet sich eine neue Zigarette an, lässt das Fenster wieder runter, nimmt die nächste Kurve, als wären entgegenkommende Fahrzeuge ein Mythos.

»Haste eigentlich 'nen Freund, Luca?«, ruft sie.

»Hmhm.«

»Was?«

»Jaha.« Wenn ich mehr sage, weiß es morgen ganz Ronnbach. »Und du und Fritz, ist das was Ernstes?«

»Ach Fritz und ich. Das ist eine lange Geschichte. Ich bin schon seit Ewigkeiten ... also jedenfalls schon lange ... aber der ... weiß ja, dass er Marion ... Und jetzt ... weiß auch nicht ... hat es plötzlich gefunkt.«

»Und wenn Marion zurückkommt?«

Susanne zieht an ihrer Zigarette, dass ihre Wangen hohl werden, schnippt die Kippe aus dem Fenster, lässt es hochfahren, setzt den Blinker, wird langsamer. »Sind gleich da«, murmelt sie.

Man riecht die Mittagszeit auf dem Parkplatz vom Gasthof. Als ich den Fuß neben dem Auto aufsetze, kann ich gerade noch einen Schrei unterdrücken. Vorsichtig hebe ich das Hosenbein, der Knöchel ist wieder angeschwollen, jede Bewegung ein Stich.

»Alles klar?« Susanne ist ausgestiegen und zur Beifahrertür gekommen.

»Nur umgeknickt. Komm, lass uns reingehen.«

Susanne beobachtet mich schielend, während ich Schritt für Schritt gegen den Schmerz atme.

In dem kleinen Vorraum, der mit Teppich ausgelegt ist, sieht uns eine Frau mit rundem Gesicht über eine Theke hinweg an. »Kann ich helfen?«

»Mein Name ist Schreiber, ich ... Sie haben doch meiner Mutter geschrieben, dass sie, also ihr Freund, hier was liegen gelassen hat.«

»Jaa«, sagt die runde Frau langsam, guckt von mir zu Susanne und holt einen Ordner aus dem Regal. »Wie war noch mal der Name? Schreiber? Ach ja!« Sie greift in eine Schublade und schiebt ein schwarzgraues Häufchen über die Theke. Susanne greift danach, bevor ich auch nur die Hand ausstrecken kann, faltet es auseinander, bis vor uns eine Kopfbedeckung liegt, eine schwarze, schirmlose Mütze, die über den Ohren endet.

»Erkennen Sie die?«

Ich nicke.

»Na, dann nehmen Sie die mit. Und schönen Gruß.«

Der raue Stoff in meiner Hand. Ich kenne ihn genau.

Den ganzen Rückweg drehe ich die Mütze in der Hand, rieche daran. Es besteht kein Zweifel. Susanne zündet sich eine Zigarette an und atmet den Rauch aus. »Dass sie daraus so 'n Geheimnis gemacht hat. Ich dachte schon, dass sie was mit 'm Fritz hat.«

»Keine Sorge, das ist nicht von ihm.«

Susanne guckt zu mir rüber, mir wäre lieber, sie sähe auf die kurvige Straße. »Es ist Wolfs Mütze, oder?«

Die Sonne verstreut trübes Licht hinter dichten Wolken. Als Susanne vom Ronne-Umgehungsweg auf den Parkplatz abbiegt, steht da noch ein Wagen. Ein blauer Passat Kombi.

»Ist das nicht dem Hennes sein Wagen? Was macht der denn hier?«, fragt Susanne. »Darf der überhaupt noch fahren?«

Ich hebe die Schultern und versuche trotzdem zu erkennen, ob Paul vielleicht drinnen sitzt. Kann man aber nicht sehen. Der würd mir jetzt auch gerade noch fehlen. Wie das pocht in der Brust. Marion und Wolf, heimlich im Hotel. Ich fass es nicht.

Susanne steigt mit aus und tätschelt dem Golf das Autodach. Sie sieht mir zu, wie ich aufschließe und einsteige, als wollte sie mir bei irgendwas helfen, wüsste aber nicht, wobei.

»Was machst du denn jetzt?«, fragt sie.

»Weiß nicht. Wolf seine Mütze bringen vielleicht.«

»Das ist echt 'n Ding!« Susanne lacht kurz auf. Sie kann ihre Erleichterung kaum verbergen: Fritz ist nicht Marions geheimnisvoller Montagsmann.

Susannes gute Laune ist nicht auszuhalten.

»Übernimmst du jetzt eigentlich Marions Schichten im Frizz?«, frage ich, um sie mal runterzubringen.

»Klar!«

»Und kriegt Marion ihren Job wieder, wenn sie zurückkommt?«

Susanne beißt sich auf die Lippe. »Hör mal, Luca, deine Mama ist ein Goldschatz, wie's keinen zweiten gibt. Aber ... Also die war echt komisch in letzter Zeit. Nicht nur, dass sie es nicht dunkel haben wollte. Die war irgendwie manchmal gar nicht mehr richtig da. Wenn einer reinkam, hat sie nicht mehr so gegrüßt wie früher. Die Gäste haben sich schon beschwert, dass die gar nicht hallo sagt. Und bei der Arbeit war's auch nicht mehr so. Da ist ihr dann schon mal ein ganzes Tablett mit Getränken runtergefallen, und das nicht nur ein Mal. Oder sie hat wen angerempelt. Dem Hitzke hat die das Bier aus der Hand gestoßen. Und sich nicht mal entschuldigt. Das neue Bier musste ich dem bringen. Ich glaube ja, dass die einfach 'ne Brille braucht, aber Fritz ...«

Susanne macht sich eine Zigarette an und zieht ein paarmal, bis die Glut schön rund ist.

»Letzte Woche, also bevor sie nach Berlin wollte, gab's richtig Stress mit Fritz. Der war ja immer ... Weißt ja, dass der sie immer toll fand, aber das ging so einfach nicht mehr. Er hat sie gefragt, ob sie nicht mal weniger trinken will. Was meinst du, was da los war. Die hat sich gar nicht wieder eingekriegt, so sauer war die. Deshalb ist sie auch schon früher weg aus'm Frizz.«

Wieder ein Zug von der Zigarette und gleich noch einer. »Mann, Luca, ich wollt dir das eigentlich schon erzählen, als du bei uns warst. Aber das klingt alles so negativ von Marion, dabei ist die gar nicht so. Die nimmt jeden, wie er ist. Meinst du, die hat sich das Leben so vorgestellt, als sie jung war? War bei mir ja auch so. Ich hätt auch gern Familie gehabt und 'nen richtigen Job, dann musste ich ein Kind wegmachen lassen, der Typ war ... ist auch egal. War jedenfalls scheiße. Aber Marion war für mich da, ohne die wär ich nicht mehr. Ist echt so. Die Marion weiß, dass das Leben nicht immer supertoll is. Aber manchmal kommst du nicht dahinter, was mit ihr los is. Ich hab gedacht, dass was ist zwischen Fritz und ihr, weil sie ja nicht sagen wollte, wer der Montagsmann ist. Aber irgendwas war mit ihr, das schwör ich dir. Wegen irgendwas ist sie weg. Und ich hoffe ...«

Sie saugt an der Kippe, dass man zusehen kann, wie sie kürzer wird. »Ich hoffe, es ist nicht, weil sie sich so mit Fritz gestritten hat. Da war sie natürlich auch sauer auf mich, weil ich nichts dazu gesagt habe. Hättest mal sehen sollen, wie die da raus ist. Als wollte sie für immer mit uns Schluss machen.« Sie schließt die Augen einen Moment. »Ich hätte ihr nachgehen sollen. Ich wusste ja, dass sie gerade nicht gern allein im Dunkeln unterwegs ist. Aber wenn die so ist, muss man sie auch echt in Ruhe lassen. Hätte eh keinen Zweck gehabt. Verstehst du das?«

Ich nicke, dabei verstehe ich nichts.

»Ach Luca, ich würd so gerne die Zeit zurückdrehen. Dass sie wieder hier ist und alles. Ich bin 'ne Scheißfreundin!« Sie tritt die Kippe aus und wendet sich zu ihrem Wagen.

»Warte!« Ich fasse ihren Arm fester, als ich vorhatte, aber so geht das einfach nicht. Jetzt habe ich das Bild der wütenden Marion im Kopf, wie sie aus dem Frizz stürmt. Das Frizz war ihr Zuhause, viel mehr als die muffige, zerwühlte Kellerwohnung bei Grete. Wenn sie da weg ist, wo würde sie hingehen? Susanne wird unruhig unter meinem Griff, sie macht sich los, wenn mir nicht gleich was einfällt.

»Hatte Marion vor kurzem einen Unfall?«

»Glaub ich nicht. Ist doch auch nichts dran an dem Wagen, oder?« Sie streift mit der Hand über den Lack des Wagens, ich lasse ihren Arm los. Vorn am Kotflügel über dem Scheinwerfer bleibt sie hängen. »Das muss neu sein.«

»Jan meint, ein paar Wochen vielleicht.«

»Sicher? Hätte sie das nich längst machen lassen? Sie hat doch immer so aufgepasst auf den Wagen.« Aber dann glättet sich ihre Stirn wieder, als hätte sie eine Erklärung für alles gefunden. »Die wird ihre Gründe gehabt haben. Da kannst du von ausgehen. Die Marion ist verschlossen, aber die wird sich da was bei gedacht haben.«

Susanne ist die Frau für einfache Lösungen. Sie will immer alles über alle wissen, aber wenn sie mal was nicht rauskriegt, ist sie pragmatisch.

»Hinten im Wagen sind Haare von einem Tier, weißt du, woher die kommen?«

»Was denn für 'n Tier? Nee, keine Ahnung. Marion mochte Tiere. Warum sollte sie keine mitnehmen?«

Ich hebe die Schultern.

»Muss los!« Susanne klopft auf das Autodach und wendet sich zu ihrem Wagen, dann dreht sie sich aber doch noch mal zu mir: »Vielleicht hat sie das zu dir nie so gesagt. Aber du bist ihr echt wichtig.«

Ich starre sie an.

»Kennst sie ja. Weißt du, dass sie sich deinen Namen hat tätowieren lassen? Da warst du gerade nach Berlin gegangen. Hier!« Sie zeigt auf ihren Hosenbund, knapp oberhalb des Hinterns. »Luca forever!« Sie lacht. »Ja, echt. So 'ne Verrückte! War ihr scheißegal, wie das dann aussieht mit Falten und so.«

Ich starre auf die Stelle, die sie gezeigt hat, bis sie eingestiegen ist. Sie winkt noch, startet den Wagen, fährt mit einem kurzen Abschiedshupen auf den Ronne-Umgehungsweg. Mich lässt sie zurück mit dem Bild einer Mutter, die blind vor Wut durch die Nacht rennt, die nichts preisgibt und fremde Tiere durch die Gegend fährt. Vielleicht wollte Marion einfach nur ein guter Mensch sein. Vielleicht wusste sie einfach nicht, wie das geht. Wer weiß das schon? Und was sagt mir ihre Tätowierung?

Forever?

Forever am Arsch!

Die Nacht war hell, Mondlicht drückte sich wellig durch die Gardinen. Cord konnte noch immer die frische Farbe riechen. Anna atmete leise, im Nachbarzimmer lagen die Jungen. Seit dem Umzug schlief Cord unruhig oder gar nicht. Tagsüber ging er oft noch mal runter zum Hof. In das leere, alte Haus. Die Bilder hatten Rechtecke an den Wänden zurückgelassen, die Möbel warfen noch immer ihre hellen Schatten, obwohl sie längst alles hochgeschafft hatten. Bei seinem letzten Besuch waren schon einige Fenster kaputt gewesen, eingeworfen. Und dann der Stall, in dem sich nichts mehr regte. Cord hatte die Tiere schreien hören, als man sie auf den LKW trieb. Die wussten, was ihnen blüht.

Morgen würden sie den Hof sprengen. Wie gut, dass die Mutter das nicht mehr erleben musste. Wie die alles in Schuss gehalten hatte. Nach dem Tod des Vaters waren sie immer zu zweit geblieben, dabei wäre Platz für eine Großfamilie gewesen. »Hier müssten sieben Kinder her und ein

Mann. Aber et is, wie et is. Komm, Cord, hilf ma«, hatte die Mutter gesagt und war mit den Milchkannen vor ihm her in den Stall gegangen. Ihre Kittelschürze spannte am Kreuz. Sieben Kinder, vielleicht wäre das mit Anna sogar gegangen. Aber nicht hier oben, hier putzte und hegte sie die Wohnung, als wolle sie ihm zeigen, wie nutzlos er war. Er stand oft in der Stube vor dieser komischen Glastür und sah an der Baustelle für die Schützenhalle vorbei runter ins Tal, tatenlos. Durch das gemeinsame Bett verlief ein unsichtbarer Graben. Früher hatte er – wie die anderen – im Walzwerk gearbeitet, wenn der Hof nicht genug abwarf, aber das Werk war längst abgerissen, nur noch ein Schrotthaufen. Nach dem Umzug hatte er einen neuen Tisch für die Küche gebaut, noch unten in der Werkstatt, passte genau, der alte hatte den Umzug nicht überstanden. Annas Blick darauf: stumm. Und sie hatte recht, mit einem Tisch konnte man die Sache nicht retten. Anna hatte längst begriffen, wie unbrauchbar ihr Mann war, ohne ihn war sie besser dran. Und die Jungen … die riefen ohnehin nach ihr, wenn sie weinten. Was konnte er denen für ein Vater sein, wenn er nicht mal den Hof für sie hatte retten können.

Er sollte gehen. Keiner konnte ihn zwingen, dieses Leben zu führen. Leise schlug er die Decke zurück und lauschte. Anna atmete ruhig wie zuvor. Sie schlief.

Die Jungen lagen friedlich in ihren Betten. Frank eingerollt, die Decke bis zum Kopf gezogen, Hansi die Arme von sich gestreckt, als sei nichts wichtig auf der Welt. Cord widerstand der Versuchung, sie zu berühren. Sie sollten weiterschlafen. Nur ganz leicht legte er die Hand auf

Hansis Decke, spürte die kleinen Glieder darunter. Das leise Schnaufen der Kinder, sein eigener Atem und dieser Druck auf der Brust, der sich ausbreitete und in den Hals stieg, in die Kehle und von innen gegen die Augen drückte. Rasch wandte er sich ab.

Draußen empfing ihn windige Kälte wie eine Befreiung. Am Himmel hing der Mond, eine viel zu weit entfernte Lichtquelle. Er musste fast voll sein, dennoch sah Cord so gut wie nichts. Die Dunkelheit war dichter und undurchdringlicher geworden, seit er hier oben lebte. Neben seinem Haus am Rande des neuen Orts war ein Stück Brachland, gerodete Fläche, auf der jetzt Gras wucherte. Cord erahnte es als unebenes Gefühl unter seinen Füßen und ließ sich vom Gefälle Richtung Tal leiten. Die Erde war aufgeweicht und rutschig. Das Schützenheim musste rechts von ihm liegen, es war noch ohne Fenster und Dach. Bleiche Wände ragten aus dem Boden, in der Finsternis kaum zu erkennen.

Am Bahndamm wurde der Boden fester. Sie hatten hier Büsche gepflanzt, die dürren Zweige streiften seine Hosenbeine. Die neue Strecke war schon in Betrieb, aber um diese Zeit fuhren keine Züge mehr. Knirschender Schotter unter seinen Füßen, die Schienen konnte er gerade so erkennen. Noch einmal wandte er sich zum neuen Dorf. Wie schwer es war, etwas zu erkennen. Inmitten des graubraunen Nichts waren helle Hauswände, viereckige Fensterlöcher, dunkle Dächer. Der Wind zerrte an seinem Haar, an den Hosenbeinen und der alten Jacke. Er atmete tief, wandte sich um und setzte seinen Weg fort. Hinter den Schienen überquerte er den »Promenadenweg«, auf dem wohl

Spaziergänger in Zukunft um den See laufen sollten. Dann erst ging es abwärts den Damm hinab. Die Leute vom Verband sahen das nicht gern, wenn man hier runterstieg. Ein paar hundert Meter weiter war die befestigte Straße ins Tal. Der Damm war in monatelanger Arbeit aufgeschüttet und mit Hilfe großer Maschinen befestigt worden, wenn hier jeder langging, würde die Erde wieder lose und bröcklig. Aber Cord war das egal. Er hatte diese Abkürzung inzwischen so oft benutzt, dass er sie mit geschlossenen Augen gehen konnte. Was scherte ihn der Damm. Er stampfte absichtlich fest mit seinen Stiefeln in den Boden. Doch der Boden wehrte sich, ließ nichts eindringen, die Sohlen fanden keinen Halt, glitten ab, und er ließ sich einfach fallen, rutschte auf dem Hintern. Angst musste er nicht mehr haben, wovor denn noch. Dann wurde die Erde unter ihm lockerer und eben. Er rappelte sich auf, die feuchte Hose am Gesäß. Leises Rascheln von den Hügeln, das Plätschern der Ronne. Vor ihm lag eine wattige Dunkelheit, dabei war der Nebel nicht einmal besonders dicht. Er brauchte eine Weile, bis er Howalds alten Acker erkannte, den Entwässerungsgraben, über den man springen musste, spürte den leichten Anstieg des Geländes unter seinen Füßen und dann den festen Untergrund der Straße. Früher hätte er hier das herbstliche Laub der alten Eichen gehört oder das Rauschen der Erlen am Ronne-Ufer, aber die hatten sie längst gefällt, in Stücke geschnitten und abtransportiert. Jetzt gab es nur noch die Tannen auf dem Bissberg, auf der Ronnhöhe und weiter hinten auf dem Bosberg. Früher hätte man jetzt auch das Dorf sehen können, zumindest Umrisse davon, trotz des

Nebels, jetzt war da nichts. Nur Dunkelheit und das Wissen, dass einen nicht mehr erwartete als Schutt und planierte Fläche – und ein einziges, letztes Haus.

Der Hennes-Hof.

Er zwang sich, nicht zu rennen. Wozu noch Eile? Und dann bedeckte auch noch eine Wolke den Mond, so dass sich alle Konturen verloren. Also Ruhe bewahren und Schritt für Schritt. Eine Windböe strich ihm durchs Haar, berührte kühl durch die Strickjacke hindurch seine Haut, er atmete. Irgendwo knackte es, ein Tier, das noch hier unten lebte.

Das Plätschern des Bachs war jetzt ganz nah. Er tastete nach dem Geländer der Brücke und umfasste es schon mit der Linken, eiskalt, feucht und stabil. Das hatten sie noch nicht zerstört. Hier hatte die Kapelle gestanden mit dem Friedhof, weiter hinten war die Festwiese fürs Schützenfest gewesen. Die Dunkelheit verbarg ihr Verschwinden. Mit wenigen Schritten hatte er die Ronne überquert, begleitet von ihrem Glucksen und Rauschen. Rechts von ihm hatten die Höfe von Howald und Hitzke gestanden, links von ihm Schmalscheids mit Stall und Garten. Doch da war nichts mehr. Weiter hinten zeigten sich immerhin die Umrisse des Hennes-Hofs schwarz und schemenhaft, als würde er sich gleich auflösen, dann deutlicher. Das leicht durchhängende Dach, der Schornstein, hinten der Anbau, der Verschlag für das Holz, der Stall auf der anderen Seite der Straße … Er rieb sich die Augen, meinte etwas zu erkennen, dann wieder war da nur Schwarz. Er musste hingehen, um sich zu überzeugen, tastend, Schritt um Schritt, bis er mit dem Knie an etwas stieß. Und dann erkannte er den flachen Haufen zu seinen Füßen.

Diese Schweine!

Die Wut drückte im Hals. Wahrscheinlich waren sie mit einer ihrer Kettenmaschinen gegen den Stall gefahren, einfach so zum Spaß. Wie die vom Verband sich freuten an der Zerstörung des alten Dorfs: Sie brannten die Gebäude aus, rissen sie ab, sprengten sie in Stücke. Zurück blieben rauchende Ruinen, schließlich Schutthaufen, die sie wegräumten, bis da nur noch nackte Erde war. Wegen der Schifffahrt, es sollten ja auf dem Stausee später einmal Schiffe fahren und nicht aufgehalten werden von den Dächern verlassener Häuser oder den Wipfeln toter Bäume. Sie taten auch noch so, als wäre der See etwas Gutes für die Leute hier, damit sie baden und segeln könnten, dabei ging es denen gar nicht darum. Das Wasser der Talsperre würde dem Ruhrgebiet zugutekommen, das hatte Liseke ihm erklärt. Der Pegel der Ruhr ließ sich dann über die Ronne regulieren, womit die Wasserzufuhr für die Fabriken in den Städten dort gesichert war. Das Ronnetal war für die nichts als eine riesige Wanne, in der sie nach Belieben Wasser abzapfen konnten. Es tat ihm fast leid, dass er ihre Gesichter nicht sehen konnte, wenn sie ihn fanden, zwischen den Trümmern seines Hauses.

Cord wandte sich in die Richtung des Hofs, aber auch da war nur Schwarz, als hätte die Dunkelheit alles Licht innerhalb der letzten Minuten verschluckt. Immerhin fühlte er den Asphalt der Dorfstraße unter seinen Füßen. Tastend ging er voran, die Hände vorgestreckt. Wieder knackte es hinter ihm, ein dumpfes Pochen, wie Tropfen, die auf dem Boden zerplatzen, und da war noch etwas, das wie leiser Atem klang. *Nasse Füße.* Als Kind hatte ihm seine Mutter von der Ronne-Marie erzählt. *Auf nassen Füßen geht sie umher.* Sie ist hineingefallen, oder ist sie selbst gegangen? Aus irgendeinem Kummer. In nebligen Nächten kommt sie aus der Ronne und nimmt die Kinder mit, die noch nicht zu Hause sind. Nur ein Märchen für kleine Jungen und Mädchen, damit sie zur Dämmerung nach Hause kommen. Dennoch wurden seine Bewegungen hastiger. Und erst als er mit der Hand an etwas Festes stieß und Holz berührte, hielt er inne und lachte fast. Wieder das Rascheln. Was sollte es ihm noch anhaben?

Seine Finger griffen in splittrige Fasern, erkannten den Rahmen, bekamen aber keine Tür zu fassen. An den Scharnieren dann fühlte er, dass sie noch da war, nur schräg in den Angeln hängend. Wieder dieses Pochen im Hals. Sie hatten sie eingetreten, rausgerissen, was auch immer. Sie würden schon sehen! Er atmete tief und trat ein. Zwischen Erde und Staub roch es nach Lehm, abgebrannten Holzscheiten und – trotz allem – nach Gedünstetem. Dieser Geruch, der an manchen Tagen ins Ranzige kippte, hatte die Mutter begleitet, wenn sie raus und über den Hof ging. Am Ende flatterte die Kittelschürze nur noch an ihrem schmalen Körper. Sie mochte weder essen noch trinken. Dabei war sie vor dem Krebs nie krank gewesen, nicht einmal an Schnupfen konnte Cord sich erinnern. Und jetzt? Wenn sie nicht schon gestorben wäre, hätte ihr das hier den Rest gegeben.

Drinnen dann dichte Dunkelheit. Cord schloss die Augen, spürte den festgestampften Boden unter den Füßen, ertastete die Wand der Diele. Die Stelle, an der früher die Flobert gehangen hatte, war leer. Rechts fühlte er das Treppengeländer, immerhin das stand noch, er ging daran entlang, befühlte die Stufen neben sich, fand die mit dem losen Brett. Dort hatte die Mutter schon die Waffe versteckt, als die Engländer kamen. Da war er höchstens fünf Jahre alt. Das dämmrige Licht, kaum heller als jetzt, die Mutter legte den Finger auf die Lippen. Die Engländer waren dann nur kurz mit polternden Stiefeln durchs Haus, während sie in der Diele gezittert hatten. Das alles ging so schnell. Vielleicht hätten sie die Flobert nicht einmal bemerkt, wenn sie an ihrem Platz gehangen hätte.

Und auch jetzt hatte keiner mehr danach gefragt, nicht Schreiber, nicht Anna, nicht einmal der alte Liseke. Sie wussten, dass Cord ihnen nicht mehr gefährlich werden würde. Sie dachten, er sei nun harmlos, da er das Haus oben angenommen hatte. Aber nicht ganz.

Er musste ein bisschen ruckeln, bis sich das Brett nach unten schieben und aus der Verkleidung lösen ließ. Dahinter das Loch. Langsam schob er seine Hand hinein, ertastete den Stoff der Decke, in die er die Waffe geschlagen hatte. Vorsichtig zog er das Bündel heraus. Legte es neben sich. Dann noch ein Griff in das Versteck: Holz, Lehm, Staubnester. Er wusste genau, dass er das Päckchen mit der Munition hineingelegt hatte. Tiefer, bis zur Schulter streckte er den Arm hinein, fühlte mit abgewandtem Gesicht und unruhigen Fingern splittriges Holz und Staub, zwang sich, langsam zu atmen, die Munition konnte nicht weg sein. Er zog den Arm heraus, schüttelte ihn. Noch einmal tastete er sich in das Loch, langsam und behutsam fühlte er die Holzkante, dann dahinter endlich das Päckchen. Weil es da trockener war, hatte er es in der Nacht vor dem Umzug dorthin geschoben, hastig und ängstlich, wie man einen Flüchtigen vor seinen Verfolgern versteckt. Er schloss seine Hand um das Pappschächtelchen und zog es heraus. Schwach glänzten die Patronen in der Dunkelheit.

Hitzmark liegt nur ein paar Kurven zwischen See und Wald entfernt. Ich kann die Strecke im Schlaf fahren, Wolf und ich sind hier lang, wenn er mich abgeholt hat, ganz früher, immer donnerstags direkt von der Schule. Da gab's Lilli und Lara noch nicht, und Yvonne hat sich rausgehalten.

Wolf saß am Steuer, ich neben ihm, ohne Kindersitz. Wenn Grete das gewusst hätte! Aber wir sagten es niemandem, Marion vorsichtshalber auch nicht.

»Guck mal, das Licht, hier im Wald lassen die Bäume nur einzelne Sonnenstrahlen durch«, sagte er und hatte recht. Lauter Lichtpunkte auf der grauen Straße. Wir hielten im schattigen Grün und stapften zwischen den Bäumen lang. Ein Specht, ein Kuckuck, sogar eine Krähe. Und lauter dicke Ameisen. Ich kniete mich hin, um sie anzusehen. Wolf neben mir. Der feuchte Waldboden, ich spürte ihn durch meine Hosen. Als wir aufstanden, waren die Knie braungrün, seine auch. »Trocknet wieder«, sagte er, der Dreck war ihm egal.

Jetzt lassen die Bäume gar nichts mehr durch. Graues Licht auf grauem Asphalt. Die Straße schlängelt sich durch den Wald. Dieses Klopfen im Hals. Vielleicht kann Wolf alles aufklären. Vielleicht ist seine Mütze durch Zufall da gelandet. Vielleicht war es auch gar nicht Marion, sondern eine andere Frau. Vielleicht ist alles ganz anders. Aber wenn nicht ...

Ich halte direkt vor den Rosen. Yvonne kümmert sich immer um den Vorgarten, alles picobello. Dann der Geruch nach irgendwas Gebratenem. Ach ja, Sonntagmittag, da sitzt die ganze Familie beim Essen. Und ich platze rein. Aber da muss Wolf jetzt durch.

Auf mein Klingeln reagiert keiner, auch nicht auf mein Klopfen. Kurz bevor ich gegen die Tür trete, öffnet Lilli, wehendes blondes Haar, groß und schmal wie eine Elfe.

»Hi Luca!«

»Wo ist Wolf?«

Hinter ihr taucht Yvonne auf, ihr Hintern ist noch ein bisschen breiter geworden. Ich seh genau, dass sie sich zum Lächeln zwingen muss. »Das ist ja eine Überraschung! Bleibst du zum Essen?«

»Nee, ich will nur mit Wolf reden.«

»Ja, klar. Der wollte noch irgendwas in der Werkstatt machen. Geh einfach hintenrum. Kannst ihm gleich sagen, dass das Essen fertig ist.«

Endlos waren die Donnerstage bei denen. Ich war gerade elf, als Lilli und Lara geboren wurden. Danach war es vorbei mit den Waldspaziergängen zu zweit. Wolf nahm mich gleich nach der Schule mit hierher, und nach dem Mittagessen musste er meistens noch einmal weg, weil immer irgendwelche Rohre platzten, Klos verstopften oder Heizungen kaputtgingen. Und ich blieb dann allein mit Yvonne und den Zwillingen. Wie die sich Mühe gab, dass ich nicht merke, wie sehr ich störe. Irgendwann ließ Yvonne mal durchblicken, dass ich ja auch ab und zu auf meine kleinen Schwestern aufpassen könnte, aber das konnte sie vergessen. Sie hat dann versucht, mit mir Brettspiele zu spielen, aber die Kleinen haben ständig Alarm gemacht. Später haben wir alle zusammen gespielt, ich hab immer extra verloren, weil die Mädchen sonst rumgeheult hätten. Manchmal sagte ich, mir wäre schlecht, damit ich früher nach Hause durfte.

Wolf steht an der Werkbank und schraubt etwas aus Holz zusammen. »Lucaluca! Das ist ja eine Überraschung! Guck mal, der Stuhl von deiner Oma ist gerade fertig geworden. Kannst ihn gleich mitnehmen.« Er hebt den Stuhl von der Werkbank, es ist der aus Gretes Flur, der, auf dem man sitzen kann, wenn man sich die Schuhe auszieht.

»Bleibst du zum Essen?«

Wolf will mich schon in den Arm nehmen, da merkt er, dass ich ihm die Mütze hinhalte. Der raue Stoff in meinen zittrigen Fingern.

»Die hab ich schon gesucht. Wo hast du die her?«

»Landgasthaus Sengerich in Volmershof.«

»Oh! Echt?« Er sieht zur Tür, hat Angst, dass Yvonne oder die Mädchen auftauchen und alles mithören.

»Warst du mit Marion da?« Mein Körper pulsiert.

Blick zur Tür, Blick zu mir. Er nickt zögernd.

»Immer montags?«

Er nickt wieder, mit einem Gesicht, als hätte er Schmerzen.

»Und was habt ihr da gemacht?«

Wieder geht sein Blick zur Tür. Er schließt sie, bevor er sagt: »Luca, was soll das?«

»Ich will wissen, was da läuft. Hattet ihr was miteinander?«

Er sagt einfach nichts. Beißt sich nur auf die Unterlippe.

In der Schule war ich das »Scheidungskind«. Es gab noch andere Scheidungskinder, ein oder zwei, mehr nicht, sind ja alle katholisch hier. Damit ist man schon in einer schlechten Kategorie, aber ich war noch eine Stufe darunter, die Ausnahme von der Ausnahme. Wenn die Lehrerinnen von den Eltern sprachen, von Mama und Papa, beugten sie sich immer noch mal in meine Richtung: Bei dir, deine Oma. Als wäre ich ein Waisenkind. Die Trennung meiner Eltern hat man mir so erklärt: Pass mal auf, deine Mama und dein Papa verstehen sich nicht mehr so gut, deshalb leben sie jetzt nicht mehr zusammen. Punkt. Aber was ist, wenn sich später rausstellt, dass sie sich doch verstanden haben – heißt das dann, dass sie einfach keinen Bock auf eine Familie, also auf mich, hatten?

»Wie lange schon?«

Wolf seufzt, schließt die Augen, dann sagt er ganz leise,

so dass ich die Luft anhalten muss, um es zu verstehen: »Ich weiß nicht.«

»Seit wann?«

»Das ist eine alte Geschichte. Das hat überhaupt nichts mit dir zu tun.«

»Du Arsch!«

»Luca, bitte ...«

»Das ist doch scheiße! Warum durfte ich das nicht wissen?«

»Luca ...«

»Du machst hier einen auf heile Familie und schläfst nebenbei mit Marion. Ich kapier das nicht!«

»Luca!« Er dämpft seine Stimme, als würde er hoffen, dass ich dann auch leiser spreche. »Luca, ich hätte ...«, wieder ein Blick zur Tür. Ein Schritt auf mich zu, damit ich ihn auch verstehe, leise, wie er spricht. »Ich hätte mich nie darauf einlassen sollen, aber Marion ...«

»Na klar, Marion ist schuld an allem!«

»Lass mich doch ausreden!«

»Weiß Yvonne das?«

Er schüttelt den Kopf, schielt zur Tür, ich hab natürlich nicht so leise gesprochen wie er. »Bitte, Luca. Mach's nicht noch schlimmer. Das geht nur Marion und mich was an.«

»Ja, klar. Mich geht das nichts an. Mich habt ihr ja auch zur Oma abgeschoben, da war ich nicht im Weg. Einmal in der Woche zu Besuch kommen, das geht, aber nicht zu lange. Du hast hier den Vorzeigepapi gespielt, während Marion damit beschäftigt war, zu saufen und im Frizz ihre Möpse zu zeigen.«

Wolf verzieht das Gesicht. »Luca, hör mir zu. Bitte!« Für einen Moment sieht er aus, als wollte er mich bei den Schultern nehmen, aber dann lässt er die Arme hängen. »Es ist alles anders gelaufen, als ich wollte! Als du geboren bist, Luca … Ich wollte der beste Papa der Welt werden. Weißt du noch, dass wir hier in der Nähe gewohnt haben? Die Straße hoch in der Wohnung über Tante Gerber. In zwei Zimmern. Wir haben alle in einem Bett geschlafen.« Kurz hellt sich sein Gesicht auf, dann wird es wieder ernst. »War natürlich eng. Dann habe ich mich selbständig gemacht, weil ich so mehr verdienen konnte. Ich wollte ein eigenes Haus, mehr Platz und unabhängig sein. Aber Marion …« Er seufzt. »Das war nichts für sie, zu Hause sein und sich nur ums Kind kümmern. Ich war viel unterwegs, und wenn ich nach Hause kam, gab's oft Stress. Sie hat sich beschwert, dass es eng ist, dass sie keine Zeit mehr für sich hat, dass sie wieder arbeiten will. Ich hab das nicht ernst genommen. Aber irgendwann hat sie die Koffer gepackt und ist mit dir zu deiner Oma.«

Er sieht mich an, als würde das erklären, warum man seine Tochter lieber nicht selbst großzieht.

»Was hätte ich denn tun sollen? Ich hab sie angefleht, aber sie meinte, sie könnte nicht mehr so weitermachen. Da könnte sie sich gleich erschießen.« Er schluckt. »Die Wohnung bei deiner Oma unten stand ja leer. Erst sollte das eine Übergangslösung sein, bis sie was Eigenes hat. Aber dann ist es dabei geblieben. War natürlich praktisch. Grete hat viel auf dich aufgepasst, da konnte sie arbeiten und abends weg sein. Oder du warst halt bei mir.« Er schüttelt den Kopf, wie um eine unangenehme Erinnerung loszuwerden. »Ich hab alles getan, dass sie zu mir zurückkommt. Wirklich alles.« Er seufzt. »Sie wollte mich nicht. Sie hat sich noch darüber lustig gemacht, dass ich mich so um sie bemüht hab. Im Frizz haben alle hinter meinem Rücken gelacht. Und ich konnte den Kontakt nicht abbrechen, wegen dir.« Wolf sieht mich an, als müsste ich das verstehen. »Dann hab ich Yvonne kennengelernt. Marion hat gemerkt, dass es was Ernstes ist, und kam wieder an. Aber ich bin hart geblieben. Und plötzlich fing sie damit an, dass ich dich nicht mehr sehen darf, aber das hab ich nicht zugelassen. Jeden Donnerstag stand ich auf der Matte, da konnte sie machen, was sie wollte. Nur wenn ich an anderen Tagen gefragt hab, ob ich dich holen kann, hat sie behauptet, mit Grete wär jetzt alles super und dass ihr mich nicht braucht. Ich hab sie noch gewarnt, weil das mit Grete und Marion schon immer so schwierig war. Weißt du selbst am besten. Aber Marion wollte davon nichts wissen. Und gerade als ich dachte: Okay, das musst du akzeptieren, rief sie an und meinte, dass ihre Mutter sich ständig einmischt und dich ganz für sich beansprucht. Ich weiß noch genau, wie aufgebracht sie am Telefon klang. Du kennst sie ja.« Er sucht meinen Blick. »Sie wollte weg aus Ronnbach und ganz neu anfangen. Und zwar mit mir.« Er lacht. »Sie meinte, das könnte unsere letzte Chance zu dritt sein. O Mann, die hat mich echt fertiggemacht. Da hatte ich gerade Yvonne geheiratet, das Haus war fast fertig. Nee, hab ich zu ihr gesagt. So geht das nicht.«

Wolf seufzt und reibt sich die Augen.

»Einen Tag später hatte ich dann Grete am Telefon. Ich hab erst gar nicht verstanden, was sie erzählt hat von der Autotür und deinem Finger. Sie sagte: ›Das war Marions Schuld. Ich nehm die Kleine erst mal zu mir.‹«

Er zieht die Schultern hoch, als er das sagt, und starrt auf Gretes komischen Stuhl. Und mir fällt ein, wie er mich im Krankenhaus besucht hat, als ich mit der verbundenen Hand dalag. Dabei hatte er ein riesiges Geschenk in gepunktetem Papier. Was drin war, weiß ich nicht mehr.

»Ich hätte … Ich wusste nicht, was ich tun sollte. Marion konnte ich nicht erreichen, sie hat die Tür nicht aufgemacht, sie ging nicht an ihr Telefon, und bei dir im Krankenhaus habe ich immer nur Grete getroffen. Yvonne hat mir geraten, mich nicht weiter einzumischen. Sie meinte, wenn ich dich weiter donnerstags holen kann, wäre doch alles gut. Und dann ist Marion auch noch die Treppe bei euch runtergefallen.« Wolf sieht mich wieder an, so wie man ein Kind ansieht, dem man gleich eine schlimme Wahrheit verkündet. »Du erinnerst dich doch.«

Ich nicke. Dass der ausgerechnet von diesen alten Geschichten anfängt. Was erklärt schon ein zerquetschter Zeigefinger oder eine Treppe, auf der Marion gestolpert ist.

Wolf atmet tief: »Ich habe nur durch Zufall davon erfahren. Als ich Marion im Krankenhaus besucht hab, hätte ich sie fast nicht wiedererkannt. Sie sah so blass und krank aus. Und dabei war sie so offen und … verletzlich. So hatte ich sie noch nie erlebt. Sie hat sich solche Vorwürfe gemacht, wegen deinem Finger. Wusste nicht mehr, wie sie damit leben sollte. Als sie bei euch die Treppe runtergestürzt ist, hatte sie wohl alle Tabletten geschluckt, die sie finden konnte. Ich wollte mich da nicht wieder reinziehen lassen, auch wegen Yvonne. Aber ich hab's nicht ausgehalten. Grete hat irgendwann erwähnt, dass euer Dach neu gemacht werden muss, also hab ich das in die Hand genommen, später war mal was mit der Elektrizität, dann mit dem Abfluss. Ich hab das gerne gemacht, immerhin hab ich so ein bisschen was von euch mitgekriegt. Marion und ich haben uns in dieser Zeit wieder besser verstanden. Und dann ... Ich wollte das nicht. Es ist einfach passiert. Ich hab das immer wieder mit Marion besprochen, aber sie will nicht mit mir zusammenleben. Sie sagt, ich soll bei Yvonne und den Mädchen bleiben. Stell dir das mal vor. Manchmal hab ich den Eindruck, sie will mich nur, solange ich mit Yvonne zusammen bin.« Er sieht mich noch immer an, von unten, obwohl er so viel größer ist als ich. »Meinst du, ich fühle mich toll deswegen?«

Aber mir ist egal, wie er sich fühlt. Während Wolf von sich und Marion erzählt, hab ich das Gefühl, ich wäre allein auf einem Floß und würde mit jedem Wort weiter von ihm wegtreiben.

»Sag mir einfach, wo sie ist.«

Wolf macht ein Gesicht, als hätte er etwas Bitteres gegessen. »Ich weiß es nicht, Luca. Hat sie sich immer noch nicht bei dir gemeldet?«

»Nein!«

»Okay.« Er atmet tief ein, dann sagt er: »Ich werd dir jetzt mal was über Marion erzählen. Eigentlich wollte sie dir das selbst sagen, wenn sie in Berlin ist, aber jetzt ... Ich versteh einfach nicht, warum sie nicht anruft!« Er hält kurz inne und atmet hörbar. »Marion kann nicht mehr gut sehen. Der Augenarzt hat ihr gesagt, dass sie in ein paar Jahren blind sein wird.«

»Was?«

»Sie hat so eine Krankheit. Das fängt langsam an, und am Ende ist man blind.«

Ich versuche, mir Marion mit schwarz-gelber Binde und einem tastenden Blindenstock vorzustellen. Aber ich sehe nur ihr wippendes Haar und höre das entschlossene Klackern ihrer hochhackigen Schuhe.

»Sie wollte natürlich nicht groß darüber reden. Am Anfang wollte sie nicht mal zum Augenarzt. Erst als sie fast jemanden umgefahren hätte, ist sie hingegangen. Sie konnte gerade noch das Lenkrad rumreißen, dabei ist sie wohl irgendwo langgeschrappt. Ich bin gar nicht sicher, ob sie die Schramme am Wagen gesehen hat.«

Mir geht das zu schnell. Gerade noch bin ich von meinen Eltern verlassen und verraten auf einem einsamen Floß weggedriftet, jetzt bin ich die Tochter einer fast Blinden. »Kann man da nichts gegen tun?«

»Muss gleich mal nach dem Zettel suchen. Irgendwo hab ich mir den Namen der Krankheit aufgeschrieben. Jedenfalls gibt es noch keine verlässlichen Methoden. Marion war völlig am Boden zerstört, sie könnte dann ja nicht mehr arbeiten, nicht mehr Auto fahren, selbst beim Einkaufen und Essen bräuchte sie Hilfe. Ich hab natürlich versucht, sie zu trösten. Blinde können doch auch ein gutes Leben haben. Vielleicht könnte sie sich frühverrenten lassen und in eine blindengerechte Wohnung nach Bosbach ziehen, dann bräuchte sie das Auto nicht mehr, weil von da der Bus fährt und die Bahn sowieso. Ich hab sogar eine Selbsthilfegruppe für sie rausgesucht. Da ist sie so sauer geworden – als wäre ich an allem schuld. Das Letzte war dann, dass ich dir auf keinen Fall was sagen sollte, weil sie das selbst machen wollte. Sie meinte, sie fährt zu dir, solange sie noch kann. Ich wollte noch sagen, dass sie lieber den Zug nehmen soll, aber da war sie schon aus der Tür.«

»Und jetzt?«

»Ich hab sie seitdem nicht mehr gesehen. Sie geht nicht an ihr Telefon. Sie beantwortet ihre Mails nicht. Sie ist einfach weg.«

»Du hast ihr die E-Mail geschrieben! Du bist Lupmail?«

Wolf nickt, den Blick auf seinen Händen.

Die Luft hier drin ist schlecht, Wolf, die Werkbank, die Kreissäge hinten, das alles scheint von mir abzurücken. Mit der Hand stütze ich mich an der Wand ab, um sicher zu sein, dass sie an ihrem Platz bleibt. Eine blinde Marion ist nicht vorstellbar. Und es ist typisch, dass ich als Letzte davon erfahre.

»Sie wollte nach Berlin, um mir das zu sagen?«

Wolf beißt sich auf die Lippe, dann sagt er: »Das ist vererbbar, Luca.«

»Was?«

»Nicht aufregen. Das heißt nicht, dass du das auch kriegst. Aber du musst dich untersuchen lassen.«

Es fühlt sich an, als hätten meine Eingeweide Gänsehaut.

»Wolf? Luca? Das Essen wird kalt!« Yvonnes Stimme an der Tür.

Wolf sieht mich an, als wollte er noch irgendwas Wichtiges sagen. Ihm steht der Schweiß auf der Stirn vor Angst, ich könnte ihn bei Yvonne verpetzen.

»Schieb's dir in den Arsch!«, sage ich. Yvonne kann mir gerade noch ausweichen, als ich die Werkstatttür aufreiße und rausstürme. Zum Auto und weg.

Mit dem Päckchen in der einen, dem Bündel mit dem Gewehr in der anderen Hand suchte er den Weg zurück zur Tür. Er brauchte Licht und war dennoch fast geblendet von der fahlen Helligkeit des Monds, als er hinaustrat. Es dauerte eine Weile, bis er vage die Dorfstraße erkennen konnte, die am Hof vorbeiführte. Er konnte den Nebel fast riechen, obwohl er noch locker und durchsichtig war, wie ein feines Netz. Leises Plätschern von der Ronne her und ein tropfendes Geräusch. Die Türschwelle ächzte leise, als er sich daraufsetzte. Wie seine Mutter früher geschimpft hatte, wenn er hier saß, er war ihr im Weg, wenn sie, beladen mit einem Korb Wäsche oder einem Eimer mit Futter, vorbeimusste. Und jetzt schob er die kühlen Patronen in die dafür vorgesehenen Fächer, mehrere, obwohl er nur eine brauchen würde. Genau wie der alte Liseke es ihm gezeigt hatte, das ging, fast ohne hinzusehen. Und wieder knackte es. Er hielt inne. Ein Schatten, eine Bewegung vor ihm, dann hörte er den fragenden Laut einer Katze.

Fast hätte er geschrien, als sich etwas gegen seine Beine drückte.

»Ditzken, was erschreckst du mich denn so?!«

Das Tier schnurrte.

Er schob es von sich. »Weg hier! Geh nach Hause! Los!« Aber das Vieh blieb, der kleine vibrierende Körper rieb sich an seiner Wade. Er versuchte, es zu ignorieren, konzentrierte sich auf die Patronen und den Lauf, das kühle Metall in seinen Fingern. Mit einem Knacken rastete die Flobert ein. Er war bereit.

»Husch, weg, Ditzken!«

Vorsichtig legte er das Gewehr zur Seite, beugte sich runter und griff nach dem schwarzen Fell. Notfalls würde er sie wegschleudern.

Und wieder ein Knacken, leises Knirschen, diesmal waren es eindeutig Schritte. Cord fluchte, sein Herz schlug hart gegen seine Brust. Er ließ die Katze, richtete sich auf, umfasste wieder die Waffe und suchte den Abzug.

»Wer ist da?«

Ein kleines Licht blendete ihn, von dem, der es hielt, sah Cord nicht einmal einen Umriss.

»Nicht näher kommen! Ich schieße!«

»Mensch, Hennes. Ich bin's. Nimm das Ding weg.«

Grete! Er senkte den Lauf.

»Was machst du hier?«

»Ich such nach dem Ditzken. Der Vatti sagt, bei uns oben können wir es nicht brauchen. Aber wenn es dann noch hier ist, wenn die das Haus abreißen?«

»Jaja, ist gut. Sie ist hier.« Cord tastete nach seinen

Schienbeinen, an denen das Kätzchen sich gerade noch gerieben hatte. Es war weg.

»Mist!«

Grete hatte die Lampe gesenkt, er konnte ihre Gestalt jetzt erkennen.

»Was machst du hier mit dem Ding?« Sie deutete auf die Flobert.

»Geht dich nichts an.«

Cord wusste, wie sie ihn jetzt ansah, auch wenn er ihre Gesichtszüge nicht genau erkennen konnte. Dieser Blick hatte auch im Dunkeln seine Wirkung. »Ich wollt noch mal hier gucken, bevor ...«

»Mit dem Gewehr?«

»Suchst du jetzt das Ditzken?«

Grete seufzte. »Die ist jetzt wohl drin.«

»Dann geh sie halt holen.«

Der raschelnde Stoff ihres Mantels rieb gegen seine Jacke, als sie an ihm vorbeiging.

»Leg endlich das Ding weg«, sagte sie und meinte die Waffe. Cord legte sie vorsichtig auf den Boden, nah an die Wand, dass man nicht darüberstolpern konnte, und folgte ihr. Er musste sie schnell loswerden. Sie und das Katzenvieh.

Der helle Kreis der Lampe huschte über die leeren Wände, und er folgte Grete die Treppe hinauf. Die Katze hatte immer hochgewollt in die Kammer der Kinder. Dort gab es eine Stelle in der Ecke, hinter der das Ofenrohr nach oben ging, mittags schien die Sonne dorthin. Die Mutter hatte das Ditzken immer gelassen. Anna wollte es nicht im Haus haben, deshalb hatten sie es immer hinausscheuchen

müssen. Die Stufen knarrten unter ihren Schritten, draußen schrie ein Käuzchen.

»Ditzken!«

Sie lauschten in die Stille. Nichts.

Grete leuchtete den Boden in der Kinderkammer ab,
hellgraue, hölzerne Leere. Nur ein großer Strohsack, den
die Kinder zum Spielen genommen hatten, war noch da,
rau und staubig. Anna hatte ihn nicht mitnehmen wollen.
Cord trat an das Fenster, draußen schwarze Finsternis, im
Glas spiegelte sich sein Gesicht, bleich und breit, um die
Augen dunkel. Zum letzten Mal. Sah man es ihm an? Wie
er als Kind hier gestanden hatte, der gleiche Mensch wie
heute, aber so anders. Hier war früher seine Kammer gewesen. Da hatte die Mutter noch mit kräftigen Armen die
Wäsche getragen, alles war noch an seinem Platz, und der
Hof war ihr Zuhause, ihre Vergangenheit und ihre Zukunft
gewesen. Unten die Hühner, die kleine Grete beim Spielen,
Herta Liseke brachte Eier und bekam Butter und Quark dafür. Da trat Grete neben ihn, im spiegelnden Fenster ihre
helle Haut, der Mund, diese Lippen. Aber das Licht blendete und ließ alles nur erahnen. Er hörte ihren Atem, ihr Mantel berührte seine Jacke.

»Mach mal die Lampe aus.«

In der Dunkelheit erloschen ihre Gesichter im Fenster, schwarzblaue Konturen wurden sichtbar. Er neigte den
Kopf näher an die Scheibe. Wie kahl und finster es dort
draußen war. Ohne den Liseke-Hof, ohne die Höfe vom
Schmalscheid und Wegener, vom Hitzke und Howald, nur
der Nebel war geblieben.

»Siehst du da drüben?«, fragte Grete. Er beugte sich vor, die kühle Scheibe vor ihm, Gretes Wärme neben ihm. Sie roch nach Wind und Erde und ein bisschen nach Schweiß.

»Die Ronne«, flüsterte sie. Mit der Linken zeigte sie auf eine Stelle. Unmöglich, dass sie das Wasser sehen konnte. Wo sie hinzeigte, war nur rabenschwarze Dunkelheit, höchstens eine dunkelgraue Kontur.

»Ja, stimmt«, sagte er trotzdem und beugte sich vor, bis ihre Schultern sich berührten. Es knackte im Haus. Grete zuckte zusammen, unwillkürlich legte er den Arm um sie und drückte sie an sich.

»War nur das Haus. Das knackt manchmal so.«

»Hörte sich so an, als ob ...« Sie brach ab, ihr Atem neben seinem Gesicht, er spürte ihren Körper trotz des groben Mantels. Er hätte den Arm wieder wegnehmen können, die Hand von ihrer Schulter, da lehnte sie ihren Kopf an seine Brust, zaghaft, als sei sie unsicher, ob da Platz wäre. Als Kind hatte er sie öfter so im Arm gehalten, später hatte er sich nicht mehr getraut. Da bekam sie plötzlich Brüste und Schenkel, und er wusste kaum noch, wie er sie ansehen sollte. Und trotzdem war er froh, wenn sie ihre Hilfe anbot, sie war nicht zimperlich, und man musste ihr nichts erklären.

Er atmete vorsichtig, damit sie so blieb, seine Hand streichelte filzigen Mantelstoff, als wäre das etwas Liebes, Kostbares. An seinem Kinn kitzelte ihr Haar. Er roch Wind, Erde, Salz und noch etwas anderes, das ihn weitertrieb. Er grub seine Nase hinein. Außer Anna hatte er keine Frau je berührt. Und die Liebe mit ihr war, als würde man allein ein Duett singen, er hatte keine Ahnung, was er tun sollte und ob es ihr gefiel. Ein ewiges Ringen. Sie legte keinen Wert darauf. Nicht von Anfang an, am Anfang war Anna wie ein Engel gewesen, zu allem bereit und zart. Und wie die schuften konnte! Die Mutter gerade tot, es fehlte ja eine Frau auf dem Hof. Sie heirateten, so schnell es ging. Aber dass er vom Hof nicht lassen konnte, hatte sie nicht verstanden. Anna wollte es sicher haben, und dieser Schreiber hatte ihr sonst was erzählt. Dann die Kinder. Berührungen wurden selten, Anna wurde zu einer Festung, schwer einzunehmen. Grete kam rüber und packte mit an, wenn es nötig war, zuletzt im Winter, als Anna die Lungenentzündung hatte. Grete lachte auch mal, einfach so. Und dann dieser Mund. Ihr Geruch hing in der Diele, in der Küche und in der Kammer der Jungen. Die Kinder konnten gar nicht genug von ihr kriegen. Und manchmal dachte er schon, wie es gewesen wäre: Lisekes Tochter, er der Schwiegersohn? Aber wo sollte das hinführen, es war längst zu spät dafür. Und jetzt stand Grete neben ihm, atmete. Die letzten Minuten seines Lebens, und Grete war da. Nah wie nie. Er strich ihr mit der Hand übers Haar. Drückte sein Gesicht tiefer hinein. Und dann konnte er nicht mehr sagen, wie Gretes Lippen auf seinen gelandet hatten. Trocken, warm und reglos, für einen Moment nur. Dann wurde ihr Mund weich und zugänglich. Und es war doch auch nicht schlimm. Es war ohnehin alles vorbei, in ein paar Minuten, vielleicht Stunden. Ihre Lippen, ihr schneller Atem. Alles an ihr schien in Bewegung zu geraten, und so war es auch bei ihm. Warum sollte er sich dagegen wehren, gerade jetzt? Warum hatte er es überhaupt getan?

20. SEPTEMBER 2015

Wo bist du gewesen? Ich hab mit dem Essen gewartet.« Grete steht am Herd, den Topflappen in der Hand. »Jetzt ist alles zerkocht.«

Unter ihrem Blick ziehe ich den Kopf ein und schiebe mich wie automatisch in die Eckbank, Opa Schreiber blickt von seinem Foto aus über mich weg. Sie stellt mir den Teller hin, wieder Blumenmuster, ist ja Sonntag: Braten, Kartoffeln, Rosenkohl, dunkle Soße.

Sie bekreuzigt sich, meine Hand wischt die Bewegung mit. Und ich warte darauf, dass sie zu reden beginnt, von Helgas Katze von mir aus oder von irgendwem, der irgendwo baut, aber sie greift nur zum Löffel und isst. Auf meinem Teller ein grau-braun-grünes Durcheinander. Dieser schwere Geruch – lecker eigentlich, trotzdem kann ich das unmöglich essen.

»Grete?« Ich suche ihren Blick, doch sie hat nur den Braten im Sinn. Ihr Schlürfen und Kauen und das Geräusch, wenn der Löffel ihr Gebiss berührt.

»Grete?«

»Schmeckt's dir nicht?«

»Doch … aber, ich … Marion ist …«

Ihre Bewegungen werden langsamer.

»Hast du das gewusst, dass Marion …«

Sie erstarrt, als erwartete sie, dass ich ihr etwas Ungeheuerliches verkünde.

»Hast du gewusst, dass Marion blind wird?«

Grete atmet laut und schüttelt den Kopf, aber nicht überrascht, sondern unzufrieden und ärgerlich.

»Hat Marion das gesagt?«

»Wolf.«

»Na, der muss es ja wissen.«

»Sie hat es ihm erzählt.«

»Ausgerechnet.«

»Sie hat fast jemanden angefahren, weil sie so schlecht sieht.«

»Davon wüsst ich aber.«

»Ich hab die Schramme gesehen.«

»Da sieht sie 'n bisschen schlecht und sagt gleich, sie wird blind. Und Wolf glaubt das?«

»Wieso sollte Marion ihn anlügen?«

»Weil sie dem doch schon immer das Blaue vom Himmel erzählt hat, damit er bei ihr bleibt.«

»Wusstest du das mit den beiden?« Mir kommt plötzlich ein schlimmer Verdacht.

Grete atmet laut aus, legt den Löffel ab und sieht mich aus blauen Augen an. »Was meinst du?«

»Marion und Wolf hatten doch … Die waren zusammen. Heimlich. Die ganze Zeit. Die haben sich im Hotel getroffen, jede Woche. Wusstest du das?« Meine Stimme vibriert, meine Mundwinkel sind außer Kontrolle.

Sie schüttelt den Kopf, schiebt einen Bissen in den Mund.

»Immer montags, Marion war gar nicht beim Sport. Wusstest du das?« Es fühlt sich an, als hätte ich Schaum vorm Mund.

Grete weicht meinem Blick aus.

»Hast du das nicht gewusst?«

Sie sieht mich immer noch nicht an, ihr Blick geht über die Schulter zum Fenster, als müsste sie prüfen, wie das Wetter draußen ist.

»Grete?«

»Was hast du denn, Luca? Bezieh doch nicht alles auf dich. Die werden ihre Gründe gehabt haben. Ob sie es jetzt mit'm Wolf hat oder mit wem anders, macht doch keinen Unterschied.«

»Kapierst du das nicht? Was sind denn das für Eltern, die so was machen?«

Frau Falkenbergs sich überschlagende Stimme auf dem Schulhof, als sie mich nach einer Prügelei am Arm hielt: »Zu Hause bringt dir ja wohl keiner bei, was sich gehört!« Sandra Hitzkes Mutter, wie sie der Lehrerin zuraunt: »Dass die sich nicht mal um ihr eigenes Kind kümmern! Sieht man ja, was dabei rauskommt.« Ich hätte gut auf diese beschissenen Blicke verzichten können, wenn über meine »Familie« gesprochen wurde.

»Du hattest doch mich«, sagt Grete zu allem Überfluss.

»Aber keine Eltern.«

Gretes Gesicht zerfällt. »Hat dir denn irgendwas gefehlt?« Sie sieht mich jetzt doch an, unnachgiebig und streng. Als Nächstes wird sie von Waisenkindern erzählen, die niemanden haben, die dankbar wären, wenn sie eine Oma hätten, die sich kümmert. Und sie hat ja auch recht. Was hat mir schon gefehlt? Es gab Grete, ich hatte ein Dach über dem Kopf, es gab gebügelte Wäsche, ein warmes Bett und ab und zu Speckauflauf, wer will sich da beschweren.

»Jetzt hör mal zu, Luca!« Ihre Stimme ist fest, sie blickt mich an wie früher, wenn es um Grundsätzliches ging. »Lass Marion! Hör auf, hier rumzurennen und die Leute verrückt zu machen! Das ist für keinen gut, auch nicht für Marion. Und was war da überhaupt gestern mit dem kleinen Schmalscheid?«

»Was hat das jetzt damit zu tun?«

»O Herre! Was meinst du, wie peinlich das heute in der Kirche war. Ganz Ronnbach weiß Bescheid. Du bist doch erwachsen. Was soll denn so was?«

»Aber ...«

»Marion, die würde so was vielleicht machen, aber von dir hätt ich das nicht erwartet.«

Ich schließe die Augen, atme. »Interessiert dich gar nicht, wo Marion ist? Du bist doch ihre Mutter!«

Kurz wirkt Gretes Gesicht, als würde von innen jemand an ihren Nerven herumzupfen. Aber dann presst sie die Lippen aufeinander, ihr schöner großer Mund wird fest und schmal. »Die Marion will doch gar nicht, dass wir sie suchen. Wenn sie was von uns gewollt hätte, dann hätte sie uns eine Telefonnummer dagelassen, eine Adresse oder irgendwas. Sie ist weg, weil sie ihre Ruhe wollte. Verstehst du das endlich?«

Ich spüre mit einem Mal, wie müde ich bin. »Und wenn sie nicht freiwillig verschwunden ist?« Meine Stimme ist leise und schwach.

»Dann hilfst du ihr auch nicht weiter, wenn du hier die Leute verprügelst.«

»Aber irgendwer muss doch was wissen!«

Grete steht auf, stellt ihren Teller scheppernd in die Spüle. In ihrem Gesicht ein Ausdruck, den ich nicht begreife.

Es gefällt mir nicht, aber Grete hat recht: Was ist das auch für eine irre Geschichte? Niemand wird einfach aus heiterem Himmel blind. Es weiß doch keiner wirklich, was mit Marion ist. Und es hat auch keiner Interesse daran, dass sie wiederauftaucht. Grete ist froh, dass sie weg ist, für Wolf ist es nur gut, wenn er nur noch eine Frau an den Hacken hat, die Polizei interessiert sich sowieso nicht für sie, und mit Susanne und Fritz scheint sie es sich auch verscherzt zu haben. Die Einzige, die blöd genug ist, nach ihr zu suchen, bin ich. Als würde irgendwas für mich dabei herausspringen. Weil ich nicht einsehen will, dass meine Mutter nicht mehr ist als eine versoffene, abgewrackte Frau, der ich gleichgültig bin. Was wäre schon, wenn sie wiederauftaucht? Was würde ich ihr sagen? Würde ich sie anschreien? Was warst du für eine Rabenmutter, Marion? Was bist du nur für ein Mensch? Am besten, du haust ab und kommst nie mehr wieder?

Ich gehe runter in Marions Wohnung, reiße die Fenster auf, damit ihr Geruch endlich verschwinden kann, damit er ihr folgen kann, wohin auch immer. Doch draußen steht die Luft still, die Dinge haben ihre Farbe verloren, schwer und aufgewühlt hängt der Himmel über Ronnbach.

Marions Telefon ist mir inzwischen schon vertraut, ich lausche auf das Tuten: eins, zwei, drei, vier.

»Ja, bitte!« Eine Frauenstimme, die ich noch nie gehört habe. Ich muss mich räuspern, bevor ich antworten kann.

»Ist Vinz da?«

»Nö. Kann ich was ausrichten?«

Keine Ahnung, wer die ist.

»Hallo? Soll ich Vinz jetzt was ausrichten oder nicht?«

»Gib mir mal seine Handynummer. Ich ruf ihn selbst an.«

»Darf ich nicht rausgeben.«

Diese Zicke. »Wer bist du überhaupt?«

»Wer will das wissen?«

Scheiße, ich hätte das Gleiche gefragt. »Ich bin Luca. Ich arbeite seit vier Jahren für Vinz. Ich hab die Nummer natürlich, aber ich hab mein Handy verloren.«

»Darf ich trotzdem nicht rausgeben.«

»Bitte, ich hab eine wichtige Nachricht für Vinz. Er wartet auf meinen Anruf.«

»Davon hat er nichts gesagt.«

»Und du arbeitest für Vinz?«

»Wäre ich sonst am Sonntag im Laden?«

»Okay, rühr nichts an. Ich bin morgen wieder da. Sag das Vinz, verstanden?«

»Häh?«

»Richte Vinz aus, dass ich morgen wieder im Laden bin. Du kannst jetzt nach Hause gehen. Ich mach dann alles.«

»Die Verbindung ist ganz schlecht hier. Ich versteh dich kaum.«

»Ich komm morgen! Fass nichts an!«

»Jetzt hör ich nur noch Rauschen. Also sorry, ich leg auf.«

»Ach, fick dich doch!« Ich werfe den Hörer auf den Apparat, dass alles rasselnd zu Boden fällt. Ich bin seit drei Tagen weg, und Vinz hat schon eine Neue im Laden stehen. Die weiß nicht mal, wer ich bin. Wenn ich zurückkomme, schmeiß ich die als Erstes raus. Wie kann er nur. Ich kenne jeden Winkel im Laden, jedes Regalbrett, die Struktur des Linoleums und die drei Stellen, an denen es sich ablöst. Das Obst und Gemüse wird in Pappkisten gelagert. Es gibt gute Kisten, die stabil und fest sind, und welche, die mal feucht geworden sind oder so. Bei denen muss man aufpassen, wenn man sie anhebt, sonst fällt alles runter. Nicht mal Vinz kann die unterscheiden, das kann nur ich. Beim Händler, der die Nüsse und das Trockenobst liefert, muss man die Ware immer durchsehen, bevor man die annehmen kann. Der bringt gern auch mal das Falsche. Am Anfang war der beleidigt, wenn ich was reklamiert habe, aber jetzt kontrolliert der mit mir zusammen jede Lieferung. Das macht der aber nur, wenn ich da bin. Wenn Vinz die Ware annimmt, lädt der einfach alles im Laden ab und verzieht sich. Und die Lehne des Stuhls hinterm Verkaufstresen ist locker. Die gibt sofort nach, wenn man sich dagegenlehnt. Ist das alles nichts wert? Vinz muss doch wissen, dass ich wiederkomme, dass ich alles tue, um so schnell wie möglich wieder da zu sein. Was denkt der denn? Und wer ist diese Frau überhaupt? Was haben noch unsere Küsse zu sagen, die Stunden auf der Matratze im Lager, die gemeinsamen Zigaretten? Vielleicht war es ja auch gar nicht seine Mutter, mit der er am Telefon immer so leise und vertraut gesprochen hat. Und wer weiß, wo der geschlafen hat, wenn er behauptet hat, er fährt zu seinen Eltern nach Hennigsdorf. Er war ja auch ganz schön oft da in letzter Zeit. Und was wird aus der Wohnung? Muss ich die dann auch teilen? Gut, ich zahle nichts dafür, aber dafür kriege ich auch so gut wie keinen Lohn für die Arbeit im Laden. Lebensmittel nehme ich aus dem Sortiment, und wenn ich sonst noch was brauche, nehme ich ein paar Euro aus der Kasse, nicht mehr. Vinz wäre längst pleite, wenn er mich normal bezahlen müsste. Seit ich hier bin, zerfällt alles. In Berlin erschien mir mein Leben völlig in Ordnung. Jetzt kommt es mir hohl und porös vor. Und Vinz wird mehr und mehr zu einer fernen Bekanntschaft, nicht mal meine Arbeitskraft braucht er noch. Aber ohne den Laden, ohne das Lager, ohne Vinz wäre Berlin für mich nur noch eine große, fremde Stadt.

Die Sonne ist in einem undurchsichtigen milchigen Grau gefangen, man kann sie nicht einmal erahnen, als ich den Hitzmarker Weg runtergehe, über die Bosbacher Straße und dann in den Birkenweg. Wolken wie eine bleierne Decke. Alles wirkt gedämpft, sogar das Stechen in meinem Knöchel ist mehr ein dumpfes Ziehen, nicht angenehm, aber aushaltbar. Bevor ich wieder fahre, muss ich mich bei Jan entschuldigen und bei Kati. Ich will ihnen von Wolf und Marion erzählen, von dieser Augenkrankheit, und außerdem gibt es bei Howalds Internet. Von ihrer Haustür aus kann man manchmal den abgestandenen Rauch aus Hennes' Häuschen riechen, erst als ich auf den Klingelknopf drücke, riskiere ich einen Blick rüber, könnte immerhin sein, dass Paul gerade in der Nähe ist. Hatte die Hütte schon immer so wenig Fenster? Zur Straße hin nur zwei, je eins oben und unten, zu Howalds hin genauso. Wie kann man so wohnen? Vielleicht normal, dass man dabei irre wird. Ob Jan sich das gut überlegt hat, neben so einem zu bauen? Die Grundmauern seines Eigenheims stehen schon, aber niemand ist zu sehen, eine Plane flattert im Wind.

Christa macht auf. »Luca, das ist ja eine Überraschung!« Ihre Stimme klingt heller als sonst. Sie beugt sich weit vor zur Umarmung. Sonst umfängt mich ihre Weichheit vollkommen, heute berührt sie mich nicht mal. »Was führt dich her?« Ihr massiger Körper füllt den Türrahmen aus.

»Ich wollte zu Jan und Kati.«

»Du, Luca, das ist gerade ganz schlecht.«

»Ich will morgen früh wieder nach Berlin. Ich wollt

mich nur verabschieden.« Ich will schon an ihr vorbei, aber sie bleibt im Türrahmen stehen wie eine Wächterin.

»Das ist total lieb von dir.«

»Sind die nicht da?«

»Doch, doch. Passt nur jetzt nicht.«

»Nur ganz kurz. Ich weiß nicht, wann ich das nächste Mal wiederkomme.«

»Dann ruf sie doch einfach an, oder schreib eine Nachricht.«

»Aber ich hab mein Telefon verloren.«

»Dann schreib eine Mail.«

»Bitte! Ich muss mich bei ihnen entschuldigen.«

Christa atmet tief ein. »Pass auf, Luca. Ich hab gehört, was beim Seefest passiert ist. Ich hab immer Verständnis für dich gehabt, aber diesmal bist du zu weit gegangen. Jans Nase ist gebrochen. Sandra hat's natürlich auch erfahren. Was meinst du, was da los ist. Die Kleine ist schwanger. Denkst du nur an dich?«

Ich hebe die Schultern. Keine Ahnung, was genau rumerzählt wird. Ich scheine nicht gut dabei wegzukommen.

»Guck mal«, macht Christa weiter, »früher warst du ein bisschen wie unser drittes Kind, aber jetzt bist du erwachsen. Der Jan ist verheiratet und wird Vater, der hat einfach keine Zeit mehr, sich ständig um dich zu kümmern. War eine schöne Zeit mit dir, aber jetzt ist was anderes dran.« Da ist nichts Weiches mehr in ihrer Stimme, nur noch Endgültigkeit.

»Kann ich wenigstens mit Kati sprechen?«

»Ruf sie einfach an.«

»Aber ich hab doch mein Telefon verloren.«

»Ist gut jetzt, Luca. Geh nach Hause. Pass auf dich auf.«

Sie schließt die Tür, ich starre auf ribbliges Glas, dahinter bewegt sich kurz etwas, dann sieht man nur noch das bisschen Licht, das aus dem Wohnzimmer kommt.

»Fette Kuh!«, brülle ich das Haus an. »Beschissene Arschgesicher!«

Kati und Jan sind doch da drinnen. Haben die gar nicht mitbekommen, dass Christa mich abgewimmelt hat? Sitzen die mit Sandra Hitzke am Tisch und spielen Mensch-ärgere-dich-nicht?

»Ich hasse euch!« Meine Stimme klingt viel zu hoch und viel zu verzweifelt. Das muss der ganze Birkenweg mitbekommen haben. Ich drehe mich zum Haus der Hitzkes um. Auch wenn sich da kein Vorhang bewegt, weiß ich genau, dass jemand zugesehen hat. Auch von meinem Gebrüll hier wird irgendeiner Grete erzählen. Es ist zum Heulen.

Um es nicht noch schlimmer zu machen, gehe ich weiter, mit schnellen Schritten vorbei an Hennes' Häuschen, ohne hinzusehen. Einzelne Tropfen malen dunkle Punkte auf den Asphalt, sie fallen schwer auf mein Gesicht, die Schultern, das Haar. Egal. Links auf den kleinen Fußweg, vorbei an Jans Baugrundstück, auf dem noch immer die Plane flattert, dann weiter runter zum See. Das Haus der Howalds so zu verlassen ist wie ein Tritt in den Magen. Wie soll ich mich da je wieder melden. Ich weiß ja nicht mal bei Kati, ob sie das noch will.

Und was könnte ich denen auch sagen? Entschuldigung, das wollte ich nicht? Entschuldigung wegen der gebrochenen Nase. Entschuldigt bitte, dass ich eine Mutter habe, die mich dazu bringt, auf andere Menschen loszugehen. Entschuldigung, dass ich keine andere Mutter habe. Entschuldigung, dass ich keine Mutter habe wie ihr, die einem schlechten Einfluss vom Leib hält. Entschuldigt bitte, dass ich da bin. Und für das Dasein meiner Mutter entschuldige ich mich auch gleich. Mit ihr hat der Ärger ja angefangen. Wobei, die hat das Problem schon selbst gelöst. Die hat längst begriffen, wie wertvoll Abwesenheit ist: einfach weg sein, nicht spürbar, wie Luft. Sie hat schon immer gewusst, wie gut das ist, und es mir weitergesagt: »Stör nicht«, »Sei ruhig«, »Verpiss dich«, »Mit dir hält's keiner aus«. Ich war noch klein, aber ich weiß noch genau, wie ich ihr im Weg war. Ihre Berührungen waren rau und fest: »Jetzt komm!«, »Jetzt mach«, »Stell dich nicht so an«. Und dann Grete mit bitteren Worten: »Was bist du nur für eine Mutter!«, »Was tust du dem Kind an!«, »Wenn das das Jugendamt erfährt!«. Und Marions Wut hatte plötzlich ein neues Ziel. Manchmal blieb sie ganz ruhig und feuerte ihre Worte mit präziser Wucht ab, oft wurde ihre Stimme aber ein Fauchen und Krächzen, sie fluchte, dass Spucke spritzte. Ihre Wut kam aus der Kehle und wurde von Grete mit voller Kraft zurückgeschmettert. Worte flogen wie Fäuste, wie schweres Geschütz. Hätten sie Waffen in den Händen gehalten, sie wären beide längst tot. So haben sie sich die Hölle in den Hitzmarker Weg geholt, direkt gegenüber der Kirche haben sie sie eingerichtet. Jeden Sonntag ging Grete rüber, um dem lieben Gott von Marions Taten zu berichten und sich freizubeichten. Die Front in diesem Krieg war leider ich. Und ich begriff viel zu spät, dass Marion recht hatte: Man sollte ruhig sein, den Mund halten und sich einfach mal verpissen, in Deckung gehen, nicht spürbar sein – wie Luft.

TEIL DREI

Wo jetzt der See glänzt, da war einst ein Tal, und in dem Tal war ein Dorf, da lebte die Marie, und neben ihrem Haus war ein Bächlein, das alle mit frischem, kühlem Wasser versorgte. Es begab sich, dass die Marie einen Bauern im Dorf liebte. Wenn die Nacht mild war, traf sie ihn am Ufer des Bächleins. Der jedoch war lange der Tochter eines anderen Bauern versprochen. Und wie die Zeit näher kam, feierte er Hochzeit mit dieser und dachte nicht mehr an die schöne Marie. Die aber stieg auf den höchsten Berg und schrie ihren Schmerz hinunter ins Tal. So schwer wog ihr Schmerz, dass sie lauter schrie und immer lauter, bis die Berge zu beben begannen. Und ein großer Felsbrocken löste sich und rollte hinab, genau dahin, wo das Bächlein das Tal verließ. Und da das Wasser nicht mehr fließen konnte, staute es sich, wurde träge und stieg über die Ufer, flutete Wiesen und Wege, Wälder und Felder. Und endlich lief das Wasser in die Häuser, stieg die Wände hinauf bis zum Dach und weiter, bis alles darunter verschwunden war. Die Marie aber ging fort, fand einen anderen Mann, dem sie ihr Kind gebar. Und so lebten sie glücklich und in Frieden, bis ihre Zeit gekommen war.

20. SEPTEMBER 2015

Die Luft ist feucht und schwer. Mit jedem Schritt bergab wird der Regen stärker, nimmt Fahrt auf, tropft, prasselt, schüttet. Nass läuft es in den Kragen, dringt an den Schultern und Ellbogen durch die Jacke, zieht von den Hosenbeinen hoch. Ich spüre den Fuß wieder. An irgendetwas erinnert mich der Schmerz, vielleicht daran, dass ich noch da bin und mich noch nicht aufgelöst habe, im Regen. Ich beiße die Zähne zusammen und nehme den direkten Weg über die Bahnschienen, für die Unterführung habe ich keine Zeit. Zweige und Dornen zerren an mir, als wollten sie mich aufhalten, doch ich schiebe mich durch das Gestrüpp am Bahndamm, gehe einfach weiter, ein scharfer Kratzer am Handrücken, Stoff reißt, wahrscheinlich meine Jacke, egal, den Damm hoch, ist streng verboten wegen der Züge, aber wen kümmert's? Und natürlich kommt kein Zug, es guckt ja nicht mal einer, der sich aufregen könnte. Ich kann einfach den Schotter hochstolpern, über die Schienen steigen, und wieder auf den Schotter, runter auf den Panoramaweg, unterm Geländer durch, weiter zum Damm, wo es bergab Richtung Ronne geht. Feste Schritte auf schrägem Grund. Stampfen muss man, damit die Füße Halt finden. Und jetzt vorsichtig, weil die breiten Steine, mit denen der Damm befestigt ist, glitschig vom Moos sind. Auf dem Hintern rutsche ich runter, die Feuchtigkeit dringt durch den Hosenstoff, bis der Boden eben wird. Normalerweise säße ich hier längst im Wasser, aber es ist immer noch ein paar Schritte von mir entfernt, unter mir steiniger Matsch, mit irgendeinem grünbraunem Zeug bewachsen.

Seegrund.

Der Fuß ist inzwischen schwer von Schmerzen. Irgendwie schaffe ich es, aufzustehen und weiterzugehen, aber viel langsamer. Warum eigentlich um den Bissberg? Warum diesen alten Weg entlang, der sonst vom Wasser bedeckt ist? Warum nicht wenigstens den geteerten Panoramaweg? Und warum ausgerechnet bei diesem Regen? Das leise Rauschen, das Plätschern, die Bäume, die den Bissberg bedecken wie ein Kleidungsstück, Tannen und Laub durcheinander. Gestern Nacht mit Paul kam mir der Weg kürzer vor, jetzt, wo ich allein unterwegs bin, nimmt er kein Ende. Wenn ich nur das Telefon finden würde. Alles wäre gut, wenn ich es wieder in Händen halten würde. Ich könnte Kati anrufen, später Jan und noch später vielleicht Vinz, um zu sagen, wann ich ankomme. Auf keinen Fall werde ich Marions Nummer wählen.

Der Regen rinnt mir die Schläfen runter zum Kinn, es tropft von der Nase. Steine, Erde, Rauschen, Plätschern, der

Knöchel, mein Atem. Wäre ich doch durchsichtig, körperlos und ohne Geruch. Wie Luft.

Dann endlich die Talbrücke. Normalerweise steht das Wasser so hoch, dass die Schiffe gerade durchpassen. Jetzt ist der See zusammengeschrumpft zu einem breiten, trägen Fluss tief darunter.

Hinter mir knackt irgendwas. Aber da ist nur der alte Weg, der eigentlich in den See gehört, das silbergraue Wasser, vom Regen aufgewühlt, dahinter die Ronnhöhe mit Tannen, in denen der Nebel hängt. Hier muss ich irgendwo den Hang hoch, vom Weg ab, rauf zu den Bäumen. Wie steil das ist. Wie sind Paul und ich da nur in der Dunkelheit runtergekommen? Kein Wunder, dass ich bei der Aktion mein Handy verloren hab. Wenn es doch hier liegen würde. Wenn es mir nur wieder in die Hände geraten würde. Wie beruhigend Katis Stimme jetzt wäre. Oder Jans. Oder Vinz', wenn er mir erklärt, dass diese Frau in seinem Laden nichts zu bedeuten hat: »Ich brauche dich hier, Luca. Wann kommst du?« Vielleicht hat Marion längst geschrieben: *Mach dir keine Sorgen, hab einen tollen Typen kennengelernt und bin mit dem los.* Und ich würde zurückschreiben: *Kein Problem, hab dich nicht vermisst. Bleib ruhig, wo der Pfeffer wächst!* Oder: *Ach so, ich dachte schon, es wär ein Perverser, na dann viel Spaß.* Oder: *Schön, dann kann ich ja aufhören, mich mit deinen Exstechern zu prügeln.*

Hier finde ich das Ding nie. Es sieht bei Licht alles ganz anders aus: Baumstämme, steiniger Boden voll nassbrauner Blätter, Stöcker liegen herum. Irgendwo da oben nicht weit von der Brücke sind wir doch runter, oder nicht?

Aussichtslos, hier ein Telefon zu suchen.

Was bleibt mir also übrig? Schräg über mir die Brücke, darunter das silbrige Wasser, das ewige Ufer. Dort oben wird der Wind an mir zerren, er wird in den Ohren wummern wie ein Lied, bei dem der Bass überzogen ist. Wieder knackt es, es kommt hier aus dem Wäldchen am Hang. Zu erkennen ist nichts, und doch hört es sich an, als würde jemand angestrengt atmen.

»Hallo?«

Aber da ist nur das leise Plätschern hinter mir, nur das Rauschen von Blättern und Nadeln und das Stechen im Knöchel wie ein nerviger Begleiter.

Da atmet doch jemand.

»Hallo?«

Nichts.

Bloß das Atmen ist noch immer da. Es klingt fast wie ein Hecheln. Wieder knackt es.

»Wer ist da?«

Und dann trabt ein graues Tier aus dem Wald auf mich zu, vom Hang herunter, zwischen den Bäumen, es beschleunigt, Maul auf, die Lefzen fliegen, Sabber daran, und diese Zähne. Es wird mich einfach umrennen.

»Hella! Stopp! Hierher!«

Der Riesenköter stoppt, sucht auf dem glitschigen Boden noch nach Halt, blickt mich an – und bleibt stehen, ein Stück über mir am Hang. Ich sehe in wässrige graue Augen, rieche Hundeatem. Gleich setzt das Vieh zum Sprung an.

»Hella! Hierher!«

Es ist Paul. Rutschend kommt er zwischen den Bäumen hervor: Kapuzenjacke, unrasiert und dieser Blick. Hella wendet ruckartig den Kopf, trottet auf ihn zu. Er krault sie hinter den Ohren. Nasse Strähnen hängen ihm ins Gesicht. Er schiebt sie mit dem Handrücken zur Seite.

»Luca?«

»Was machst du hier?«

Das Tier wendet sich von ihm ab, ist in zwei Schritten bei mir, schnüffelt an mir herum, als würde es prüfen, ob ich was zu essen bin. Es reicht mir bis zum Bauch.

»Hella, aus! Entschuldige, die ist groß, aber harmlos. Die würde dir nicht mal was tun, wenn du ihr wehtust.«

»Aha.«

»Die wird nur ungemütlich, wenn du auf meinen Opa losgehst. Oder auf mich.« Er guckt schon wieder so.

»Ist das der Hund von deinem Opa?«

»Ja, ich hab sie mitgenommen, weil ich den Wagen holen wollte. Außerdem hab ich noch mal nach deinem Handy gesucht.«

»Und?«

»Nichts, leider. Ich weiß auch nicht mehr genau, wo wir eigentlich waren. Erinnerst du dich daran?«

Ich gehe ein paar Schritte in den Wald, das Riesenvieh lässt mich zum Glück, taste mit dem Fuß den Boden ab, vorsichtig natürlich.

»Müsste weiter oben gewesen sein.«

Paul klettert in die Richtung, in die ich mein Kinn gestreckt habe, Hella hinterher. Der schlimme Fuß hält mich jäh zurück. Ich gehe in die Knie, tue, als würde ich den

Boden absuchen, robbe so den Hang ein Stückchen hoch. Dunkle, klamme Erde, uralte graue Blätter, Stöcker voll silbriger Flechte und keine Spur von diesem elendsflachen Handy.

Paul wühlt, untersucht und betastet, als würde er es gleich hier aus dem Dreck fischen, er raschelt und rutscht und flucht leise. Dabei ist es zwecklos. Und es ist auch egal. Ich setze mich und starre durch die Baumstämme runter zum See. Die feuchte Erde unter meinem Hintern. Meine Mutter wollte ich suchen, aber statt sie zu finden, verliere ich immer noch mehr: das Handy, Jan, Kati, Vinz. Ich verliere den Überblick über mein Leben. Und ich weiß gar nicht mehr, was das alles soll. Selbst wenn ich das blöde Telefon finden sollte, wer würde auf meinen Anruf warten? Bis zur Brücke wären es nur ein paar Schritte den Hang hoch. Der Wind dort oben. Das leichte Wanken. Das Gefühl beim Runtergucken. Wie tröstlich der Gedanke war, dass es keinen nächsten Tag mehr gibt. Wenn ich einfach nicht mehr da wäre. Wie Luft.

Hinter mir Hellas Hecheln, ihre kalte Schnauze in meinem Nacken.

»Hör auf damit!«

Ich drücke sie weg, sie tapst hechelnd zu Paul. Der tätschelt ihr den Kopf, setzt sich neben mich, blickt auch runter zum See. Das Rauschen der Blätter, das Wasser und der Wind, ab und zu fallen dicke Tropfen durch die Bäume auf uns herab.

»Weißt du, warum sie die Talsperre hier gebaut haben?«, fragt Paul.

»Weil das Tal sich dazu eignet?«

»Wegen dem Regen. Die Region ist eine der niederschlagsreichsten in Deutschland.«

»Für irgendwas muss das ja gut sein.«

Paul lacht. Er fummelt Tabak aus der Tasche, dreht sich eine Zigarette, das Feuerzeug klickt ein paarmal, der Rauch riecht nach Zurücklehnen und Augenschließen.

»Gibt's was Neues von deiner Mutter?« Es knistert leise, als er an der Zigarette zieht.

»Sie hatte was mit meinem Vater.«

»Das ist ja mal ungewöhnlich.«

»Ich meine, als sie schon getrennt waren, als er schon wieder eine neue Familie hatte. Die ganze Zeit eigentlich.«

»Und das hat keiner gewusst?«

Ich schüttle den Kopf.

»Aber warum haben die sich dann überhaupt getrennt?«

Ich hebe die Schultern.

»Vielleicht war es besser«, sagt er. »Meine Eltern sind zwar noch zusammen, aber die reden kaum miteinander, und mein Vater ist so ein sturer Bock. Mit meinem Opa komme ich besser klar.«

Ich nicke, obwohl ich mich an Frank Hennes kaum erinnere, auch an Pauls Mutter nicht, nur an ein paar abfällige Bemerkungen von Grete. Und natürlich erinnere ich mich an den kleinen Paul, der sich den Rotz mit dem Ärmel abwischte und es mir nicht übelnahm, wenn ich ihn ignorierte.

»Manchmal wünschte ich, ich hätte meine echte Mutter nie kennengelernt, so wie du deinen Vater.«

Er prustet los, aber es klingt überhaupt nicht nach Lachen, sondern wütend und enttäuscht. »Das wünschst du dir nicht wirklich.«

»Dann stell dir vor, das wäre so einer wie meine Mutter.«

»Wenn du deinen Vater nicht kennst, kann es prinzipiell jeder sein, dem du begegnest. Bei jedem Mann in einem gewissen Alter fragst du dich: Ist er das? Du bist dann eine Leerstelle, ein Rätsel. Manchmal hab ich das Gefühl, innen hohl zu sein, als wäre da ein riesiges Loch, das ich nie im Leben füllen kann.«

Er löscht seine Kippe in einer kleinen Pfütze und steckt sie in eine kleine Dose, die er bei sich trägt. Dann sieht er mich plötzlich an, und mir wird klar, dass ich ihn auch die ganze Zeit angestarrt habe. Diese Augen, die braun sind und gleichzeitig hell.

Ich wende schnell den Kopf wieder Richtung See.

»Hast du dir schon mal gewünscht, weg zu sein? Einfach nicht mehr da?«, frage ich.

Er räuspert sich. Und da er nichts sagt, blicke ich doch wieder zu ihm rüber und sehe, dass er nickt. Hella legt sich raschelnd und hechelnd neben ihn. Er krault ihren riesigen Kopf.

»Was glaubst du, wo deine Mutter jetzt ist?«

»Keine Ahnung.« Ich hatte mir fest vorgenommen, Paul nichts von dem ganzen Scheiß zu erzählen. Aber Marions mögliche Blindheit steckt mir im Hals, sie liegt mir auf der Zunge. Hella steht auf, trabt schnaufend und raschelnd zwischen den Bäumen lang.

»Ist das eigentlich ein Blindenhund?«

Paul lacht. »Na ja, kein echter, aber für Opa ist sie schon so was in der Art. Der legt ihr die Hand auf den Rücken und spürt dann, wo er langgehen kann und wo nicht.«

»Was hat denn dein Opa noch mal an den Augen?«

»Das heißt Retinitis pigmentosa. Die Netzhaus stirbt dabei langsam ab.«

»Wie kriegt man denn so was?«

»Wird vererbt.«

»Echt?«

»Ja, aber nicht automatisch an jeden. Mein Vater und mein Onkel haben es bisher nicht. Ich bin ja eh raus, aber ich hab noch einen jüngeren Halbbruder, der regelmäßig wegen RP zur Kontrolle muss.«

RP! »Ist das die Abkürzung?«

Paul nickt, und in meinem ganzen Körper beginnt es zu pochen. Bis in die Fingerspitzen fühle ich meinen Puls. Der Zettel ist noch in meiner Hosentasche, das Zittern meiner Hände ist nicht zu verhindern, als ich ihn Paul hinhalte.

»*Schürholz – RP, 30.9., 15:40*«, liest er. »Beim Schürholz war mein Vater früher auch. Hast du das geschrieben?«

Ich schüttle den Kopf. Doktor Schürholz, der Augenarzt in Bosbach, klar.

»Deine Mutter?«

Ich nicke, und mit einem Mal wäre ich gerne allein. Weil es mir in den Ohren rauscht, weil ich das Gefühl habe, etwas Wesentliches verstehen zu können, wenn die ganze Welt mal kurz die Luft anhielte.

»Es gibt ganz verschiedene Formen von RP«, redet Paul einfach weiter. »Es gibt auch Augenkrankheiten, die nur so ähnlich sind, aber nicht vererbbar, oder welche, die viel bessere Heilungschancen haben.«

Ich nicke und starre durch die Bäume auf das silbriggraue Wasser weiter unten. Über allem liegt ein Schleier, ein Dunst oder eine beginnende Netzhautdegeneration. Ich würde mich gern verkriechen mit Stöpseln in den Ohren und einer Klappe vor den Augen, wegtauchen und eine Weile alles abschalten.

»Steht dein Wagen auch da oben?«, fragt Paul.

Kaum zu glauben, dass er immer noch da ist. Ich schüttle den Kopf.

»Soll ich dich mitnehmen?«

»Ist gut«, höre ich mich sagen, als wäre es besonders nett von mir, dass ich mich von ihm fahren lasse. Das Aufstehen geht ganz gut, doch um den Hang zum Parkplatz hochzukommen, muss ich mich an Bäumen abstützen und hochziehen.

»Sag mal, humpelst du immer noch?«

»Quatsch. Der Boden hier ist nur so glitschig.«

Hella hechelt an uns vorbei, sie scheint den Weg bestens zu kennen. Paul könnte auch längst oben sein, er tut aber so, als müsste er so langsam und bedächtig seinen Weg suchen wie ich. Wenn er ein paar Schritte gegangen ist, bleibt er gleich stehen und will mir die Hand geben, um mich mitzuziehen. Hella kläfft uns von oben an.

»Ist gut! Wir sind gleich da!«

Alles klebt an mir, als Paul mich das letzte Stück doch

noch nach oben zieht. Wieder dieser Parkplatz. Der blaue Passat steht noch da.

Paul lässt Hella hinten einsteigen, wo eine Decke für sie liegt. Sie nimmt die ganze Rückbank ein. Überall Hundehaare. Ich frage mich, ob dieser Riesenhund auch in Marions Golf passen würde. Da müsste sie vorn über den Umklappsitz rein, aber warum sollte sie. Andererseits …

Paul hält mir die Beifahrertür auf. Als ich versuche, den Dreck von meiner Hose zu klopfen, schüttelt er nur den Kopf. Und wieder verlasse ich diesen Parkplatz. Diesmal neben Paul, in einem blauen Passat Kombi, in dem es nach Hund und Tabak riecht.

»Weißt du, dass die Sache mit dem Schmalscheid das Thema im Dorf ist?«, fragt Paul.

»Hab ich mitbekommen.«

»Und wie heißt noch mal der, der auf dem Acker neben meinem Opa baut?«

»Jan?«

»Der hat richtig Ärger mit seiner Frau gekriegt. Ich glaube, seine Nase hat ganz schön was abbekommen.«

»Von wem hast du das?«

»Von der Nachbarin meines Opas.«

»Christa?«

»Nein, Kati.«

»Hast du mit ihr gesprochen?«

»Sie hat ja mitgekriegt, dass ich gestern Nacht noch hinter dir her bin. Als ich vorhin mit Hella loswollte, hat sie mich gefragt, ob ich was von dir weiß, weil du nicht an dein Handy gehst. Sie war wohl auch schon bei dir zu Hause.«

»Hast du Kati gesagt, dass ich mein Handy verloren habe?«

»Klar.«

»Ist sie noch sauer auf mich?«

»Sie klang eher so, als hätte sie ein schlechtes Gewissen oder als würde sie sich Sorgen machen.«

Ob sie weiß, dass Christa mich weggeschickt hat?

Ich schließe die Augen. Das leichte Ruckeln des Wagens, das Klopfen des Regens auf das Autodach. Wenn ich nur einen Moment schlafen könnte, allein sein, in Berlin Ware einsortieren, eine Serie auf dem Handy ansehen, aber Paul lässt mich nicht. »Was willst du jetzt tun?«

»Ich würd gern RP googeln.«

»Wenn du willst, kannst du dafür mein Handy nehmen. Aber das liegt bei meinem Opa. Willst du mit zu ihm kommen?«

Er sieht zu mir rüber. »Du kannst natürlich auch meinen Opa danach fragen. Aber der ist manchmal … egal. Du kannst es ja versuchen.«

Ausgerechnet. Der alte Hennes wird mich achtkantig rauswerfen, so wie Grete Paul rausgeworfen hat. Aber vielleicht kann ich zumindest schnell im Internet gucken, wann die Züge nach Berlin fahren. Also sag ich »okay«.

»Dann los«, sagt Paul, setzt den Blinker.

Der Regen hat sich grau über den Ort gelegt, als wir vom Ronne-Umgehungsweg Richtung Ronnbach abbiegen. Jetzt also zum Katzenmörder. Grete dreht durch, wenn sie das erfährt.

16. SEPTEMBER 1965

Als Cord erwachte, löste sich die Dunkelheit bereits auf. Durch das Fenster sah er den blassblauen Himmel, die Konturen des Zimmers konnte er schon erkennen. Er zog die Füße näher an seinen Körper, um sie vor der beißend kalten Herbstluft zu schützen, unter sich den rauen Stoff des Strohsacks, über ihm lagen seine Kleider wie eine Decke ausgebreitet. Er war allein.

Grete.

Wie warm ihr Körper gewesen war. Er wollte die Augen schließen, sich wieder dem Schlaf überlassen, da fiel es ihm ein, wie ein Eimer eiskaltes Wasser weckte es ihn. Grete war weg, und unten lag die Flobert. Ihm blieb nicht mehr viel Zeit. Er richtete sich auf, aber seine Glieder funktionierten nicht richtig. Als hätte er Sand in den Gelenken. Vor ein paar Stunden noch hatte ihn der kühle Lauf der Waffe getröstet. Und jetzt: Grete, das vertraute graue Licht im leeren Zimmer. Er zwang sich, aufzustehen, sich anzukleiden, nicht an Gretes Wärme zu denken. Ein letztes Mal blickte er sich um, sah auch in die Schlafkammer, die er mit Anna geteilt hatte. Wie klein und schäbig die Räume waren, fahl und voller Staub. Auch die Treppe: baufällig und abgenutzt. Wie stolz er gewesen war, als er Anna damals den Hof gezeigt hatte. Hier die Küche, da der Herd, das gute Geschirr und das für jeden Tag, die Stube, die Schränke, die Kammern hier oben, und guck mal, wie groß die Diele ist. Fünf Jahre war das her. Sie hatte zu allem ernst genickt und einfach mit angepackt. Mit geradem Rücken und Stirnfalte kehrte sie die Böden, wusch die Wäsche und fütterte die Tiere. Jetzt hatte sie das Haus oben, in dem er wie ein Fremder umherging.

Die in den Angeln hängende Haustür ließ feuchte, kalte Luft rein. Draußen verschwanden die Konturen im Nebel. Den Bissberg mit dem neuen Dorf konnte man nicht mal erahnen. Gut so.

Die Flobert musste in der Nähe des Eingangs liegen, dort irgendwo hatte er sie hingelegt, bevor er Grete nach oben gefolgt war. Sehen konnte er sie nicht, aber kein Wunder, es war ja nicht mal richtig hell. Er fühlte mit der Hand danach, neben der Tür, in den Ecken, dann den ganzen Boden in der weiten, leeren Diele, auch an der Treppe entlang.

Nichts.

Dass es hier kein Licht gab. Die Dämmerung verschluckte ja noch alles. Das hätte ich anders machen müssen, dachte er, jetzt schon wacher. Das hätte ich mir merken müssen, wo ich die Waffe hintue. Vor dem Haus suchte er in der Nähe der Türschwelle die feuchte Erde ab. Wieder ohne Erfolg. Er atmete, suchte weiter, ging auf alle viere, tastete, krabbelte über die Schwelle wieder ins Haus, richtete sich auf, streckte den Arm noch einmal in das Versteck unter der Treppe, langsam und so ruhig es ging, splittriges Holz, Lehm, Staub. Nichts. Dann in der Stube, in der Küche, in allen Ecken. Er kroch über den Boden, wühlte in Staub und Dreck, stieg wieder die Stufen hinauf, kroch auch hier herum.

Nichts.

Dann wieder runter zur Schwelle. Draußen dämmerte nun zartrosa der Tag. Kein glattes Holz, kein kühles Metall. Nichts als Krümel und Flusen. Aber er hatte sie doch selbst ...

Grete.

Er schlug mit der Faust gegen die Wand, zwang sich, ruhig zu atmen. Nur nicht ohne Grund aufregen, lieber noch mal nachsehen, noch einmal zum Versteck unter der Treppe. Er tastete vorsichtig, dann rammte er seine Faust in splittriges Holz. Er trat dagegen.

Grete. Wenn sie nun nach der Waffe gegriffen hatte, als sie das Haus verlassen hatte? Ob sie das Gewehr unter dem Mantel versteckt hatte, bevor sie im Nebel verschwand?

Der Tag brach schon an, bald würden sie mit ihren Maschinen kommen. Irgendwo hörte er schon einen Hammer durch das Tal hallen, Motorgeräusche, knirschende Reifen auf dem nachtsteifen Boden. War das nicht schon der Lastwagen?

Grete! Er rief nach ihr, als wäre sie hier irgendwo. Grete, bitte! Als bräuchte er sie nur rufen, um die Flobert zurückzubekommen. Mein Gott, Grete! Seine Stimme klang wie ein Tier, ein wildes Heulen. Am Fuß der Treppe sank er auf den Boden, den Kopf in der Hand. Sein schneller Atem. Zurückgehen, hoch ins neue Dorf, zu Anna, den Kindern in das winzige, dunkle Haus? Ein Mann ohne Hof, ohne Tiere, nicht mal seine Familie konnte er ernähren. Und wie sollte er Anna in die Augen sehen nach dieser Nacht, wie Grete oder ihrer Mutter oder dem Alten? Der Druck in der Kehle war kaum auszuhalten. Er ballte die Faust, biss hinein, grub seine Zähne in die Haut, bis er Blut schmeckte. Spitze Stiche in den Fingern. Wenn die jetzt kamen mit dem Dynamit und den Abrissbaggern?

Aus dem Fenster springen war nicht sicher. Es war zu spät, um sich ungesehen in der Ronne zu ertränken, selbst zur Talbrücke würde er nicht mehr kommen, ohne jemanden zu treffen. Und draußen die Hammerschläge, sie würden bald da sein.

Er richtete den Oberkörper auf, vor sich die Treppe, ballte die Fäuste, schlug auf die Stufen, Nadelstiche in den Handkanten, dann stützte er sich auf, legte den Kopf in den Nacken und ließ ihn mit Wucht auf das ausgetretene Holz knallen.

Der Schmerz tat gut.

Und wieder mit der Stirn auf die Stufe. Pulsierend füllte es seinen Schädel aus.

Und noch mal Stirn gegen Holz.

Irgendwas wurde dick und schwer unter dem Haaransatz.

Noch einmal mit Wucht!

Dick und schwer und tropfte.

Er schloss die Augen, lehnte den Kopf zurück und ließ ihn noch einmal gegen das alte Holz fallen.

Dieses Haus verschließt sich neugierigen Blicken. Wie kann man nur an Fenstern sparen? Und dann noch überall Vorhänge. Grasbüschel und Unkraut zwischen den Pflastersteinen in der Auffahrt. Den Gestank im Haus hätte ich mir schlimmer vorgestellt: ungelüftet, nach Hund und Rauch, aber bei Marion war es auch nicht besser. Dunkler Flur, gelblichbraune Fliesen in der Küche, um den Tisch mit rot-weißer Wachsdecke stehen Binsenstühle, schon etwas zerfleddert. Aber auch hier ist es dunkel, nur ein Fenster (zum See natürlich), und das Tageslicht hat gegen die Regenwolken eh keine Chance.

Paul macht Licht. »Setz dich.« Er schiebt mir einen zweiten Stuhl hin, auf den ich meinen Fuß legen soll.

Hella trottet an uns vorbei zu einer halboffenen Tür, schiebt sich hindurch. Paul verschwindet im Flur. »Ich hol dir ein Handtuch, und dann sag ich meinem Opa Bescheid.«

Der Opa. Lieber hätte ich erst mal Pauls Handy. War

vielleicht doch eine blöde Idee hierherzukommen. Was soll ich den Alten schon fragen? Nur weil er zufällig auch eine Augenkrankheit hat? Nur weil die vielleicht zufällig so heißt wie Marions? Und dann der Stress mit Grete, wenn sie hört, wo ich gewesen bin. Das werde ich ihr nicht erklären können. Paul ist wohl nach oben gegangen, ich habe seine Schritte auf der Treppe gehört. Vielleicht kann ich noch abhauen. Vorsichtig stehe ich auf, den blöden schmerzenden Fuß schleife ich mit, so leise es geht. Ich bin schon fast durch die Tür, da steht Hella vor mir und versperrt mir den Weg. Vorsichtig versuche ich, sie zur Seite zu drücken, doch sie lässt es nicht zu. Und dann fängt sie auch noch zu bellen an, ein bisschen heiser, aber es zeigt deutlich, dass sie hier die Chefin ist.

»Aus!«

Das ist nicht Pauls Stimme, dazu ist sie zu knurrig und rau. Das ist die Stimme des Katzenmörders. Und da sind auch schon Schritte hinter mir. Er steht in der Tür, durch die Hella vorhin verschwunden ist. Hellgraues Haar steht ihm vom Kopf ab, dazu der Bart und ein Blick, dem man keine Blindheit zutraut.

»Was willst du?«

Klingt mehr nach barschem Befehl als nach einer Frage. Aber an Flucht ist nicht zu denken, weil Hella immer noch vor mir steht. Zum Glück kommt Paul die Treppe runter.

»Opa, das ist Luca.« Er wird von Hella ohne weiteres in die Küche gelassen und reicht mir ein Handtuch. »Luca Schreiber«, setzt er nach. Der Alte starrt mich an, als könnte er mich sehen, und ich bin fast sicher, dass er mich rausschmeißen wird, so wie Grete Paul rausgeworfen hat, sobald sie wusste, zu wem er gehört.

»Und was will die?«, fragt er jetzt an Paul gewandt, dabei weiß er doch, dass ich direkt danebenstehe.

Paul blickt mich an, also muss ich was sagen. Aber keine Ahnung, wie ich damit anfangen soll: »Paul hat mir von Ihrer Augenkrankheit erzählt.«

»Und?«

»Ich frag wegen meiner Mutter …«

»So.«

»Opa, ihre Mutter ist doch verschwunden. Die ist doch …«

»Weiß ich. Bin ja nicht blöd.«

»In ihrem Wagen sind, glaube ich, Hundehaare«, ergänze ich und wünschte gleich, ich hätte es nicht erwähnt. Der wird mir den Kopf abreißen.

Aber er starrt mich nur an und sagt: »Die hätt uns fast übern Haufen gefahren.«

»Was?«

»Deine Mutter. Wenn ich nicht gerufen hätte, hätt sie uns einfach über'n Haufen gefahren.«

»Wann war das denn?«

»Zwei, drei Wochen her. Da vorne an der Bosbacher Straße.« Er deutet vage nach draußen.

»Hast du gar nicht erzählt, Opa.«

Der Alte macht eine wegwerfende Geste. »Damit dein Vater dann wieder meint, dass ich nicht allein klarkomm. War ja auch nichts, hat noch gerade das Lenkrad rumgerissen gekriegt. Nur die Hella hat sie 'n bisschen touchiert. Und dann ist sie noch so am Mäuerchen vom Wegener vorne lang.«

»Und Marion?«

»Die hat es vielleicht einfach nicht gesehen, dass wir da waren.« Er kneift die Augen zusammen, als wollte er uns demonstrieren, wie Schlechtsehen geht.

»Ich meine, war irgendwas mit der? War sie verletzt oder so?«

»Die Hella geht normal immer erst über die Straße, wenn frei ist. Da hat sie sich noch nie vertan. Deine Mutter war vielleicht zu schnell oder was. Was weiß ich, warum sie in uns rein ist. Aber als ich gerufen hab, hat sie gleich reagiert.«

»Und was war mit Hella?«, fragt Paul.

»Die hat erst mal gehumpelt. Da ist die Marion fast verrückt geworden, dass sie schuld wär. Dann wollt sie uns unbedingt nach Hause fahren. Von der Bosbacher Straße nach hier! Hat sie auch gemacht.« Sein Lachen ist nur schwer vom Husten zu unterscheiden. »Die hat sich gar nicht mehr eingekriegt, so tat ihr das leid. Meinte immer, dass sie uns einfach nicht gesehen hat. Na, is ja besser, als wenn sie einfach weiterfährt.«

»War es denn wirklich ihre Schuld?«

Er schüttelt meine Frage ab wie ein lästiges Insekt. »Wir waren mitten auf der Straße. Da fährst du nicht einfach gegen.«

»Und das lag an ihren Augen?«, mischt Paul sich wieder ein.

»Meinte sie jedenfalls. Oder denkste, ich seh das noch?«

Er geht zum Tisch und tastet nach einem Stuhl, um sich zu setzen. Wie klein der aussieht. Und ich hab mich so vor dem gefürchtet. Meine ganze Kindheit bin ich ihm aus dem Weg gegangen, weil der doch kleine Kätzchen umbringt. Und jetzt sitzt er hier und redet mit mir, wie ein ganz normaler Mensch.

»Sie war dann noch mal hier«, sagt er. »Sonntag stand sie plötzlich vor der Tür. Wollt nach der Hella sehen. Aber siehst ja, geht ihr wieder gut.« Er tätschelt die Hündin.

»Wann war das am Sonntag? Abends?«

»War noch nicht dunkel.«

»Sicher?« Das war ja schließlich der Tag, bevor sie nach Berlin wollte.

Der Alte nickt. »Sie hat gesagt, dass sie beim Schürholz gewesen ist, wegen den Augen.«

»Und?«

Der Alte reibt sich mit der Hand über das faltige, bärtige Gesicht. Die Augen hält er einfach geschlossen.

»Sie hat RP, hat sie gesagt.« Er flüstert. »Wie ich.«

Hella legt ihm die Schnauze auf den Schoß. Ich warte, dass er weiterredet, aber da kommt nichts.

»Ist das denn so häufig?« Das alles klingt so abwegig.

Der Alte schüttelt den Kopf.

»Hat sie das denn von irgendwem geerbt?«

Er presst die Lippen aufeinander.

»Aber man kriegt das doch durch Vererbung, oder nicht?«

Der Alte reagiert einfach nicht.

»Opa?«, sagt Paul und tritt neben ihn. »Warum hast du nicht gesagt, dass du mit Frau Schreiber gesprochen hast? Wir haben doch schon darüber gesprochen, dass sie verschwunden ist.«

»Wie sollt ich das denn machen? So bekloppt, dass ich bei denen vorbeigeh, bin ich nicht. Der ihre Omma schmeißt mich doch raus, bevor ich den Mund aufgemacht hab.«

»Wissen Sie, wo Marion ist?« Meine Stimme klingt übersteuert und rau.

Er dreht sich von mir weg, tut, als würde er mit seinen trüben Augen jenseits des Fensters irgendwas beobachten. Das ist ja wohl die Höhe.

»Wo ist Marion jetzt?«, wiederhole ich in einer Lautstärke, die für einen Gehörlosen angemessen wäre. »Hallo! Ich rede mit Ihnen!«

Paul legt mir seine Hand auf den Arm. »Lass ihn jetzt, Luca.«

»Spinnst du? Er ist vielleicht einer der Letzten, die mit meiner Mutter geredet haben. Der muss mir antworten.«

»Nicht jetzt, Luca.«

Hella hebt den Kopf vom Schoß des Alten und stellt sich vor mich. Ich will den Hund zur Seite schieben und den Alten bei der Schulter fassen, aber Hella lässt es nicht zu. Sie bleibt stur zwischen mir und Cord Hennes. Ihr Knurren ist leise und doch unmissverständlich.

Ich drehe mich zu Paul, der hebt nur die Schultern. Für ihn scheint das höhere Gewalt zu sein. Und mir rauscht es in den Ohren, mir pocht es im Hals. »Meine Oma hatte recht. Wenn es hart auf hart kommt, hältst du natürlich zu deiner Sippe.«

Paul tritt einen Schritt zurück. In seinen hellen Augen scheint sich ein Vorhang zu senken. »Das ist Quatsch, Luca. Das weißt du genau.«

»Was soll das dann? Das ist doch armselig.«

Ich humple an ihm vorbei durch den dunklen Flur aus der Tür raus, kann endlich wieder richtig atmen und bin weg.

16. SEPTEMBER 1965

Da waren Stimmen, die Cord weckten. Das Pochen in seiner Stirn hallte dumpf im Schädel nach. Er musste nicht überlegen, wo er sich befand. Sofort war alles da. Das Ditzken, Grete.

Die Flobert.

Er ballte die Faust und zuckte zusammen. Ein Stechen im Handgelenk, bis in den Unterarm.

»Hennes?«

Eddi Howald und Otto Hitzke standen in der Tür und sahen auf ihn herab. Cord hatte Arbeiter vom Verband erwartet. Howald mit dem breiten Kreuz überragte Hitzke ein gutes Stück. Eine Mütze verdeckte Hitzkes fehlendes Haar.

»Da bist du. Wo ist die Anna?«

Cord wollte sich aufrappeln, aber sein Kopf war zu schwer, durch die Bewegung kam der Schmerz erst in Fahrt, er wütete und kreischte, der rechte Fuß war taub und gehorchte nicht, das Handgelenk pulsierte heiß. Er musste sich räuspern, bevor er sprechen konnte.

»Anna ist bei den Kindern.«

Howald schüttelte den Kopf. »Nee, da ist die nicht. Gertrud ist rüber, weil die Jungen so geschrien haben. Da hat sie gemerkt, dass ihr nicht da seid.« Er musterte Cord. »Was ist denn mit dir los?«

Cord hielt sich den Kopf, begriff nicht: »Anna ist nicht zu Hause?«

»Wat is denn passiert, Hennes? Hat dich wer verhauen?«

Cord wollte den Kopf schütteln, aber die schnelle Bewegung machte alles noch schlimmer. Ihm wurde übel. »Nichts ist passiert.«

Hitzke und Howald sahen sich an, sagten aber nichts.

»Und Anna?«, fragte Hitzke.

Cord schloss die Augen. Sie hatte doch im Bett gelegen, als er gegangen war.

»Die ist nicht im Haus?«

»Nein, nicht zu Hause. Gertrud hat geguckt, und ich auch noch mal. Keiner da.« Howald sah Cord an, als wäre was nicht in Ordnung mit ihm.

»Und die Jungen?«

»Gertrud hat die erst mal zu uns geholt. Wat is denn los bei euch?«

Cord hielt sich den Kopf. »Ist die einkaufen, oder was?«

Howald hob die Augenbrauen. »Die hat ja nicht mal ein Auto. Bis nach Bosbach brauchst du 'ne gute Stunde zu Fuß. Meinst du, das macht die, ohne mal Bescheid zu sagen wegen der Kinder?«

Cord versuchte, sich aufzurichten, er kniff die Augen

zusammen gegen das Hämmern in der Stirn. Dann die rechte Hand! Als er sich aufstützen wollte, zuckte es durch den ganzen Körper. Er fiel zurück auf den Hintern, keuchte. Wieder wechselten Howald und Hitzke Blicke, dann griffen sie ihm unter die Arme und halfen ihm auf die Beine.

»War die Anna auch hier?«

»Nee, die hat ja geschlafen.« Er hielt inne. Sie hatte einfach nur leise geatmet, als er aufgestanden war. Wie hatte er glauben können, sie würde schlafen?

»Wir gehen mal hier im Haus gucken«, sagte Howald. Als Cord aufstehen wollte, hielt er ihn zurück. »Bleib du hier.«

Cord lehnte sich gegen die Wand und atmete flach. Der Schmerz in seinem Kopf wanderte von der Stirn in die Schläfen. Übelkeit kroch in ihm hoch. Er hörte die beiden durchs Haus gehen, ihre Schritte auf der Treppe über sich in den Kammern, dann wieder auf der Treppe, in der Stube, der Küche, der Diele. Gerade war er selbst noch durch die Räume gegangen, und trotzdem dieses flaue Gefühl: Was sahen die da jetzt? Ein vergessenes Kleidungsstück von Grete? Doch die Flobert? Anna? Warum hatte die verdammt noch mal das Haus verlassen? War sie ihm nachgegangen? Bis hier unten? Ausgerechnet in dieser Nacht?

Er stand an die Wand gelehnt wie auf einer schiefen Ebene, die sich unaufhaltsam einem Abgrund entgegenneigte. Er hörte, wie Hitzke und Howald den Namen seiner Frau riefen. Und obwohl er sicher war, dass Anna nicht antworten würde, rief er auch nach ihr.

»Sag mal, Hennes«, Hitzke blickte ihn gerade an, »kann nicht sein, dass die zu ihrer Familie ist, oder?«

Cord lachte, so absurd erschien ihm der Gedanke. Bestimmt nicht! Anna war die Älteste von fünf Geschwistern, die Eltern waren heilfroh gewesen, als sie mit fünfundzwanzig endlich geheiratet hatte und aus dem Haus kam. Ihre Mutter hatte nur ungläubig den Kopf geschüttelt, als Cord mit Anna aufgetaucht war. Dass einer ihre Tochter freiwillig nahm, konnte sie sich nicht vorstellen. Auch Anna war froh gewesen, denn das Haus ihrer Eltern in Hitzmark war winzig, ihre Geschwister teilten sich ein Bett. Anna hatte zuletzt ein Lager auf dem Boden gehabt. Selbst wenn sie wollte, würde sie in Hitzmark nicht bleiben können. Und die Kinder? Anna machte das anders als seine Mutter. Wenn einer heulte, arbeitete sie auch mal weiter, als wär nichts. Die Mutter war immer gleich bei ihm gewesen. Aber dass Anna die Kinder allein ließ und nicht einmal sagte, wo sie hinwollte, das war nicht normal.

»Lass uns zurückgehen. Vielleicht ist sie oben aufgetaucht.« Howald bot Cord seinen Arm, um ihn zu stützen.

Cord stockte. Also doch wieder nach oben. Dabei hätte die letzte Nacht die letzte seines Lebens sein sollen. Wie sollte er Anna seine Verletzungen erklären, wenn sie wiederkam? Im ganzen Dorf würden sie über die Geschichte reden. Und Anna würde wieder so gucken.

»Wie spät ist denn?«, fragte Cord, als sei das entscheidend.

»Mittag. Komm jetzt«, drängte Hitzke.

Komisch, dass noch niemand gekommen war, um den Hof zu sprengen. Auch draußen auf den Trümmern des alten Dorfs kein Mensch vom Verband. Der Nebel hatte sich aufgelöst, das Tal lag kahlgeschoren vor ihnen, die Ronnhöhe mit der Haube aus Tannen, auf der anderen Seite der Bissberg, auf dessen Hang wie kleine weiße Würfel die Häuser des neuen Dorfs standen. Irgendwo ging eine Kreissäge, ein Hammer schlug im Takt, aber weit weg. Und dann endlich rumpelte ein schweres Gefährt über Schotter und Dreck, jemand rief etwas.

Diese Kerle!

Bis hierher konnte man sie hören, dabei mussten sie mindestens noch hinter dem Bissberg sein, um den sich das Tal wand. Brüllten herum, als würde ihnen alles gehören, als gäbe es nicht noch Menschen mit Sorgen und Nöten. Cord hielt sich den Kopf. Was machten die überhaupt noch bei der Brücke? Die musste doch mit dem Bau längst fertig sein, es fuhren doch schon Autos darüber. Das dumpfe Brodeln eines Motors kam von dort, wahrscheinlich brachten sie gleich die Raupe mit, die nachher den Hof planieren würde. Langsam kamen Lärm und Geschrei näher, Cord konnte Bruchstücke verstehen. »Runter!«, riefen sie und irgendwas anderes und wieder: »Runter!« Und dann endlich fuhr der LKW ächzend und prustend um die Kurve. Tatsächlich schleppte er auf einem Tieflade-Anhänger die Raupe hinter sich her. Ein Wunder, dass das ging. Hin und her rappelte das Gefährt auf der schottrigen Straße, schob sich in ihre Richtung. Endlich hielt der LKW zitternd und schnaufend vor dem Hennes-Hof. Das Seitenfenster war heruntergekurbelt, und der Fahrer rief mit würgender Stimme: »Schnell ... bitte ... dahinten ...« Dann riss er die Wagentür auf und übergab sich.

Bevor ich Grete unter die Augen trete, wasche ich mich und ziehe mich um. Sie steht in der Küche, das Radio an, und schneidet Gurken und Paprika fürs Abendessen. Das macht sie immer, haufenweise, obwohl sie weiß, dass ich allerhöchstens ein Stückchen davon nehme, ihr zuliebe.

Ich rutsche in die Eckbank, über mir der Opa, dessen Stolz ungebrochen ist, er starrt von seinem Foto über uns hinweg in irgendeine Ferne, von der wir nichts wissen. Grete reicht mir den Brotkorb, ich nehme eine Scheibe und ein Stück Paprika.

»Na, siehste«, sagt Grete, sie streichelt mir den Arm.

Ich lege Mortadella auf das Brot, die Paprika darauf, aber ich kriege es nicht runter, mein Hals ist wie verschlossen. Wie kann ich essen, wenn ich weiß, wo Marion war, bevor sie verschwunden ist. Der alte Hennes weiß doch, wo sie ist. Der hat doch was damit zu tun. Und Paul schützt ihn, hat Grete ja gleich gesagt.

»Fehlt dir noch was? Du isst gar nicht!« Sie spricht mit dieser weichen Stimme, mit der sie redet, wenn ich krank bin.

»Ich weiß auch nicht.«

»Wo warst du denn eigentlich?«

»Bei Kati.«

»Die ganze Zeit? Aber die war doch hier und hat nach dir gefragt.«

»Dann hab ich noch mein Handy gesucht.«

»Bei dem Wetter? Mit dem bösen Fuß?« Ihre blauen Augen. Vor denen gibt es kein Entkommen.

»Gab es in deiner Familie jemand, der schlechte Augen hatte oder blind war?«, frage ich schnell, bevor mich der Mut verlässt.

»Was?«

»Oder in Opas Familie? War da einer blind oder fast blind oder so?«

Wenn Grete von früher redet, muss ich manchmal an eine Quelle denken, an Wasser, das zwischen Moos und Steinen aus der Erde sprudelt, unablässig und nachdrücklich sickern die Worte aus ihr raus, wenn sie einmal loslegt. »Also, der Vatti hat nie eine Brille gebraucht. Mit der Flobert konnte der eine Ratte auf zehn Meter erwischen. Die Mutti hatte eine Brille zum Nähen, und wenn sie mal was lesen wollte. Hat sie aber nie benutzt. Bis zum Schluss nicht.«

Sie sieht sich reflexhaft nach ihrer eigenen Lesebrille um, die offenbar noch immer unangetastet in einem Etui im Flur liegt. »Die Augen waren bei allen gut, aber die Lunge nicht. Beim Vatti kam dann noch das Bein dazu. Tante

Lisbeth, die hatte es auch an der Lunge nachher. Das war schon immer so: Lisekes hatten's mit der Lunge, bei Howalds waren sie schwerhörig, bei Hitzkes hatten die Männer alle Glatze ...«

»Und der Opa?«

Sie lacht, aber nicht fröhlich. »Wenn es nach dem Johann gegangen wär, dann waren bei ihm in der Familie alle quietschgesund. Was hat der sich immer aufgeregt, weil der Vatti nicht mehr konnte. Und dann die Mutti. Da hat er immer gleich gesacht: Das liegt an den Genen, dass die kränkeln. Bei ihm in der Familie gäb's das nicht. Aber wie er später dann selber lag, hat er nichts mehr gesagt.«

»Und keiner aus seiner Familie hatte was an den Augen?«

Grete schüttelt den Kopf. »Der Johann hätt dir da was anderes erzählt, aber die hatten alle Rheuma. Dem Johann sein Vater war ja nicht mehr, aber die Mutter konnte kaum was in die Hand nehmen. Zuletzt saß die im Rollstuhl, ist dann ja auch schnell gestorben. Irgendwann ging es auch beim Johann los, dann der Schlaganfall. War kein schönes Ende.« Marion hat mir früher mal erzählt, dass der Opa die Talsperre hat bauen lassen und viel Zeit in Essen in seiner Firma verbracht hat. Aber Grete spricht fast gar nicht von ihm. Und wenn sie mal etwas über ihn sagt, klingt es, als würde sie von einem Film erzählen, der ihr nicht gefallen hat.

Grete holt schon Luft, um weiterzureden, da hält sie inne, ihre Augen werden zu Schlitzen. »Fragst du wegen Marion?«

Ich nicke mit Blick auf mein angebissenes Brot.

»Hab ich doch schon gesagt, dass die 'ne Brille braucht, mehr nicht. Aber da ist die zu eitel. Von wegen blind.«

»Sie war deswegen bei Doktor Schürholz.«

»Wurde auch Zeit.«

»Der hat ihr gesagt, dass sie RP hat.«

»Was hat sie?«

»Eine Augenkrankheit, von der man blind werden kann.«

Grete schüttelt missbilligend den Kopf.

»Wer sagt das?«

»Cord Hennes.« Das wird Ärger geben.

Grete richtet sich auf und sieht mich an. »Du warst gar nicht bei Kati!«

Von Grete bei einer Lüge erwischt zu werden ist kein Spaß. Sie schüttelt fassungslos den Kopf.

»Ich war nur kurz bei Paul«, sage ich schnell.

»Und, war's schön?«, fragt sie mit schmalen Lippen.

»Geht.«

»Na dann!« Sie widmet sich wieder ihrem Brot, sieht aus dem Fenster, schiebt sich den Rest in den Mund, schräger Blick zu mir. »Iss doch!«

Das ist fast noch schlimmer als das Donnerwetter, das ich erwartet hatte. Ich sollte das Ganze auf sich beruhen lassen, den Mund halten, essen und morgen den ersten Zug nehmen.

Stattdessen sage ich: »Der ist richtig komisch, der alte Hennes. Ist der ... also, ist der verrückt oder so was?«

Grete schüttelt den Kopf, und es ist nicht klar, ob sie

das tut, weil das eh klar ist oder weil sie vielleicht doch anderer Meinung ist.

»Da könnt ich dir Geschichten erzählen. Dem Jan seinen Oppa, den müssteste mal fragen. Wenn der noch leben würde ...«

»Ich will nur wissen, ob der Dinge einfach nur so sagt oder ob da was dran ist.«

»Was hat er denn erzählt?«

»Marion war da«, höre ich mich sagen.

Ihre Augen werden groß und rund. »Wo? Beim Hennes? Im Birkenweg?«

»Nicht heute, letzte Woche, Sonntag. Wahrscheinlich bevor sie ins Frizz gegangen ist.«

Grete nickt, nimmt Brot, streicht Butter darauf, ganz ordentlich streicht sie, bis das helle Fett das graue Brot vollkommen bedeckt, und streicht noch weiter, dass es bis zu den Kanten geht, und auch dann hört sie nicht auf, streicht noch mehr darauf, dass die Schicht dick ist und üppig.

»Was hat sie da gewollt?«, fragt sie, ohne das Streichen zu unterbrechen.

»Wusstest du, dass sie den Hennes und seinen Hund angefahren hat?«

»Letzte Woche?«

»Nein, ist schon länger her. Danach ist sie zum Augenarzt gegangen.«

Grete schüttelt den Kopf.

»Der alte Hennes und sie haben die gleiche Augenkrankheit. Kann das sein?«

Ihr Blick geht zurück zu Teller, Brot und Butter, ihre Hand nimmt die Schmierbewegung wieder auf.

»Meinst du, er lügt?«, frage ich.

»Der Hennes? Hat der das gesagt?«

»Marion hat ihm erzählt, dass sie diese Augenkrankheit hat: Retinitis pigmentosa. Hast du das schon mal gehört?«

»Und der Hennes soll das auch haben?«

Ich nicke.

Sie starrt auf ihren Teller und das dick gebutterte Brot, als wüsste sie plötzlich nicht mehr, was sie damit anfangen soll.

»Das hätt sie ja auch gleich sagen können«, murmelt sie.

»Was denn?«

»Schlägt einfach die Tür ein, mitten in der Nacht. Die gute Scheibe. Das hätt sie doch sagen können.«

»Wer?«

»Schreit hier rum, als wär sonst was.«

»Wer denn?«

»Na, wer wohl? Deine Marjon. Was glaubst du, wer die Tür im Flur zerdeppert hat?«

»Wovon redest du? Das warst du doch selbst mit dem Staubsauger, hast du mir selbst erzählt.«

»Nachts kam sie her, hat Lärm gemacht und dann mit dem Stuhl die Tür kaputtgehauen, weil ich nicht gleich aufgemacht hab. Der Stuhl war auch hin. Rumgeschrien hat se. Aber dass sie direkt vom Hennes kommt, hat sie nicht gesagt.« Grete atmet kurz und hastig. »Was hab ich ihr denn getan? Ich wusste nicht mal, was ich ihr getan hab.« Ihre Stimme zerfließt, sie bedeckt das Gesicht mit den Händen. Ich habe Grete noch nie weinen sehen. Was tut man, wenn die Oma weint? Was tut man überhaupt, wenn jemand so schlotternd schluchzt? Ich rutsche näher zu ihr, obwohl ich lieber weglaufen würde, und lege meinen Arm um sie, drücke und streichle sie abwechselnd, diese zitternden kleinen Schultern. Gut, dass sie sitzt, sonst hätte ich Angst, sie könnte zusammenbrechen. Ich will, dass sie sich beruhigt und wieder die normale Grete ist, trotzdem muss ich endlich verstehen, was sie da redet.

»Grete? Wann war das mit Marion? War das, als sie mich in Berlin besuchen wollte? Hat sie in der Nacht davor die Tür kaputtgemacht?«

Grete bebt heftiger, könnte sein, dass sie nickt. So bekomme ich nichts aus ihr raus. Ihr Schluchzen verzerrt jedes Wort, vielleicht sagt sie auch gar nichts.

»Oma! Bitte! Hör doch auf.«

Aber sie weint und schluchzt und schnieft, dass die Welt bebt, während sich das Tageslicht vollends verliert und uns in bläulicher Dunkelheit zurücklässt. Irgendwann mache ich die Lampe an, räume den Tisch ab, die Wurst und den Käse in die Frischhaltedöschen, das Brot ins Brotfach. Das Geschirr wasche ich ab. Gretes und meine ungegessenen Brote landen im Biomüll.

Als ich fertig bin, weint Grete nicht mehr. Sie sitzt noch am Tisch und starrt vor sich hin mit wässrigen, leeren Augen. Ich setze mich zu ihr: »Grete? Was ist denn nur los?«

Keine Reaktion.

»Weißt du irgendwas von Marion? War sie hier? Bitte! Sag doch was!«

Gretes Mundwinkel zucken bedenklich. »Mein Gott, ich bin so erschrocken, wie sie die Tür mit dem Stuhl zerdeppert hat. Und überall die Scherben.«

»Wann war das?«

»Sie wollt doch zu dir. Ich dachte, sie wär längst los. Mein Gott, ich hätt fast geschossen. Ich dachte, es wär ein Einbrecher.«

»Und um wie viel Uhr war das?«

»Mitten in der Nacht. Zwölf oder was.«

»Und was wollte sie?«

Grete schüttelt den Kopf. »Sie hat immer gemacht, was sie wollte. Nichts …« Ihre Stimme bricht ab, sie gurgelt und schnieft.

»Bitte, Grete! Was ist denn?«

Aber sie ist gar nicht richtig da, sie ist irgendwo, wo es traurig und hoffnungslos ist.

»Grete! Hat Marion gesagt, wo sie hinfährt?«

Grete schließt die Augen.

»Bitte, Grete!«

Sie schüttelt den Kopf. »Hat sie nicht gesagt. Ich dachte, sie fährt zu dir. Wie sie so rumgeschrien hat, da hab ich einfach genug gehabt. Da war Schluss. Da hab ich gesagt: ›Raus! Das ist mein Haus! Brauchst gar nicht wiederkommen!‹ Und dann ist sie gegangen. Ins Auto gestiegen und weg.« Sie steht auf, langsam, hält sich dabei erst am Tisch fest, dann am Stuhl, als hätte sie Angst umzukippen. Mit wackligen Schritten geht sie ins Bad. Ich höre, wie sie den

Schlüssel umdreht, das macht sie sonst nie. Kurz darauf geht die Schlafzimmertür.

»Alles in Ordnung, Grete?«

»Ja!«

Es ist nicht einmal neun Uhr, aber es fühlt sich an wie tiefe Nacht. Ich kann mir kaum vorstellen, dass ich erst seit drei Tagen hier bin. Es müssen Wochen sein, Monate. War ich je in Berlin? Wäre ich nur dort geblieben. Alles ist glasklar dort, der Laden, die Kunden, die Ware. Vinz. Er hätte nie eine andere in den Laden gelassen. Seit ich hier bin, wird alles trüb und undurchsichtig.

Ich gehe in mein Zimmer. Morgen werde ich fahren und die Dinge hier sich selbst überlassen. Nach Berlin, den Laden verteidigen. Und Vinz. Soll er doch andere Frauen »einstellen«. Mich wird er nicht los. Mich kriegt er nicht aus dem Laden. Ich werd's ihm schon zeigen. Morgen. Auf dem Bett liegend, lausche ich auf Gretes Geräusche, aber da ist nichts, nicht einmal ein Ruckeln oder Rascheln, kein Stöhnen oder Schnarchen. Nichts.

Ich kann die Dunkelheit um mich riechen, sie duftet nach Anspitzspähnen und ein bisschen nach Weichspüler, nach Sauberkeit und etwas Schwerem, von dem ich nicht herausbekomme, was es ist.

Und dann geht die Tür auf, und sie steht da: Marion. Rotes, wippendes Haar, dunkel umrandete Augen, enges Top, Jeansjacke.

»Luca!«

»Wo warst du?«

Aber sie sagt nichts mehr, sondern winkt nur, dass ich mitkommen soll. Und ich springe aus dem Bett, denn sie wendet sich schon zum Gehen. In Eile, dass ich sie nicht verliere. Ich kann kaum Schritt halten, so schnell ist sie. Sie verlässt schon das Haus, durch die obere Tür, und geht die Treppe runter auf den Hitzmarker Weg.

»Luca, komm.«

Aber ich komme doch. Ich renne, wie ich noch nie gerannt bin. Gerade noch ist ihre Jeansjacke zu sehen, die auf die Bosbacher Straße abbiegt. Da geht sie, flink, in Richtung See. Und ich hinterher. Sie nimmt auch nicht die blöde Unterführung, sondern steigt gleich über die Gleise. Oben auf dem Bahndamm steht sie, als ich sie erreiche. Sie schirmt die Augen mit der Hand ab und blickt ins Tal. Doch statt des Wassers sind dort nur Wiesen und Weide, die Ronne ist nur noch ein schmales Rinnsal, gesäumt von Sträuchern und Bäumen, das sich in Richtung einer Ansammlung kleiner Häuschen windet. Rechts und links davon der Bissberg und die Ronnhöhe, beide vollkommen mit Wald bewachsen.

»Komm, Luca.« Ihre Stimme zieht mich mit, sie lenkt meine Schritte den Hügel runter, und weiter zu den Häusern, wo man uns schon erwartet. Das wissen wir beide. Marion kennt den Weg, sie schreitet, sie gleitet, sie fliegt ja fast, dass ich wieder nicht mitkomme. Meine Schritte sind schwer, als würde der Boden kleben, als müsste ich durch dicke Suppe waten, die bei jedem Tritt zäher wird.

»Warte, Marion!«

Doch sie eilt weiter, wir werden ja erwartet. Schon

ist sie zwischen den Häusern verschwunden, und ich stecke fest in einem unsichtbaren Sumpf, gleich neben dem Bächlein.

»Warte, Mama.«

Und da kommt sie zurück, huschend schnell, mit federleichten Bewegungen.

»Luca«, flüstert sie. Wie warm und sanft ihre Stimme ist. »Luca, warte auf das Wasser.« Da erst merke ich, der Boden, in dessen unsichtbarer Verankerung ich stehe, ist feucht, eigentlich eine Pfütze, eine große Pfütze, nass umschließt es meine Knöchel.

»Marion!«, rufe ich. »Mama!« Aber da ist sie schon fort, davongeschwebt, in irgendeines der Häuser, die anheimelnd, doch für mich unerreichbar weit entfernt stehen. Und das Wasser greift nach meinen Waden. Keine Chance, die Füße zu bewegen.

»Mama!«, rufe ich. Da ist das Wasser schon bei den Knien. »Mama!« Und keine Antwort. Die Häuschen sind gar nicht mehr so nah. Als wären sie weggerückt von mir oder als würden sie schrumpfen.

»Mama!« Da ist das Wasser schon an meiner Hüfte, bald wird es mich ganz umfangen, meinen Oberkörper, die Schultern, den Hals und dann das Kinn. Eine Weile werde ich es noch strecken können, aber dann.

Dieses Rumpeln, müsste es nicht gluckern und glucksen?

Klack! Eine Tür. Ich sitze aufrecht im Bett. Ich bin bei Grete in meinem Anspitzzimmer, und gerade ist eine Tür gegangen, wenn mich nicht alles täuscht.

Marion? Bist du das?«

Ich schlage die Decke zurück und gehe in den Flur. Die Tür zu Gretes Schlafzimmer steht offen. Das Doppelbett mit der unbenutzten Seite, auch Gretes Hälfte ist leer.

»Grete?«

Ich gehe ums Bett rum, als würde sie sich da irgendwo verstecken, aber da ist nicht mal mehr ihr komisches Gewehr, das am Bettpfosten lehnte. Sie hat es doch wieder weggeräumt, zum Glück.

»Grete?«

Auch das Bad ist leer, die Küche, im Wohnzimmer ist sie sowieso fast nie, auch jetzt nicht. Von draußen fällt bereits trübblaues Licht herein, es muss früher Morgen sein. Durchs Fenster kann ich nur die wattigen dunklen Umrisse der Kirche erkennen und die Auffahrt. Aber da draußen ist sie ja, im Mantel und ohne Kopfbedeckung, was sie sonst nie tut. Sie trägt etwas bei sich, lang und schmal, es scheint schwer zu sein, sie hält es eng an den Körper gedrückt, als wollte sie es beschützen – oder verstecken. Mein Herz schlägt schon heftig, bevor ich es begreife: Sie hat das Gewehr dabei.

»Grete!«

Ich schlüpfe in Schuhe, will aus der Wohnung rennen, aber der Fuß. An der Haustür ist er schon wieder schwer und stechend. Da ich aber weitermuss, ziehe ich ihn nach, humple runter zur Straße, beiße die Zähne zusammen. Da ist Grete, jedenfalls irgendwer, irgendeine Gestalt verschwindet da in die Bosbacher Straße.

»Grete!«

Aber sie dreht sich nicht um, und im Blaugrau des trüben nebligen Morgens ist nicht zu erkennen, ob sie es wirklich ist. Ich humple hinterher, höre meinen Atem, ein einsames Auto, oben auf dem Ronne-Umgehungsweg, und dieses leise klatschende Tropfen, als würde jemand auf nassen Füßen hinter mir gehen.

Auf der Bosbacher Straße habe ich Grete verloren. Da ist niemand. Vielleicht ist sie runter zum See, wie Marion in meinem Traum, vielleicht ist sie auch … Ich überquere die Straße, wo der Birkenweg anfängt. Dahinten ist jemand, verschwindet in der Kurve vor Howalds Haus.

Mein Gott, Grete!

Der Schmerz schneidet mir ins Bein wie ein Messer oder ein Spieß, der bei jedem Schritt tiefer dringt. Es zieht bis in den Oberschenkel. Wie langsam ich bin. Ich höre mich atmen, höre ein paar Enten, dieses merkwürdige Tropfen hier überall.

Sie steht vor Hennes' Haustür, das Gewehr an den

Körper gepresst. Dann legt sie es ab, vorsichtig, wie man ein Geschenk ablegen würde oder ein Baby, direkt auf der Schwelle, so dass man darüberstolpern muss. Sie tritt ein paar Schritte zurück. Ich denk schon, jetzt geht sie, aber sie bleibt stehen und guckt das Gewehr an, wie es vor der Tür liegt. Mit dem Ergebnis scheint sie nicht zufrieden, denn sie hebt es wieder auf – und klingelt. Erst ganz normal, dann noch mal und dann Sturm. Wer geht schon um diese Zeit gleich an die Tür. Drinnen wird gebellt, dann steht der Alte da, das Gesicht noch faltiger als am Tag davor und in Pyjamahose. Ich bin nicht sicher, ob er sie gleich erkennt, er kneift die Augen zusammen.

»Wollt dir was bringen«, höre ich Grete sagen. Spätestens jetzt wird er wissen, wen er vor sich hat. Aber er versteht noch immer nicht, sieht zumindest nicht so aus. Würde mir auch so gehen. Die kleine Frau und ein Gewehr. Was soll das? Will sie ihn abknallen? Aber Grete hält die Waffe quer, eine Hand am Lauf, eine am Holzgriff, so drückt sie das Gewehr gegen ihn. »Hier!«

Er befühlt, was sie ihm vor die Brust hält, und sein knittriges Gesicht wird hart. Er weiß, was das ist. Aber er will es nicht haben. Er schiebt es fort von sich. »He!«

Und Grete: »Los, nimm, ist deins.«

»Geh weg!« Seine Stimme kommt tief aus der verrauchten Lunge.

Aber Grete hört nicht auf ihn. Sie stemmt ihren kleinen Körper in seine Richtung. Sie will um jeden Preis, dass er die Waffe nimmt.

Paul ist hinter seinem Opa aufgetaucht. Er lugt über

Cords Schulter und beugt sich dann hinunter, als würde er etwas mit jemandem besprechen, der kleiner ist als er. Leise beruhigende Worte sagt er, während Grete die Waffe unbeirrt gegen Cord drückt. Und dann höre ich Hella auch schon knurren. Nicht so wie heute Nachmittag, sondern kraftvoll und eindeutig.

»Frau Schreiber? Können Sie ein bisschen zurücktreten. Der Hund dreht sonst durch.« Pauls Stimme klingt gepresst.

Aber Grete hört ihn gar nicht. »Erkennst du's wieder?«, fragt sie Cord.

Der schüttelt nur den Kopf, obwohl ich den Eindruck habe, dass der ganz genau erkennt, worum es geht, so heftig, wie er das Ding abwehrt.

Hella bellt hell und aufgebracht.

»Bitte, Frau Schreiber, ich kann den Hund nicht länger halten.«

Aber die bleibt dabei: »Ist deins. Kannst du behalten.«

Der alte Hennes könnte Grete wahrscheinlich einfach wegschieben, aber irgendwas hält ihn zurück.

»Du!«, sagt er nur, halb Drohung, halb Verzweiflung. »Du!«

»Was hätt ich denn tun sollen? Warten, bis du abdrückst?«, sagt sie jetzt lauter. »Dass deine Kinder ohne Vater sind?«

Hellas Bellen überschlägt sich fast. Paul wirft mir einen Blick zu. Ich sehe, wie viel Kraft es ihn kostet, den Hund zu halten. Aber mein Körper ist völlig steif und taub, nicht mal den Mund kann ich öffnen.

Dass der Alte Grete nicht einfach von sich schubst. Sie stößt noch mal nach, mit der ganzen Kraft ihres kleinen, alten Körpers gegen den des Mannes, dessen Schultern früher bestimmt doppelt so breit waren wie ihre.

Hellas Knurren, ihr Bellen ist jetzt dunkel und bestimmend, sie zerrt und geifert. Und dann reißt sie sich los. Mit einem Satz ist sie bei Grete, wirft sie auf die unkrautdurchsetzten Pflastersteine, knurrt, bellt, Grete versucht, sich mit den Armen zu schützen. Ihr Schrei, als Hella zubeißt.

Wie schnell Paul da ist. Wie er Hella dazu bringt, von Grete abzulassen, und ins Haus zurückdrängt. Grete kauert jammernd am Boden. Ich bin bei ihr. Sie lässt zu, dass ich sie vorsichtig aufrichte. Ihre Hand ist rot und blutig. Sie atmet kurz und heftig in meinem Arm. Säuerlich riecht sie auf einmal und dumpf nach Krankheit. Irgendwo im Haus hat Hella sich noch immer nicht beruhigt.

»Alles in Ordnung?« Das ist Jan. Man wird das Geschrei bis rüber zu Howalds gehört haben, bis zu Hitzkes sicher auch, wahrscheinlich weiß schon ganz Ronnbach Bescheid.

»Mein Gott, Luca! Was ist passiert?« Kati ist auch da.

»Grete ist verletzt.«

»Scheiße!« Kati kniet sich neben uns.

Jan bearbeitet sein Handy. Und mein Blick fällt auf den alten Hennes, der noch immer in seiner Haustür steht, mit dem Gewehr, eine Hand am Lauf, eine am Griff. Grete ist es offenbar doch losgeworden. Er starrt vor sich hin, als hätte er mit allem hier nichts zu tun, scheint nicht einmal zu merken, dass Paul ihm die Waffe aus der Hand nimmt und damit im Haus verschwindet. Dann endlich das Martinshorn.

16. SEPTEMBER 1965

Es fragte niemand mehr, was er im Tal getan hatte. Sie liefen sofort los, um nachzusehen, das war ganz klar. Cord humpelte, aber es ging. Vor ihm der breite Rücken von Howald und der etwas schmalere Hitzke mit der Mütze. Das schmatzende Geräusch ihrer Stiefel auf dem aufgeweichten Weg. Einmal um den Bissberg mussten sie. Die Brücke lag dahinter, weiß und riesig spannte sie sich über das nackte Tal. Hier am Weg hatte der Gerber-Hof gestanden. Sie hatten ihn schon vor einer ganzen Weile gesprengt. Der Schutthaufen rechts von ihnen, Cord sah gar nicht hin. Das wilde Pulsieren, die Stiche im Fuß. Nur nicht denken. Dass Anna einfach so verschwunden war. Und Grete? Es musste noch dunkel gewesen sein, als sie den Hof verlassen hatte.

Schon von weitem sah er, dass da etwas lag auf der erdiggrünen Fläche unter der Brücke, gleich neben der Straße, gute zehn Schritte von der Ronne entfernt. Es war braun oder grau, was da ausgestreckt im Matsch lag, eher ein Tier als ein Mensch. Zwei Männer standen daneben am Wegrand, Arbeiter vom Verband. Howald und Hitzke hatten sie schon erreicht. Das graubraune Ding schienen sie gar nicht zu bemerken. Sie beugten die Köpfe nach unten zu etwas, was gleich daneben, auf der Straße zu liegen schien. Cord erkannte etwas Helles zwischen ihren Füßen. Dann wandte Howald sich zu ihm und schüttelte den Kopf wie jemand, der etwas vollkommen Abwegiges gesehen hat.

Hitzke redete mit den Männern.

Cord beeilte sich mit diesem lästigen Fuß. Howald löste sich von der Gruppe und kam ihm entgegen. Aber es wirkte eher, als wollte er ihn aufhalten. Und tatsächlich stellte er sich Cord in den Weg, als er nur noch wenige Schritte von der Stelle entfernt war.

»Warte, Hennes.«

»Warum denn?«

Howald hielt ihn mit beiden Händen an den Schultern. Dieser Blick. Howald sah ihn an, als müsse ihm dieser Blick schon Antwort genug sein. Aber Cord verstand nicht. Er machte einen Schritt, doch Howald hielt ihn am Arm. Dann kam Hitzke, auch er stellte sich ihm in den Weg. Dieses stumme Einverständnis zwischen den beiden, als ob sie ihm etwas verheimlichten. Cord versuchte, sie zur Seite zu drängen, er musste doch sehen, was da war, und gleichzeitig zog sich sein Magen zusammen. Wieder wechselten Howald und Hitzke einen Blick. Dann traten sie zur Seite, Howalds Hand auf Cords Schulter. Fest und schwer, als wollte er doch noch verhindern, dass Cord weiterging.

Da, wo die Männer noch immer standen, lag ein Fuß ohne Schuh, und dann Haare, dunkelbraun und wirr. Wie konnte denn das Haar so nah an dem Fuß sein? Und erst dann verstand Cord auch, dass das graubraune Ding, das da hingestreckt neben der Straße lag, ein Mantel war, ein unförmiger Filzmantel im Dreck.

»Geh da nicht hin«, sagte Howald, seine Hand ruhte noch immer auf Cords Schulter. Aber der musste ja wissen, dass Cord sich nicht aufhalten ließ. Er stolperte die letzten Schritte bis zu dem Körper am Boden, das Rauschen in den Ohren.

Sie lag mit dem Gesicht im Dreck, das Haar unordentlich um den Kopf, das Bein in einem merkwürdigen Winkel vom Rumpf abgespreizt. Sie trug etwas Weißes, Cord erkannte ihr Nachthemd, es war bis zu den Oberschenkeln hochgerutscht. Cord kniete neben ihr im Matsch, zupfte den Stoff über ihre Beine, legte ihr die Hand auf den Kopf, feuchtes Haar, Blut klebte daran. Er sah zu den Männern hoch, der eine, ein Cousin vom Schmalscheid aus Hitzmark, schüttelte nur den Kopf. Aber Cord wollte dieses Kopfschütteln nicht. Wie fremd sich Anna anfühlte, hatte sie sich nicht schon lange so angefühlt? Wann hatte er ihr das letzte Mal über den Kopf gestrichen?

»Anna«, sagte er leise, wie er es früher mal gesagt hatte, um sie zu wecken. »Anna, ich bin hier.«

Ihr regloser, blutiger Kopf, das Gesicht für ihn unsichtbar im Dreck. Er griff an ihre mantellose Schulter, aber auch die war reglos, reglos und bleiern.

»Anna.«

Cord beugte sich runter zu ihrem Haar, es war gar nicht viel Blut daran. Er beugte sich tiefer, bis er es mit der Nase berührte, mit dem Mund, drückte die Lippen auf das Gemisch aus krausem Haar, weißer Kopfhaut und Blut, wenig, zum Glück. Feucht und kalt, wie ein Stein oder Metall. Er fuhr zurück. Irgendwer legte schon wieder seine Hand auf seinen Rücken.

»Hau ab!«, schrie Cord zu wem auch immer.

Er griff sie bei den Schultern. Anna! Ihr schlaffer Körper, was kümmerte ihn das schmerzende Handgelenk. Er zerrte und zog, um sie umzudrehen, und schließlich glitt sie aus seinen Händen und rollte ihm ganz von selbst ihr Gesicht entgegen. Annas Gesicht. Er wandte sich ab. Und etwas drückte von innen gegen seine Kehle.

Anna!

Und wieder eine Hand auf seinem Rücken. Cord hörte, dass einer der Männer würgte. Vielleicht Hitzke. Und auch ihm stieg es hoch. Von innen drängte etwas nach außen, er spürte es im Hals, im Kopf, sogar in den Augen.

»Der Mantel«, schrie er. »Warum deckt sie denn keiner zu? Es ist doch kalt!«

Gut fünf Jahre ist es her, dass ich beim Abendessen an Gretes Küchentisch sagte, dass ich studieren will. Grete war natürlich nicht einverstanden. Erst fragte sie: »Warum denn ausgerechnet Berlin?«, »Was ist mit der Ausbildung?«, »Warum so weit weg?«. Dann redete sie mir ins Gewissen: »Überleg dir das noch mal«, »Da wirst du dich noch umgucken, alleine in so einer großen Stadt.« Und als ich dabei blieb, wurde sie grundsätzlich: Sie prophezeite mir Unglück, Krankheit und Leid. Dann prophezeite sie es sich selbst. Marion sagte nichts. Sie saß zurückgelehnt auf ihrem Platz auf der Eckbank und sah uns zu wie eine Zuschauerin bei einem Tennismatch. Am nächsten Tag, abends, lag ein Stadtplan von Berlin auf meinem Bett. *Für Luca* stand darauf in Marions Krakelschrift.

Grete beim Abschied: »Du kannst jederzeit zurückkommen.« Marion sagte: »Mach hinne, sonst bist du zu spät.« Eine Sonnenbrille verdeckte ihre Augen, aber ihre Stimme klang ungewohnt weich.

Sie bringen Grete ins Kreiskrankenhaus nach Bosbach. Ich halte ihre Hand auf der Fahrt. Sankt-Christophorus-Hospital. Ein trauriger Heiliger steht davor, als hätte er was verloren, auf den Schultern ein winziges Kleinkind, das ihm den Weg weist. Aber wir werden nach hinten gebracht, zur Notaufnahme. Dort schieben sie Grete in einen Raum mit lauter Geräten, sie muss die Bluse ausziehen, was nicht so einfach ist mit der Hand. Sieht schlimm aus! Rot und blutig geschwollen. Sie haben nichts drumgebunden, damit der Arzt besser sehen kann, was los ist. Aber wir müssen warten, vor uns wird noch ein fast ertrunkenes Kind behandelt.

Wie Grete daliegt, blass, im weißen Unterhemd, die rechte Hand neben sich, als würde sie nicht zu ihr gehören. Sie hat die Augen geschlossen, ihr Atem geht schwer. Sie haben ihr noch im Krankenwagen etwas gespritzt und gesagt, dass sie das beruhigt. Ob ihr kalt ist, frage ich. Wahrscheinlich schüttelt sie den Kopf. In meiner Hand noch die blutige Bluse. Der spitze Geruch nach Desinfektion wird einem bei jedem Drama als Erinnerung mit auf den Weg gegeben.

»Marion?«, fragt Grete.

»Ich bin's, Luca«, sage ich.

»Ach Luca.« Sie spricht wie mit Watte im Mund. Ihre Linke tastet nach etwas, ich umfasse sie vorsichtig. Sie schlägt die Augen auf, blickt mich an.

»Kind!«

Sie drückt meine Hand.

»Jetzt soll er mal sehen mit dem Ding.«

»Was?«

»Ob das überhaupt noch schießt.«

»Das Gewehr?«

Ihr Kichern ist beunruhigend. »Der kann ja nicht mehr zielen, mit dem seinen Augen. Früher auch schon nicht, aber es hätt gereicht.« Mit einem Mal wird sie ernst. »Wär ich nicht gekommen, dann wär's vorbei mit ihm gewesen.« Sie atmet lange aus. »Ich wollt, ich wär zu Haus geblieben und nicht noch los, mitten in der Nacht. Nur wegen dem Ditzken. Wie ich den mit der Flobert gesehen hab, da konnt ich ihn doch nicht lassen.« Sie schüttelt den Kopf, die Augen geschlossen. »Wär dann alles anders gekommen.«

»Ist das wirklich seine Waffe?« Ich verstehe einfach nichts mehr.

Statt zu antworten, flüstert sie: »Ich hätt sie ihm lassen sollen.«

Sie zieht die Luft ein und blinzelt, blickt sich um, stöhnt, schließt die Augen wieder. Ich will gerade fragen, was sie damit meint, da sagt sie: »Hier war ich auch bei der Geburt von der Marion, im Kreißsaal.« Sie verzieht das Gesicht, atmet hörbar. »Die ganze Zeit hat die geschrien, ganz blau war sie von dem Geschrei. Das war nicht normal. Die konntest du keinem zeigen. Der Johann hat zwar nichts gesagt, aber dass er sie mal genommen hätte, wenn sie brüllt ... Nee, da hatte der nichts mit zu tun. Hauptsache, es war gekocht, wenn er kommt, und die Leute hier lassen ihn in Ruhe. Und er konnt es nicht verstehen, dass ich nach dem Vatti gucken musste, wenn Marion mal Ruhe gab, und nachher nach der Mutti. Da hat mir keiner geholfen! Meine Schwestern, die Tante Elsbeth und die Ursula, hatten selbst Familie. Nicht, dass mal eine gekommen wäre. Früher war das selbstverständlich. Hab ich noch gemacht und beim Hennes gearbeitet, als die Anna im Wochenbett lag. Aber bei mir ...« Sie stöhnt leise unter einer schweren Erinnerung. »Der Johann wollte das ja auch gar nicht. Der wollte mit denen aus Ronnbach nichts zu tun haben. Ich sollte mit ihm nach Essen gehen. Aber das ging ja nicht. Am Ende ist er ganz weggeblieben.« Sie seufzt leise. »Nur als er den Schlaganfall hatte, sollt er wieder hierher. Da ist er dann ins Pflegeheim nach Bosbach gekommen. Was sollt er bei uns in Ronnbach ... hat ihm ja nie gefallen. Kannst dich noch an den Oppa erinnern?« Ihre Lider flattern kurz, dann redet sie mit geschlossenen Augen weiter. »Das Pflegeheim ist ja gleich hier. Die Marjon ist immer hin zu ihm. Mir hat sie vorgehalten, dass ich nur ab und zu sonntags gegangen bin. So ist sie. So war sie von Anfang an. So als wär ich das Schlimmste der Welt. Manchmal hab ich gedacht, die mag mich gar nicht, die mag ihre eigene Mutter einfach nicht leiden.« Grete wird immer genug Energie haben, um sich über Marion aufzuregen, dann kann sie noch so schwer verletzt in der Notaufnahme herumliegen. Dennoch ist ihre Stimme wacklig. »Ich hab alles versucht, dass sie mich mag. Hab ihr was geschenkt oder was gekocht, was sie mag. Hat alles nichts gebracht. Dann war es nicht das Richtige, und sie hat rumgemeckert oder es gleich kaputtgemacht. Das Essen flog auch durch die Gegend. Einsam hat das Kind mich gemacht. Da war ich beim Kaffeekränzchen bei Howalds eingeladen. Ich hatte die Tasse noch nicht leer, da hat die Marjon schon mit Kuchen rumgeworfen, der Kleine von denen hatte alles in den Haaren, und dann hat sie ihm noch die Tür vor die Nase geknallt, dass es geblutet hat. Glaub mal nicht, die hätten mich noch mal eingeladen. Oder beim Einkaufen. Ich sag zu ihr: ›Fass nichts an!‹, und dann lässt die 'ne Milchflasche fallen, mit voller Absicht. Hab ich dann saubergemacht, gehört sich ja so. Und die steht dabei und sagt nicht mal ›Entschuldigung‹.« Grete atmet lange aus und nickt, aber mehr zu sich selbst. »Und dann denkst du dir: Bin ich schuld, dass sie so ist? Was ist mit mir, dass sie mich nicht mag? Was meinst du, wie oft ich geweint hab. War nicht einfach.« Sie schlägt die Augen auf, sieht mich direkt an. »Aber dann hat die Marjon dich gekriegt.« Ihr Gesicht entspannt sich, als sie das sagt. »Süß warst du! Wenn ich dich im Arm hatte … das war so schön.« Grete drückt meine Hand. Ich würde gern mal vor die Tür gehen. Diese schrecklich spitze Desinfektionsluft. Wie kann man hier arbeiten, ohne dass einem übel wird?

»Als du da warst, hab ich verstanden, dass es nicht an mir liegt«, sagt Grete mit dieser komischen Stimme. Ihre Wangen haben sich gerötet, als hätte sie Fieber, ihr Ausdruck schwankt zwischen selig und irre. »Es lag an Marjon, Luca. Mit der kannst du einfach nicht zurechtkommen.« Sie klammert sich an meine Hand, meinen Arm, zieht mich zu sich runter. »Ich bin keine schlechte Mutter, Luca.«

Wenn es wenigstens ein Fenster gäbe, das man öffnen kann. Dieser Geruch ist kaum zu ertragen. Und dann auch noch Gretes Hand. »Die Marjon kam mit dir nicht zurecht. Das hab ich gleich gesehen! Das kannte ich ja schon von ihr. Die Marjon stößt die Menschen einfach weg, Luca. Das hält keiner aus. Beim Wolf war es auch so. Ich konnte das nicht mit ansehen, wie sie zu dir war. Die Sauferei und dann das mit dem Finger. Da war es doch besser, dass du dann bei mir warst!«

Diese Luft und kein Entkommen aus Gretes Umklammerung. Es gibt kein Halten mehr, es kommt alles raus. Ich kann gerade noch den Kopf zur Seite wenden, bevor ich mich übergebe. Säuerlich gelber Brei auf grauem Linoleum. Ein paar Spritzer auf Gretes Hemd. Ich werde ihr ein frisches holen.

16. SEPTEMBER 1965

Wie er zurück ins Dorf gekommen war, in den Birkenweg, wusste er nicht mehr. Wahrscheinlich hatten Howald und Hitzke ihn gebracht. Cord hatte Anna nicht zurücklassen wollen. Irgendwie hatten sie ihn überredet, ohne sie zu gehen. Zu Howald natürlich, wo Gertrud in der Stube mit den Kindern wartete, den kleinen Hans auf dem Arm. Frank spielte mit Howalds Jungen auf dem Teppich.

»Wo ist Mutti?«, fragte Frank. Als Allererstes fragte er das. Cord schüttelte nur stumm den Kopf. Und der Frank gleich wieder: »Wann kommt die denn!«

»Die kommt nicht mehr«, sagte Cord.

Gertrud streichelte Hansis Kopf. Cord sah, wie Howald ihr was zuflüsterte und wie sie die Hand vor den Mund schlug. Ihre aufgerissenen Augen machten ihm zu schaffen. Er wandte sich wieder zu Frank, legte ihm die Hand auf die Schulter und guckte ihn an. Braune Augen wie seine eigenen, aber Nase und Mund genau wie Anna. »Die Mutti kommt nicht mehr«, wiederholte er.

»Warum denn?« Als könnte Cord irgendwas dafür. »Ich will aber zur Mutti.«

Und wie auf ein Stichwort fragte Hansi: »Mutti?«

Gertrud drückte ihn an sich, er schob ihr Gesicht weg. »Mutti!«, rief er.

»Ich will zur Mutti!« Frank wischte Cords Hand von seiner Schulter und stampfte mit dem Fuß auf.

Cord ließ die Arme hängen. Hitzke hatte plötzlich Bonbons in der Hand, die er Frank hinhielt, aber der Junge schlug dagegen. Braune Klümpchen prasselten auf den Boden.

Cord hob die Hand. »Na!«

»Ich will zur Mutti!«, brüllte Frank.

Cord ließ den Arm sinken und schloss die Augen. Er war zu schwach, um dem Jungen eins auf den Hintern zu geben. In seinem Schädel wütete der Schmerz, und dann das Handgelenk und der Fuß.

»Mutti!« Franks Geschrei hallte in seinem Kopf nach. Und auch Hansi schrie: »Mutti!«

Gertruds Stimme. »Ich mach euch einen Kakao! Vielleicht habe ich auch noch Schokolade.«

»Ich will keine Schokolade!« Franks schnelle Kinderschritte verließen das Zimmer. Die Tür schlug, er lief nach nebenan, um nach Anna zu suchen.

»Bleib hier, Junge!«, rief Howald.

Aber vielleicht war das gar nicht blöd. Vielleicht war das alles ein Missverständnis, und sie saß drüben und wartete. Cord stand auf, folgte dem Jungen taumelnd. Irgendwer ging hinter ihm her, vielleicht auch alle. Die paar Meter bis zu seinem Häuschen. An der Auffahrt verlor er den Schwung, alles war taub, selbst die Schmerzen waren weit weg, wie Erinnerungen. Diese Tür! Er hatte nie wieder hindurchgehen wollen, und jetzt war's gar keine Frage.

»Frank!«, rief er den Jungen.

»Frank!«

War das seine Stimme? Rief jemand anders?

»Mutti!«

»Anna!«

Verklebtes Haar, ein Mantel im Dreck, ihr Nachthemd, ihr schlaffer Körper. Völlig zwecklos, sie zu rufen. Sie war gegangen, nicht er.

Jemand griff ihm unter die Arme, führte ihn, setzte ihn auf einen Stuhl. Als er die Augen wieder öffnete, saß der alte Liseke neben ihm in der Küche, die Hand auf seiner Schulter. Diese schwere alte Hand. Was, wenn Grete auch hier war? Unruhig sah er sich um. Aber da saßen nur Hitzke und Howald. Gertrud und die Jungen waren nicht im Zimmer. Schritte und Stimmen im oberen Stockwerk. Und hier unten: Lisekes Hand auf seiner Schulter, gut gemeint, aber wenn der wüsste. Wenn irgendjemand wüsste! Alles war verkehrt. Anna sollte hier sitzen, nicht er. Die Kinder hätten sich an sie gedrängt, und sie hätte ihnen mit abwesendem Blick das Haar gestreichelt. Der Vati ist weg, traurig, aber das vergeht. Aber was wusste er schon von seiner Frau? Dass er nicht schon früher was gemerkt hatte. Vielleicht schon auf dem Schützenfest, als sie mit ihm an die Ronne gekommen war. Zu allem bereit, aber so still und irgendwie auf Abstand zu allem. Nicht einmal Lisekes hatten verstanden, warum jetzt die Anna so schnell. Hätte sie nur begriffen, dass er vom Hof nicht einfach lassen konnte. Hätte er nur nicht Grete im Tal getroffen. Ob sie nun die Flobert genommen hatte oder nicht, spielte keine Rolle mehr. Es war für alle zu spät.

»Ich leg mich hin«, sagte Cord. Der Alte nickte.

Das Schlafzimmer war eiskalt, das Bett noch zerwühlt, es hatte keiner Ruhe darin gefunden in der letzten Nacht. Erst als er sich hinlegte, wurde ihm klar, dass Annas Seite von nun an leer bleiben würde. Und wieder diese Frage, sie pochte mit dem Schmerz um die Wette: Warum hatte sie das getan? Warum, verdammt noch mal?

Ausgerechnet Anna, alles an ihr war fest und unnachgiebig gewesen, alles hatte seinen Platz gehabt. Dazu passte so schlecht ihr Haar, das sich kräuselte und wellte, so sorgsam sie es auch nach hinten band. Ihr strenger Körper. Wie sie am Herd stand, die Stirn in Falten, und die Haare wanden sich schon wieder aus der Frisur, mit dem großen Kochlöffel im Topf, Wäsche kochend oder irgendwas anderes, die Kinder hingen ihr am Rock. Manchmal sah es so aus, als würde sie das gar nicht bemerken. Dieses leise Seufzen, das sie sich mit der Zeit angewöhnt hatte. Sie hatte doch alles bekommen, was sie wollte: die Kinder, das Haus, sogar einen neuen Tisch für die Küche. Sie hatte verdammt noch mal keinen Grund gehabt, so zu seufzen!

Ob sie gewusst hatte, was er vorhatte? Und ihm nachgegangen war? Was, wenn Grete nicht aufgetaucht wäre?

Läge dann Anna auf ihrer Seite des Bettes und seine würde leer bleiben? Wären nun beide Seiten des Bettes leer? Wäre sie doch im Bett geblieben. Wären die Frauen doch einfach alle im Bett geblieben in dieser Nacht.

Und dann der alte Liseke. Er hatte ihn angesehen wie einen Sohn. Der wusste ja nicht, was er vorgehabt hatte und was er dann tatsächlich getan hatte, mit Grete. Cord konnte den Alten einfach nicht mehr ansehen, ohne daran zu denken. Und wenn Liseke es wusste und einfach schwieg? Noch schlimmer. Cord konnte nicht mal weg von hier: Die Jungen, ohne Anna hatten sie nur noch ihn. Er war gefangen in dieser Welt und bis oben voll mit Schmach und Sünde. Aber vielleicht änderte Annas Tod auch alles. Vielleicht hatte ihre Tat diese merkwürdige Nacht ausgelöscht. Vielleicht hatte Gott ihn so gestraft, dass er ihm nun nichts mehr schuldig war. Und dann, als ihm endlich die Augen zufielen, hörte er diesen hellen Ton des Horns, dann den Knall, das Zittern des Bodens fühlte Cord sogar im Bett. Sie hatten den Hennes-Hof gesprengt.

Grete schläft, sie haben ihr was gegeben. Manchmal stöhnt sie auf, dass man Angst kriegt, aber eine Krankenschwester mit dichtem grauem Haar sagt, ich soll besser nach Hause gehen. »Deiner Oma kannst du besser helfen, wenn du ausgeschlafen bist. Die wird hier versorgt.« Sie drängt mich aus dem Zimmer und hält mich dann zurück. »Ich hab deinen Nachnamen gesehen. Kennst du zufällig Marion Schreiber?«

Ich nicke vorsichtig, man weiß nie, was dann kommt.

»Siehst ihr ähnlich«, lächelt sie. »Deine Mutter?«

Ich nicke so leicht, dass man es später noch als zufälliges Kopfzucken interpretieren könnte.

»Die hat mit mir zusammen die Ausbildung gemacht. Hat sie dann ja abgebrochen und später in der Kneipe gearbeitet. Erst hier in Bosbach, nachher in Ronnbach. Richtig? Ich hab noch mitgekriegt, dass sie schwanger war. Hab sie ewig nicht mehr gesehen. Grüß sie mal von mir. Das ist echt 'ne Nette!«

Ich will schon schnell weiter, da sagt sie noch: »Mit dem Fuß solltest du zum Arzt gehen.«

»Mach ich.«

Sie lacht und hat verstanden, dass das gerade nicht mein Problem ist. »Hochlegen und kühlen!«, ruft sie mir hinterher.

»Nett« wummert es in meinem Kopf, als ich davon-humple, den Gang runter zum Fahrstuhl, vorbei an Jogging-anzügen und Arztkitteln. »Nett«.

Draußen lässt die Wolkendecke ein paar Sonnenstrahlen durch. Eine übersteuerte Helligkeit, die mich blinzeln lässt nach all dem Neonröhrenlicht. Keine Ahnung, ob Mittag ist oder später, auch nicht, wie ich nach Ronnbach soll, ohne Auto, nicht mal Geld habe ich dabei. Ich setze mich auf eine Bank neben dem Eingang und schließe die Augen. Das Pul-sieren im Knöchel ist der Beweis, dass es mich noch gibt.

Das alles ist, als hätte mir einer einen Hammer über den Kopf gezogen, als würden kräftige Hände am Boden unter meinen Füßen zerren. Aber noch spüre ich die Bank unter meinem Hintern, die Lehne im Rücken. Hier kriegt mich keiner weg, hier bleibe ich sitzen, bis mein Herz auf-hört zu schlagen, bis mein Blut nicht mehr kreist, bis ich Staub werde und schließlich Luft.

Und dann legt sich ein Arm auf meine Schulter. Kati! Sie sagt: »Mann, Mann, Mann.«

Mein Mund ist trocken und taub. Ich kann mir nicht vorstellen, jemals wieder zu sprechen.

Kati sagt: »Na komm.«

Sie fährt mich nach Ronnbach, in Christas Wagen. Wenn die wüsste.

Als wir über die Ronnebrücke fahren, sagt sie: »Ich hätte dich nicht allein lassen sollen auf dem Seefest.«

Ich hebe die Schultern.

»Paul hat mir erzählt, was der Schmalscheid gesagt hat. So ein Arsch!«

»Wie geht's Jans Nase?«, frag ich mit fremd klingender Stimme.

»Schon besser.« Kati grinst. »Schade, dass du den Schmalscheid nicht erwischt hast. Dem hätte ich es echt gegönnt.«

»Ich hätte einfach nicht hingehen sollen.«

Wir sind im Hitzmarker Weg angekommen. Kati stellt den Motor ab. »Ich hätte dich nicht überreden sollen.« Sie wendet sich zu mir, breitet die Arme aus und drückt mich über den Schaltknüppel an sich. »Ach Süße«, flüstert sie. »Tut mir leid wegen meiner Mutter. Die kriegt sich schon wieder ein.« Sie riecht nach Pfirsichshampoo und Kaffee.

Sie stand einfach so im dunklen Flur. Cord erkannte sie von der Küchentür aus. Sie hatte geklingelt. Die anderen kamen einfach rein. Grete hätte das früher auch gemacht, im Tal gab's das gar nicht, dass man geschellt hätte. Er war stumm am Küchentisch sitzen geblieben, bis sie die Haustür geöffnet hatte und ihn rief. Sie sah klein aus da im Flur und irgendwie fremd. Seit der Sache im Tal hatte er sie nicht mehr allein getroffen. Zur Beerdigung war sie mit ihren Eltern da gewesen, aber da hatten sie natürlich nicht miteinander gesprochen. Was hätten sie auch reden sollen? Über Anna? Über das Ditzken? Oder über ein verschwundenes Gewehr? Und jetzt kam sie zu ihm und stand in seinem dunklen Flur, und er machte kein Licht, im Gegenteil, er verdeckte die Helligkeit, die als Rechteck aus dem Türrahmen in Gretes Richtung fiel, mit seinem Körper.

»Cord?« Auch ihre Stimme war klein.

»Was gibt's?«

»Vatti meinte, ich soll mal bei dir vorbeigehen. Ich hab Suppe mitgebracht.« Sie hob etwas in die Höhe, das wahrscheinlich ein Topf war, genau konnte er das nicht erkennen. Er drehte sich um und ließ sie nachkommen. Absichtlich sah er über ihren Mund hinweg, auch über ihr Haar, das ordentlich gekämmt war, etwas kürzer wohl als früher. Sie schob es sich mit einer Bewegung aus dem Gesicht. Blass war sie. Und sie keuchte, als sie den Topf auf den Tisch stellte, als würde sie Gewicht heben. Das Leben ohne Landwirtschaft ließ einen schnell verweichlichen.

»Kohlsuppe«, sagte Grete.

Er nickte.

»Ich hab die für Vatti gemacht, aber der isst fast nichts mehr.«

»Ach so?«

»Dem geht's nicht gut. Kommt schlecht hoch, sitzt den ganzen Tag auf seinem Stuhl und bewegt sich kaum. Er sagt, ich soll dich grüßen.«

»Was hat er denn?«

»Lungenentzündung. Schon die zweite nach dem Umzug. Na, und mit dem Bein hat er's ja eh immer.«

Cord zündete sich eine Zigarette an. Der alte Liseke tagsüber herumsitzend, das hätte es unten im alten Dorf nicht gegeben. Gab ja genug zu tun. »Ich geh ihn mal besuchen«, sagte er.

»Da freut er sich bestimmt«, sagte Grete mit einem Blick, der Cord unruhig machte.

»Schlafen die Kinder?«, fragte sie, als wäre das besonders wichtig.

»Glaub schon. Ist jedenfalls ruhig.« Von dem Geschrei jeden Abend sagte er nichts. Gertrud hatte heute eine Gummiunterlage für Franks Matratze gebracht, der nässte wieder ein. Das ganze Zimmer roch giftig nach Ammoniak. Hansi weinte viel, aber das ließ schon nach.

Grete sah ihn wieder so an.

Er senkte den Blick, ging an ihr vorbei zum Kühlschrank, unten im Tal hatte es nur die kühle Kammer gegeben. Als er neben ihr war, sog er die Luft ein, obwohl er es gar nicht wollte, sie roch frisch nach Wind und ein bisschen nach der Suppe, die sie gekocht hatte.

»Auch ein Bier?«

Grete nickte. Die Zigarettenschachtel, die Cord ihr hinhielt, wehrte sie ab.

Dann saßen sie einander gegenüber an dem Tisch, den Cord selbst gebaut hatte, als hätten sie etwas zu besprechen. Cord zog an der Zigarette, Grete knibbelte an der Bierflasche rum.

»Wir kriegen einen Hafen hier, wusstest du das?« Dieser muntere Tonfall!

»Was sollen wir mit einem Hafen?«

»Es sollen doch Boote fahren auf dem See. Herr Schreiber hat das erzählt.«

»Na, wenn der das sagt.«

Und wieder so ein Blick. Cord zündete sich eine neue Zigarette an der alten an.

Draußen Dunkelheit, Cord sah sein Gesicht im Spiegel des Fensters. Blass und mager wirkte es. Von Grete erkannte er nur die Flasche und die knibbelnden Finger.

Sie atmete hörbar ein, dann räusperte sie sich. »Wie geht's dir?«

Cord hob die Schultern, und dann steckte ihm etwas im Hals, das er weghusten musste. »Muss ja.«

Er klopfte die Asche auf einem kleinen Teller ab, auf dem noch Brotkrümel vom Abendessen lagen. Grete schob ihre Hand auf den Tisch, als würde sie dort etwas suchen. Er nahm einen Schluck Bier. Sie zog die Hand wieder zurück.

»Warst du noch mal unten?« Sie sagte das so leise, dass er sie gerade eben verstand.

Er schüttelte den Kopf, sah ihr Gesicht, die Wangen, die Lippen und wandte den Kopf wieder zum spiegelnden Fenster. »Du?«

»Das Ditzken ist uns wieder weggelaufen. Da bin ich noch mal runter. Der Vatti hat noch geschimpft, weil wir es ja hier gar nicht brauchen können, mit dem Teppich und so.«

Cord drückte die Zigarette auf den Teller.

»Ist ganz komisch da unten. Alle Häuser weg. Nur noch die Straße ist da, wie auf'm Friedhof, nur ohne Steine. Das Ditzken saß auf'm Schutthaufen von deinem Hof und hat geschrien. Klang wie ein Baby, das seine Mutter ruft.«

Sie wandte sich wieder dem Bier zu, knibbelte daran herum. Die Flasche war noch ganz voll.

»Ist das Ditzken jetzt bei euch?«, fragte Cord.

»Es darf aber nicht ins Haus.«

»Klar.«

Eine neue Zigarette. Der Rauch brannte im Hals, in der Lunge. Die knibbelnde Grete vor ihm. Sie sah ihn an, räusperte sich.

»Cord?«

»Hm?«

»Bist du böse auf mich?«

»Warum sollte ich?«

»Weiß nicht. Ich war ja lange nicht mehr hier.«

»Und?«

»Es ging mir nicht gut.«

Ihre blassen Wangen, selbst der Mund war farblos.

»Was hattest du denn?«

»Mir war übel, die ganze Zeit.«

»Und jetzt ist wieder gut, oder was?«

Sie hob die Schultern, versuchte zu lächeln, wurde wieder ernst. Wie jung sie war. Er war nur fünf Jahre älter und fühlte sich wie ein Greis.

»Was kommst du da zu mir, wenn dir nicht gut ist? Meinst du, mir geht's gut?«

Sie guckte wieder so. Den Blick hatte sie als Kind, wenn er mit Howald und Hitzke zum Angeln ging und sie nicht mitdurfte.

»Cord?«

»Hm?«

»Ich hab an dich gedacht. Ganz oft.« Dann flüsterte sie: »Hast du auch an mich gedacht?«

Ihre Wangen, rosa wie früher, daran erkannte er, dass er richtig verstanden hatte. Ihre weiche Haut in der Nacht, das verschwundene Gewehr, Anna!

Sie wich seinem Blick aus, legte wieder ihre Hand auf den Tisch, suchend. Sein Herz schlug, irgendwas Heftiges drückte von innen. »Sag mal, wie stellst du dir das eigentlich vor! Kommst hier rein, knibbelst an der Flasche rum, ohne zu trinken. Anna ist tot, ich bin am Ende. Was willst du von mir!«

Sie schob die Flasche von sich. Zitterte sie? »Nichts. Ich will gar nichts von dir, Cord.«

Er sah sie aufstehen.

»Bleib sitzen, ich find die Tür schon«, sagte sie, ohne ihn anzusehen.

»Gut.« Er stand trotzdem auf.

»Bring den Topf einfach zurück, wenn die Suppe alle ist.«

»Ist gut.«

Sie zog ihre Jacke enger um sich – Cord merkte erst jetzt, dass sie die gar nicht ausgezogen hatte – und tauchte im dunklen Flur unter, ohne einen letzten Blick.

»Ich komm die Tage und seh nach deinem Vater«, rief er ihr nach, aber er wusste nicht, ob sie das noch gehört hatte. Etwas von Gretes windiger Wärme hing noch in der Luft.

Gretes Wohnung riecht wie Klamotten, die jahrelang im Schrank hingen: nach Mottenkugeln und Stockflecken. Als würde sie seit Wochen leer stehen, dabei haben wir sie heute früh erst verlassen. Ich taste durch den dämmrigen Flur in die Küche, wo alles ist, wie wir es gestern Abend verlassen haben, nicht einmal die Brote im Biomüll haben sich großartig verändert. Auf der Eckbank sitzend, verdrehe ich mir den Kopf nach Opa Schreibers Foto. Wie er – ein bisschen arrogant, wenn man es genau nimmt – über meinen Kopf hinwegguckt. Ein glattes Gesicht mit vollen Wangen, das Haar ordentlich nach hinten gekämmt.

»Er ist dir egal«, hat Marion ihrer Mutter immer vorgeworfen. »Du hast ihn nie geliebt.«

Und Grete darauf: »Was weißt du schon von Liebe!«

Opa sagte da gar nichts mehr zu, zumindest nicht, seit ich alt genug war, das mitzukriegen: erst Schlaganfall, später tot. Jetzt würde ich ihn gern fragen. »Hat sie dich geliebt? Und du? Hast du sie geliebt? Hattet ihr es auch mal gut miteinander?« Und gerade als ich das Bild abnehmen will, um wenigstens das zu befragen, klingelt es an der Tür.

Es ist Paul.

»Mein Opa schläft. Ich wollt nur mal gucken, wie's dir geht.«

»Gut.«

Dass der sich hierhertraut. An seiner Stelle würde ich mich von meiner Familie fernhalten.

»Kann ich reinkommen?«

Grete würde ihm die Tür vor der Nase zuschlagen. Aber was würde das bringen? Einen wie Paul wird man nicht los, auch wenn man es schafft, ihn nach Hause zu schicken. Der bleibt einem im Kopf mit diesen unwahrscheinlichen Augen. Er folgt mir ins Wohnzimmer. Lieber nicht in die Küche, wo ich immer das Gefühl habe, Grete hört mit, da kann sie noch so sehr im Krankenhaus liegen. Und dann stehen wir zwischen dunkelgrünen, etwas muffigen Polstermöbeln, auf denen fast nie jemand sitzt. Das hier könnte genauso gut ein Zimmer fremder Menschen sein, das nur zufällig in diese Wohnung geraten ist. Unmöglich, sich hierhinzusetzen und zu plaudern. Ich lehne mich an die Balkontür. Er stellt sich zu mir, als gäbe es da mehr zu sehen als den Hitzmarker Weg und die Kirche und ein kleines bisschen Ronne, wenn man den Hals reckt.

»Warum hat deine Oma das getan?«

Ich hebe die Schultern.

»Mein Opa ist völlig durch den Wind. Wie der geflucht und gewütet hat. Ein Stuhl ist kaputt und ein paar Teller.« Er sieht mich an. »Der würde deine Oma, ohne mit der

Wimper zu zucken, umbringen, wenn sie ihm jetzt begegnen würde.«

»Da hat er gerade eine super Gelegenheit verpasst.«

Er stößt die Luft aus, ein Geräusch zwischen Lachen und Ratlosigkeit. »Wie geht's ihr denn jetzt?«

»Wird schon.«

»War schon heftig, was die da gebracht hat.«

Aber so merkwürdig Grete sich auch verhalten hat, aus irgendeinem Grund kann ich das nicht auf ihr sitzen lassen. »Guck dir doch mal deinen komischen Opa an!«

»Reg dich ab. Das war nicht so gemeint.« Er legt mir die Hand auf die Schulter. Wie warm die ist, aber ich wische sie weg.

»Mann, Luca. Was soll ich denn machen? Ich kann doch nichts dafür, dass deine Oma hier mit einem Gewehr durch die Gegend läuft, und ich kann auch nichts dafür, dass deine Mutter schlecht sieht oder mit jedem hier …«

»Was?«

Meine Halsschlagader pulsiert spürbar. Das Blut rauscht in den Ohren.

»Ach Scheiße, ich wollte nicht …« Wieder ist seine Hand auf meinem Arm, aber ich schlag darauf, dass er sie wegzieht. Er ist gerade einen Kopf größer als ich, aber schmal. Den mach ich mit links fertig. »Willst du noch irgendwas über meine Mutter sagen?«, fauche ich in seine Richtung.

»Tut mir leid, Luca. Das war blöd von mir.« Er guckt, als müsste ich ihm gleich um den Hals fallen.

»Scheiße war das!« Ich stoße ihn mit beiden Händen gegen die Brust, dass er gegen die Balkonglasscheibe prallt.

»Verdammt, ich hab doch gesagt, es tut mir leid.«

»Da kann ich mir auch nichts für kaufen. Machst hier auf verständnisvoll, und dann kommt so ein Spruch. Ist doch scheiße!« Und schubse ihn noch mal gegen die Scheibe, dass es ein dumpfes Geräusch macht.

»Hör auf, Luca!«

Aber ich will nicht aufhören. Ich hole schon wieder Schwung für den nächsten Stoß, da packt er mich bei den Händen.

»Stopp jetzt!«, sagt er laut. »Es tut mir leid. Ich hätte das nicht sagen sollen. Und jetzt krieg dich wieder ein!« Sein Griff ist fest, da gibt es kein Entkommen. Sieht man ihm gar nicht an, dass der solche Kraft hat, meine Hände stecken in seinen fest. Aber das lasse ich mir nicht bieten.

»Hör auf mit dem Scheiß, Luca. Das wird so nicht besser«, sagt er beinahe ruhig, dabei lässt er nicht locker. Und während ich noch kämpfe und mich winde, zieht er mich zu sich ran, dass mein Gesicht an seiner Schulter landet, dann gibt er meine Hände frei und umfängt mich gleich mit den Armen, dass ich nicht weiterboxen kann.

»Ist gut, Luca«, sagt er mit einer Stimme wie Samt. »Ist gut.«

Aber nichts ist gut. Ich stecke fest zwischen zwei Armen und einem Oberkörper. Es riecht nach Tabak und Schweiß. Nichts ist gut. Es rauscht in meinen Ohren, mein Blut pumpt durch den Körper. Ich beiße die Zähne zusammen gegen den ganzen Scheiß, ich schließe die Augen, ich schlucke gegen dieses fiese Gefühl im Hals, ich schlucke und schlucke gegen die brennenden Augen. Diese scheißbrennenden Augen, dieses Scheißgefühl im Hals, dieses elende Rauschen in den Ohren. Kann dieser Typ mich nicht einfach loslassen, dass ich weg von hier kann. Alles löst sich auf, alles wird durchlässig und gibt nach. Und das sind auch keine Tränen mehr, das sind Sturzbäche, Massen von Tränen, die Pauls T-Shirt einweichen. Aber ist auch egal. Ist doch alles scheißegal. Soll Paul mich halt trösten. Halte ich ihn halt auch fest. Ist mir egal, wie lange wir so stehen. Und was weiß ich, wie ich auf der grünen, komischen Couch gelandet bin und wo Paul plötzlich die Decke herhat, mit der er mich zudeckt.

Früher, beim Seefest, da stand Marion manchmal, wenn es schon richtig spät war, mit dem Rücken an den Getränkewagen gelehnt und sang mit geschlossenen Augen einen Song von Tina Turner oder Bonnie Tyler mit: »What's Love Got To Do With It« oder »It's A Heartache«. Dabei machte sie mindestens so ein leidendes Gesicht wie Tina Turner in den Videos. Ich hielt es kaum aus, meine Mutter so zu sehen, ich hielt es kaum aus, dass alle sie so sehen konnten. Jetzt wäre mir das ganz egal, Hauptsache, sie wäre da. Ich würde sie fragen, warum sie mich nie in den Arm genommen hat und gesagt hat, dass alles gut wird. Ich würde gern wissen, was sie über mich gedacht hat und wie sie dieses Leben ausgehalten hat. Ich würde ihr gern von Vinz erzählen. Wie gut ich seinen Laden kenne und wie wenig ihn. Ich weiß nicht mal, welche Zahnpasta er benutzt. Ich würde Marion gern fragen, was sie von Wolf weiß und was mit all den anderen Typen war. Was das Frizz für sie ist und ob sie ohne die Arbeit dort leben könnte. Ich erinnere mich nicht, dass sie je wirklich in den Urlaub gefahren ist. Vielleicht mal mit Susanne zum Wellness für ein paar Tage. Mehr nicht. Als gäbe es einen Bannkreis um den Ort, den sie nicht (oder höchstens kurz) verlassen könnte. Sie sagte, das Frizz braucht sie. Das war aber vielleicht auch andersrum.

Ich stelle mir das einfach mal vor: Marion, die hochhackig durch die Gegend rennt, deren Leben sich zwischen einer muffigen Kneipe und einer muffigen Wohnung abspielt, merkt, dass sie schlecht sieht. Im Dunkeln ist es am schlimmsten. Ihre Brille hat sie jahrelang versteckt, und wenn sie die jetzt doch aufsetzt oder Kontaktlinsen trägt, hilft das nichts mehr. Sie stolpert oder rempelt jemanden an, sie überredet Fritz, das Licht in der Kneipe nicht mehr zu dimmen. Sie bittet Susanne, sie nachts auf dem Nachhauseweg zu begleiten. Gleichzeitig weigert sie sich, die Augen untersuchen zu lassen, auch noch, als Fritz sie darauf anspricht.

Dann aber fährt sie beinahe den alten Hennes mit Hella über den Haufen. Vielleicht war das ihr erster Unfall überhaupt und dann auch noch mit einem Blinden. Da macht sie dann doch einen Termin beim Augenarzt. Sie ist vielleicht darauf eingestellt, dass man ihr eine Brille mit dicken Gläsern verschreibt. Aber dass sie eine unheilbare Krankheit hat und dabei ist zu erblinden, haut sie um. Sie wird den Führerschein abgeben müssen, nicht mehr arbeiten können, sie wird behindert und hilfsbedürftig sein. Das alles behält sie für sich, nicht einmal ihre Freundin Susanne weiht sie ein, weil die nicht dichthalten kann. Nur Wolf erzählt sie davon. Sie hofft auf einen Ausweg. Er soll ihr sagen, wie man das Schicksal irgendwie abwenden kann, und dann kommt er ihr mit lauter praktischen Tipps (Selbsthilfegruppe, Behindertenausweis beantragen und so).

Aber sie will die Krankheit nicht akzeptieren. Immerhin erkennt sie, vielleicht macht auch Wolf sie darauf aufmerksam, dass sie mit mir reden muss, weil die Geschichte erblich ist. Womöglich will sie auch noch sehen, wie ich in Berlin lebe, solange es noch geht. Das wäre schön, keine Ahnung, ob es zutrifft. Jedenfalls ist das der Moment, in dem sie mich anruft und mir ihren Besuch geradezu aufdrängt. Ich bin mir fast sicher, dass sie wirklich kommen wollte, so wie sie sich anhörte.

Und dann? An dem Sonntag, bevor sie kommen wollte, geht sie noch einmal zum alten Hennes. Das wird vor der Arbeit gewesen sein, es war noch hell. Vielleicht wollte sie einfach nach Hella sehen, womöglich wird auch eine Rolle gespielt haben, dass sie mit jemandem reden musste und keinen anderen hatte. Grete wird sie kaum ins Vertrauen gezogen haben. Susanne und Fritz wohl auch nicht. Ich hätte auch nicht gewusst, wem ich so was erzählen soll. Nachher ist man nur noch die Blinde, die Behinderte, und wer will das schon. Vielleicht hat der Alte sie einfach danach gefragt. Möglich, dass sie selbst erstaunt war, dass sie ausgerechnet dem das jetzt erzählt. Und dann hat der auch noch genau die gleiche Krankheit, kennt sich damit aus, aber er wird auch komisch reagiert haben, als sich das rausgestellt hat. Ein ganz schöner Hammer jedenfalls. Kann sein, sie war erleichtert, dass noch jemand anders diese Krankheit hat, vielleicht hat sie sich dem Alten mit einem Mal auf eine komische Weise nah gefühlt. In jedem Fall wird sie aufgewühlt gewesen sein, als sie ihn verlassen hat und ins Frizz zu ihrer Schicht ging. Da wird das Ganze dann nach und nach zu ihr durchgedrungen sein, sie wird langsam realisiert haben, was es zu bedeuten hat, die gleiche Erbkrankheit wie der alte Hennes zu haben.

Sicher war sie bei der Arbeit nicht bei der Sache. Fritz wird sich ein Herz genommen haben und sie endlich angesprochen haben, dass es so nicht weitergeht und Susanne demnächst ihren Job macht, wenn Marion nicht was ändert. Und Susanne guckt womöglich auf ihre Fingernägel, statt sie in Schutz zu nehmen. Nachvollziehbar, dass Marion da sauer geworden ist. Das war einfach zu viel an dem Tag. War sicher schon dunkel, aber irgendwie, vielleicht mit Hilfe des Handylichts, ist sie nach Hause gekommen, um Grete zur Rede zu stellen. Vielleicht ist ihr alles wie Schuppen von den Augen gefallen (schlechte Metapher, aber egal), alles, was falsch gelaufen ist in ihrem Leben. Vielleicht hatte sie ja auch immer das Gefühl, nicht richtig in ihr Leben zu passen, in ihre Familie, eigentlich anders sein zu müssen. Vielleicht hat sie gehofft, endlich die Antwort darauf gefunden zu haben.

Deshalb konnte sie nicht warten, bis Grete ihr aufmacht, deshalb hat sie deren Wohnungstür mit dem Stuhl eingeschlagen, und sie wird auch nicht in der Stimmung gewesen sein, ihrer Mutter in aller Ruhe auseinanderzusetzen, was sie von ihr wissen will. Sie wird gleich auf sie losgegangen sein. Ich kann es mir genau vorstellen. Genauso wie Gretes Reaktion. Wie sie mit erhöhtem Puls und dem Gewehr aus ihrem Zimmer kommt, wie sie fassungslos ist, dass Marion so randaliert, wie sie sie rausschmeißt.

Als Nächstes wird Marion sich ins Auto gesetzt haben und erst mal Gas gegeben haben. Noch beim Losfahren wird ihr klargeworden sein, dass es so nicht geht. Wer nachtblind ist, sollte im Dunkeln nicht Auto fahren. Aber was hätte sie tun sollen? Nie wäre sie zurück zu Grete gegangen, nachdem die sie rausgeschmissen hat, mit Susanne und Fritz hatte sie gerade gestritten, Wolf lag bei Yvonne im Bett. Sie ist also gefahren mit dem bangen Gefühl, dass sie nicht weit kommen wird. Zum Glück kennt sie die Wege auswendig, nur so ist zu erklären, dass sie vom Hitzmarker Weg auf den Bosbacher Weg kam und von dort aus Ronnbach raus, auf die Ronne-Umgehungsstrecke. Es wird eine ganz schöne Wackelpartie gewesen sein. Sie musste Angst haben, einem anderen Auto zu begegnen oder jemanden im Dunkeln zu übersehen. Vielleicht war ihr auch alles egal, aber spätestens beim Parkplatz vor der Brücke hat sie angehalten. Sie wird verschiedene Optionen durchgespielt haben. Wen sie anrufen kann um diese Zeit und wo sie hinkann. Die Fahrt nach Berlin wird sie irgendwann ausgeschlossen haben. In der Nacht auf der Autobahn, das wäre nicht gut ausgegangen. Einfach im Auto sitzen bleiben ging aber auch nicht.

Also ist sie ausgestiegen und losgegangen. Wohl kaum durch den Wald, da wäre sie nicht weit gekommen mit ihren Schuhen, aber in jedem Fall weg von Ronnbach, also zur Brücke. Mit der rechten Hand wird sie sich am Geländer orientiert haben, mindestens bis zur Markierung in der Mitte wird sie gegangen sein. Sie wird stehen geblieben sein, nachdem sie die ertastet hat, wird den Wind gespürt haben, vielleicht kam sogar ein Auto vorbei. Und es wird nach Wald und Wasser gerochen haben. Sie wird ihren Atem gehört haben und den Wind, den Abgrund vor sich wird sie nur geahnt haben. Ich stelle mir vor, wie sie da oben steht und nicht weiterweiß. Vielleicht erschien ihr plötzlich alles ganz leicht, vielleicht sah sie alles glasklar vor sich, innerlich, meine ich. Dort oben an der Brücke verliert sich ihre Spur für mich. Von da aus geht es in keine Richtung weiter, hier wird ihr Bild blasser, dann durchsichtig und löst sich auf. Und am Ende bleibt nur noch die Brücke, der Wind, der Geruch der Tannen, die Dunkelheit und irgendwo sehr weit unten die Ronne.

Würde ich jetzt tatsächlich dort oben stehen, dann würde ich den Kopf über das Geländer recken Richtung Ronne. Vielleicht würde ich nach Marion rufen, auch wenn klar ist, dass das ganz und gar nutzlos ist. Aber was macht es schon, wenn wir etwas nicht mehr sehen können? Ist es deswegen nicht mehr da? Eine Mutter bleibt eine Mutter, ganz egal, wo sie ist. Und ein Großvater bleibt ein Großvater, auch wenn man nichts von ihm weiß. Das alles würde ich gern Grete erzählen. Sie würde wohl nur abwehrend mit dem Kopf schütteln oder das Radio lauter stellen. Soll sie doch.

28. SEPTEMBER 2015

Seit Grete im Krankenhaus ist, verbringe ich meine Zeit fast ausschließlich mit Schlafen und Essen. Ab und zu fahre ich nach Bosbach, um sie zu besuchen. Ihre Hand verheilt gut, aber sie sagt nicht viel. Sie liegt nur da und starrt an die Decke, als sei dort ein Geheimnis versteckt. Wenn ich komme, wendet sie nur kurz den Kopf, aber die Decke ist wichtiger. Die meiste Zeit schweigen wir. Manchmal lese ich ihr vor. Einmal hat sie von ganz früher erzählt, als ihre Eltern noch lebten und die Ronne noch kein Stausee war. Sie hat das alles beschrieben: das Tal zwischen dem Bissberg und der Ronnhöhe, die Wiesen, die Häuser und Höfe, die Ronne. Und dann war da ein Schützenfest, zu dem sie wollte. Sie durfte aber aus irgendeinem Grund nicht. Am Ende wischte sie sich die Tränen weg.

Sie ist sensibel geworden.

»Beim nächsten Schützenfest bist du dabei«, sagte ich, um sie zu trösten, aber sie schüttelte nur abwehrend den Kopf. Es muss ein besonderes Fest gewesen sein.

Jan und ich haben den Ärzten nichts von dem Gewehr erzählt, auch nichts von Hellas Biss. Das gäbe nur Ärger, und Hella hat schließlich nur ihren Job gemacht. Kati und Jan halten auch dicht. Offiziell ist Grete unglücklich mit der Hand am Zaun hängen geblieben. Die Ärztin hat nur die Augenbrauen gehoben und trotzdem eine Tetanusspritze gegeben. Sie hat empfohlen, ein Pflegeheim für Grete zu suchen. Wenn sie von dem Gewehr wüsste, hätte sie wohl eine andere Art Heim empfohlen.

»Bei Schreiber!«

»Luca?«

»Vinz?«

»Mann, Luca, warum gehst du nicht an dein Telefon!«

»Ich hab's verloren.«

»Weißt du, was hier los ist?«

»Ich kann's mir denken.«

»Was ist denn jetzt mit deiner Mutter?«

»Nichts.«

»Wie? Ist die wieder da?«

»Nein.«

»Und kümmert sich jetzt die Polizei darum?«

»Nein.«

»Lass dir doch nicht alles aus der Nase ziehen. Wann kommst du wieder?«

»Welche Zahnpasta benutzt du eigentlich?«

»Was?«

»Ich weiß gar nicht, welche Zahnpasta du benutzt.«

»Luca, ich hab jetzt echt …«

»Bitte!«

»Okay. Einfach irgendeine, ich weiß nicht, keine Ahnung. Meine Mutter besorgt die.«

Da hätte ich auch selbst draufkommen können.

»Was war das für eine Frau, die ich am Telefon hatte?«

»Wer?«

»Die war neulich im Laden, als ich angerufen habe.«

»Ach Lydia. Die ist jetzt Aushilfe.«

»Ich brauche keine Aushilfe.«

»Jetzt komm. Die hat gerade Stress mit ihrem Freund. Ich kann sie doch nicht auf der Straße schlafen lassen.«

»Schläft die etwa im Laden?«

Vinz räuspert sich.

»Wo schläft sie?«

»Ist nur für kurz. Hier brennt die Hütte, Luca. Wir brauchen dich.«

»Wer ist wir?«

»Also, wir alle hier, der Laden – und ich.«

Es ist Mittag, wenn ich mich beeile, kann ich heute Nacht in Berlin sein. Paul und Kati werden das verstehen. Ich muss arbeiten, ich werde im Laden gebraucht. Irgendjemand wird es Grete schon erklären.

Es rauscht in der Leitung. Im Hintergrund höre ich eine Frauenstimme.

»Bin gleich fertig«, flüstert Vinz. Zu mir sagt er: »Also, wann kommst du?«

»Gar nicht mehr«, sage ich.

Cords Hände waren unruhig. Er hielt den Kamm unter den Wasserhahn und fuhr sich damit durchs Haar, dass es in ordentlich zerteilten Strähnen am Kopf klebte. Im Spiegel erkannte er sein verzagtes Schuljungengesicht wieder, er sah aus wie einer, mit dem die Mutter schimpft, wenn er nicht brav ist. Er nahm die gute Jacke vom Haken und bürstete noch einen Fleck aus der Hose.

»Wir gehen nur eben mal rüber zum Onkel Liseke und zur Tante Herta«, sagte er, als er Hansi die Mütze aufsetzte.

»Und zu Grete«, sagte Frank.

Cord nickte. Dieses lästige Pochen in seiner Brust. Es waren Tage vergangen, vielleicht Wochen, seit Cord die Alten zum letzten Mal gesehen hatte. Früher jeden Tag mehrmals, ständig eigentlich. Wenn sie nicht da waren, hatte Cord sich bei ihnen in die Küche gesetzt und gewartet, bis sie kamen. Die Tür war nie abgeschlossen gewesen.

Wegen Grete war er nicht mehr hingegangen, doch jetzt war alles anders. Seit Grete bei ihm gewesen war. Dass die an ihn dachte! Wie sie das gesagt hatte. Auch mit den Kindern war es leichter seitdem. Er hatte in ihren Augen gesehen, dass da was war. Er hätte freundlicher reagieren sollen. Aber wenn er nun hinging, war er vorbereitet, auf ihre Stimme und auf ihren warmen Duft. Mit Hansi an der Hand verließ er das Haus, den leeren Topf unter den Arm geklemmt. Frank hielt den Deckel.

Kein Mensch auf der Straße. Cord schloss die Augen und atmete tief. Die kalte Luft tat ihm gut, dazu die warmen Hände der Kinder in seinen. Die Wege waren noch matschig, vor Hitzkes Haus hatten sie angefangen eine Gartenmauer zu bauen. Noch waren überall nur helle Wände und schmutzige Straßen. Aber wer weiß ... Der silberne Mercedes hätte ihm fast die Laune verdorben. Cord sah einfach nicht hin. Sollte Schreiber doch hier durchs Dorf fahren, soviel er wollte.

Und dann kam er sich doch wie ein Fremder vor, als er vor dem Haus der Lisekes ankam. Wie groß und weiß! Terrasse unten, oben Balkon, das untere Stockwerk versank nach hinten im Hang. Im Garten war ein dünner Strauch gepflanzt, der Rasen würde wohl erst im Frühjahr kommen. Gepflasterte Auffahrt für ein Auto. Und dann noch die Garage. Zwei Haustüren, eine unten gleich an der Auffahrt, für die andere musste man die Treppe hoch. Beim letzten Besuch hatte er den Alten noch draußen getroffen, da waren sie oben rein. Jetzt waren beide Türen verschlossen. Und unten keine Klingel.

Auf den Stufen stolperte Hansi und riss sich an den kleinen schwarz-weißen Steinchen die Hosen auf. Hellrote Blutstropfen quollen aus einer kleinen Wunde am Knie. Spitzes Geschrei, leierndes Geheul. Er hob Hansi auf den Arm, sagte sogar etwas Beruhigendes, überlegte gerade, doch umzukehren, da stand Herta schon in der Tür. Sie nahm ihm den Kleinen ab und wiegte ihn in diesem Singsang, mit dem sie auch das Ditzken manchmal streichelte. Als Hansi den Kopf an ihre Schulter legte, sah sie Cord endlich an, ihr Gesicht war weich und rund wie Gretes.

»Franz!«, rief sie und wandte den Kopf ins Haus. »Guck mal, wer da ist!« Dann trat sie zurück, ohne auf eine Reaktion zu warten. »Kommt!« Helle Fliesen, neu waren die Garderobe, an der Mäntel hingen, und der riesige Spiegel. Sie setzte Hansi auf den blitzsauberen Boden und wischte ihm die Tränen ab. Zu Frank sagte sie: »Siehst aus wie dein Vater.« Sie lächelte. Hinter ihr die Tür zur Wohnung mit gelblichem Glas, durch das man nur Schemen erkennen konnte. Der Alte hatte ihm alles schon gezeigt, den Balkon mit Blick ins zerstörte Tal, die Terrasse. Stolz vorweghumpelnd, dann auch die Wohnung unten, die halb im Berg verschwand. Hinten Kellerräume, Heizung und Abstellkammer, vorn die Wohnräume. Eine winzige Küche, daneben zwei ebenso kleine Zimmerchen und ein etwas größeres mit Terrassentür. Auch die mit Blick zum Tal. »Fremdenzimmer«, hatte Liseke gesagt.

Cord hatte natürlich den Mund gehalten. Dabei war das doch merkwürdig, hier in Ronnbach Zimmer für zahlende Gäste? Warum sollte man einen künstlichen See besuchen wollen? Es gab doch natürliche.

Herta nahm ihnen die Jacken ab und hängte sie auf, so

wie es Leute in der Stadt vielleicht machten oder entfernte Bekannte, die einander besuchten. Den Kindern zog sie sogar die Schuhe aus. Hinter der Glastür lag ein tageslichtloser Flur.

»Wir gehen ins Wohnzimmer, da ist es gemütlicher.« Herta ging voran wie eine Fremdenführerin. Früher hätten sie in der Küche gesessen. Gretes Zimmer lag hinter einer blassen Holztür auf der rechten Seite. Beim letzten Besuch hatte sie offen gestanden, jetzt war sie zu.

»Ist ewig her, dass ich das letzte Mal hier war«, sagte er viel zu laut, damit Grete seine Stimme hören konnte. Bevor sie die Tür zum Wohnzimmer öffnete, hielt Herta ihn zurück. »Er ist schwach, wunder dich nicht.« Cord nickte, ohne zu verstehen.

Der Alte saß auf einem dunkelgrünen Sessel in der Nähe der Balkontür, den Kopf geneigt, als würde er schlafen. Über seinem Knie lag eine Decke, die Krücken waren an ein Sofa gelehnt, auch das war dunkelgrün. Polstermöbel! Hier war nichts vertraut, selbst Herta und der Alte waren anders.

Stattete er hier einem Greis den letzten Besuch ab? Langsam wandte Liseke ihm sein Gesicht zu, es war müde und furchig. Er nickte ihm zu. Offenbar hatte er Cord erwartet. Herta nahm die Jungen mit sich in die Küche, um ihnen Kakao zu machen. Erst als sie weg war, merkte Cord, dass er noch immer den Topf in der Hand hielt.

»Danke für die Suppe«, sagte er.

Der Alte hob die Schultern. Offenbar wusste er gar nicht, wovon er sprach.

Cord ging neben ihm in die Knie und sagte lauter: »Grete meint, du hast es an der Lunge.«

Wie zur Antwort bekam der Alte einen Hustenanfall, würgend und röchelnd rang er nach Luft. Und noch immer den Topf umfassend, atmete Cord unwillkürlich langsam und deutlich, ein und aus, wie um dem Alten zu zeigen, wie das ging. Der streckte geschüttelt vom Husten die Hand Richtung Tisch. Ein Glas Wasser stand da, und Cord setzte erst den Topf neben sich, dann doch auf den Tisch – Himmel noch mal! –, reichte ihm endlich das Glas und führte seine Hand, als er es an den Mund setzte. Ein kleines Rinnsal ging daneben. Und wieder ein Anfall. Cord nahm ihm das Glas schnell wieder ab, als der Husten den schmalen Körper schüttelte. Danach saß der Alte zusammengesunken da, sein Atem ging rasch wie nach einem Dauerlauf.

Cord wandte den Kopf zur Tür. Aus der Küche hörte er Herta leise mit den Kindern reden. Franks helles Stimmchen. Hansis Krakeelen.

Keine Grete.

Neben ihm rasselnde Atemzüge.

»Ich war lange nicht da«, sagte Cord und ging wieder neben dem Sessel in die Knie.

Der Alte tätschelte ihm die Schulter.

»Ich hab den Topf wieder mitgebracht«, sagte Cord und deutete mit dem Kinn auf das Tischchen.

»Gut!« Ein Laut wie ein Husten, brodelnd und kurz, das erste Wort überhaupt, das der Alte sagte, seit er hier war. Cord legte seine Hand auf die des Alten und versuchte, ihn nicht anzustarren. Diese gelbe Haut, unter den Augen Falten wie kleine Säcke. Und er war die ganze Zeit nicht da gewesen! Nur wegen Grete. Wo war die überhaupt?

Herta kam mit den Jungen ins Wohnzimmer, da hockte Cord noch immer neben dem Sessel. Auf den Oberlippen der Kinder sah Cord Spuren von Kakao. »Wir haben Schokolade gekriegt«, rief Frank. Er hielt eine Tafel hoch wie eine Trophäe. Herta lachte. Hansi fummelte schon am Papier herum. Herta stellte ihnen einen Kasten mit Bauklötzen hin. Die Jungen kippten ihn auf dem Teppich aus. Hansi mit Schokolade an den Händen.

Vielleicht schlief Grete nur.

»Ja, und hast du denn schon unsere Neuigkeiten gehört?«, fragte Herta in so einem Ton, an dem man nicht erkennen konnte, ob er Gutes oder Schlechtes verhieß.

Cord sah sie an.

»Die Grete wird heiraten.«

»Was?«

Er spürte die Hand des Alten, sie schob sich über Cords Finger und drückte sie leicht.

»Die Grete wird heiraten«, sagte Herta noch einmal langsam und lauter wie zu einem Schwerhörigen.

»Wen?« Vielleicht war es gut, so laut zu reden.

»Na, den Johann Schreiber vom Talsperrenverband. Kannst du dir das vorstellen?«

Und wieder hatte Cord das Gefühl, nicht richtig zu verstehen. Wie vor ein paar Wochen, als Anna plötzlich verschwunden war. Die Verlobung zwischen Grete und Schreiber war mindestens so unwahrscheinlich.

»Die sind eben zusammen weg, du müsstest sie noch gesehen haben.«

Der silberne Mercedes. Cord schluckte. Er spürte die Finger des Alten, ihren Druck, selbst dem kranken Liseke konnte er nichts vormachen. Cord wand seine Hand aus der Berührung. »Wirklich?«

»Um ehrlich zu sein, ich versteh's auch nicht, aber Grete will es so. Was willste da machen? Und die haben es so eilig. Beim Einstau wollen die heiraten, das ist ja nicht mal mehr zwei Wochen hin.«

Wieder dieses Rauschen in seinen Ohren.

»Ah gut!«, sagte er, als hätte man ihm eine verpasst.

Frank zerrte an seinem Pulli.

»Vati!«

»Verdammt! Du siehst doch, dass ich mich unterhalte!« Vielleicht wollte der Junge nur etwas fragen.

»Komm, ich helf dir«, sagte Herta und hockte sich zu dem Jungen auf den Boden.

»Kommst du auch?«, fragte Herta. Wie sie dasaß auf dem Boden mit den Jungen und Grete so ähnlich sah.

Grete und Schreiber!

»Was?«

»Zum Einstau. Grete und Johann wollen unbedingt dabei sein, nach der Trauung, dann erst hier zu uns. Kommst du auch?«

»Weiß nicht. Kann ich jetzt noch nicht sagen, muss ich gucken.«

Grete! Wie sie das tun konnte, Schreiber heiraten, den Idioten. Hatte die keinen Anstand? Wie lange war diese

Nacht her? Wie lange war es her, dass sie ihm gesagt hatte, dass sie an ihn dachte? War sie nie aufrichtig gewesen? Diese verfluchte Nacht im Tal, wäre sie doch nur im Bett geblieben!

»Aber zur Trauung kommst du doch. Und dann hier feiern.«

Ausgerechnet Schreiber! Hatte der sich nicht schon genug genommen? Die Mutter, den Hennes-Hof, das ganze Tal und Anna, auch daran war er schuld! Wenn er nur die Flobert noch hätte.

»Alles in Ordnung?«, fragte Herta. Sie sah ihm das Grübeln an.

»Jaja. Ich hab nur was vergessen. Wir müssen wieder. Leider.« Lahm war diese Lüge, aber was konnte er tun.

»Ihr seid doch gerade erst gekommen. Ich hab noch Kuchen für euch.« Herta blickte vom Alten zu Cord.

»Ja, tut mir leid. Muss noch nach dem Dach sehen. Wenn ich jetzt nichts mache, haben wir es beim nächsten Regen nass.«

Der Alte wieder: guckte nur. Wie der zulassen konnte, dass Grete diesen Idioten heiratete.

»Also, bis zum nächsten Mal.« Cord tätschelte Lisekes Hand, dann Hertas Schulter. Die Kinder machten keine Anstalten mitzukommen. Cord kniete sich hin und fing an, die Bauklötze einzuräumen.

»Kommt jetzt. Sagt auf Wiedersehen.«

»Ich will aber noch den Turm bauen«, quengelte Frank.

»Wir müssen los.« Cord fegte mit der Hand den kleinen Bau um und schaufelte die Klötze in die Kiste. Frank schrie vor Wut, griff nach den Steinen, holte sie aus der Kiste wieder raus. Hansi warf sich auf den Boden, schrie auch. Cord riss ihn hoch auf seinen Arm, legte seine Hand um Franks Handgelenk.

»Wir gehen jetzt!«

Das Geschrei, die widerspenstigen kleinen Körper. Er zerrte die Kinder durch den dunklen Flur zur Tür. Herta kam ihnen mit den Jacken nachgelaufen. Cord klemmte sie sich unter den Arm.

»Nächstes Mal bleibt ihr aber zum Essen.« Herta stand in der Tür und blickte ihnen nach.

Cord nickte. »Danke!« oder »Wir sehen uns!« oder irgend so was rief er gegen das Geschrei der Kinder, als er schon auf der kalten Straße war.

2. OKTOBER 2015

Die Sonne kämpft sich durch den Nebel, das weißliche Licht wird gleißend gelb. Die Mischwaldhügel verändern schon ihre Farbe, rötliches Braun zwischen dunklem Grün. Hitzmark ist eine an den Hügel gekuschelte Fachwerkidylle. Das alte Ronnbach muss ganz ähnlich ausgesehen haben. Vor Wolfs Haus geben die Rosen noch mal alles. Ich bin extra am Vormittag hingefahren, da sind die Zwillinge in der Schule, Yvonne wird behaupten, sie hätte was Dringendes im Haushalt zu tun. Ich werde Wolf für mich haben.

Aber es macht niemand auf. An der Werkstatttür hängt seine Handynummer, für dringende Fälle.

»Er ist nicht da!«

Yvonne sitzt auf der Bank an der Hauswand, eine Zigarette in der Hand. Ein ungewohnter Anblick.

»Ah, hallo. Wann kommt er denn zurück?«

»Weiß ich nicht.« Ihre Stimme klingt müde.

»Wusste gar nicht, dass du rauchst.«

»Manchmal geht's nicht anders.« Sie hält mir die Schachtel hin, gibt mir Feuer.

Der Rauch zieht scharf in die Lunge, ich geb mir Mühe, nicht zu husten.

»Ich hab gehört, deine Oma liegt im Krankenhaus.«

»Sie hat sich an der Hand verletzt. Ist aber nicht so schlimm. Nächste Woche kommt sie raus.« Wie zerbrechlich sie mir vorkommt, sage ich nicht.

Yvonne nickt und blickt dem Rauch hinterher. Christa Howald ist ihre Cousine, sie weiß eh schon alles.

»Du hast dich mit Wolf gestritten. Stimmt's?«

»Hat er dir davon erzählt?«

Sie schüttelt den Kopf.

Wir rauchen, starren auf die geschlossene Werkstatttür.

»Weißt du, Lilli und Lara haben nicht gerade viel von ihrem Papa.« Sie will offensichtlich mal was klarstellen, aber das muss ich auch: »Ich hab auch nicht gerade viel von meinem Papa.«

Sie klopft die Asche von ihrer Kippe. »Der Wasserhahn bei uns in der Küche tropft. Seit vier Jahren sagt dein Vater, dass er das reparieren wird. Deine Mutter muss nur anrufen, und schon ist er unterwegs. Klo kaputt, Wagen springt nicht an, die Tür klemmt. Ich kann an seiner Stimme hören, wenn er mit ihr spricht. Es war ihm ganz egal, ob die Kinder krank waren oder Geburtstag hatten. Einmal hat er sogar unseren Urlaub verschoben, weil ihr einen Wasserrohrbruch hattet, dabei war alles schon gebucht. Dich hat er jeden Donnerstag von der Schule abgeholt und hergebracht. Die Mädchen kein einziges Mal. Und wenn nichts mit euch war, dann musste er arbeiten.« Sie drückt ihre Zigarette aus, schüttelt sich gleich die nächste aus der Schachtel. »Ich war mehr alleinerziehend als deine Mutter.«

»Dann sei doch froh, dass sie weg ist.«

Yvonne lacht mit heruntergezogenen Mundwinkeln. »Denkst du, das macht es besser?«

Ich hebe die Schultern, schüttle den Kopf.

»Ich merk doch, wie sie ihm fehlt.« Sie zieht mit hohlen Wangen den Rauch ein. »Von Anfang an war das so. Und jetzt ist es nur noch schlimmer. Ich kann sehen, wie traurig er ist. Und weißt du, was komisch ist? Mir fehlt auch fast was, seit die weg ist. Wenn ich jetzt an Wolf denke, fühlt sich das irgendwie hohl an. Verstehst du? Bescheuert, oder?«

»Na ja.«

Sie schnippt den Zigarettenstummel in den Hof, obwohl der Aschenbecher zwischen uns auf der Bank steht. Wir sehen zu, wie er glühend über den Boden kreiselt und schließlich liegen bleibt.

»Die ganze Zeit habe ich mir gewünscht, deine Mutter würde verschwinden. Ich dachte, dann wird alles besser mit Wolf und mir. Und jetzt wünsche ich sie mir zurück.« Yvonne lächelt kurz, dann kneift sie die Augen zusammen. »Das ist krank!« Sie hält mir die Schachtel hin. Ich schüttle den Kopf, drücke meinen Stummel in den Aschenbecher.

Wie sie dasitzt, zusammengesunken, rote Flecken in dem massigen Gesicht.

»Warum erzählst du mir das?«

»Mann, Luca, Wolf dreht fast durch, weil du sauer auf ihn bist. Er denkt wirklich, dass er dein Leben verbockt hat.

Dabei hat er so sehr versucht, gut für dich zu sorgen. Ich hätte Grund, mich für ein verbocktes Leben bei ihm zu beschweren, aber du doch nicht.«

Und dann nehme ich doch noch eine Zigarette. Yvonne bläst ihren Rauch in den blassblauen Himmel. Ich schicke meinen hinterher.

»Ich hab nie verstanden, warum ich bei euch sein sollte, wenn Wolf eh arbeitet.«

Da lacht sie, dass ihr Körper bebt und die Bank, auf der wir sitzen, gleich mit. Sonst kichert sie höchstens mal kurz und kriegt sich gleich wieder ein, aber jetzt lacht sie dunkel und wuchtig aus dem Bauch.

»Ach Luca!«, sagt sie, als sie wieder sprechen kann. »Das hab ich auch nie verstanden.«

Und da muss ich auch grinsen. Wie viele dieser schrecklichen Donnerstagstunden hätten wir uns sparen können.

Ich weiß, dass ich es lieber lassen sollte, aber ich kann nicht anders: »Das mit den zweihundert Euro war ich übrigens wirklich nicht.« Ich sag lieber nicht, was Lilli und Lara damit gemacht haben.

»Lass uns nicht mehr darüber reden, Luca.«

»Ist gut.«

Ich drücke die Zigarette in den Aschenbecher und stehe auf.

»Was wirst du jetzt tun?«, fragt Yvonne.

Ich hebe die Schultern.

»Und dein Job in Berlin? Was war das noch mal?«

»Lebensmittelbranche.«

»Und da hast du gerade Urlaub?«

Ich mache eine Bewegung mit dem Kopf, die sowohl Nicken als auch ein Hinundherwiegen sein könnte. »Na dann, danke für die Zigaretten. Kannst Wolf ja sagen, dass ich hier war.«

»Klar.«

Und als ich schon ein paar Schritte gegangen bin, ruft sie mir nach.

»Ein Freund von meinem Bruder will einen Bioladen in Köln aufmachen. Er sucht noch Leute. Nur falls das mit Berlin jetzt doch nicht mehr so ... ist.«

Ich bin schon vorn bei den Rosen, als Wolf mit seinem Transporter kommt. Er hält mitten auf der Straße – ist eh nichts los – und springt raus.

»Luca!« Er steht vor mir wie ein trauriger Berg, ein völlig beknackter, trauriger Berg. Ich boxe ihm gegen die Brust. Er legt seine Arme um mich, beschwichtigend, als habe er Angst, ich würde ihn verprügeln. Würde ich auch gern, aber was soll's. Sein Pullover kratzt an meiner Wange.

4. NOVEMBER 1965

Das Tal hatte sich in Nebel gehüllt. Den ganzen Morgen schon war es unruhig im Ort. Autos fuhren, Howald und Hitzke mit Familie in Sonntagskleidung. »Ich komm nicht«, hatte Cord denen gesagt. Franks große Augen, als sie ohne sie gingen. Hansi winkte. Alle fuhren zum Staudamm, diesem teerschwarz schimmernden Hügel, der jetzt das Tal eingrenzte, hinten bei Bosbach. Jahrelang war daran gebaut worden. Heute dann: feierlicher Beginn des Einstaus. Sie schlossen das Tal ab und ließen es volllaufen.

Cord zündete sich eine an. Frank und Hansi bauten die Eisenbahn auf dem Küchenfußboden auf, noch immer im Schlafanzug. Gestern hatte er sie gar nicht umgezogen. Davor hatte Gertrud sich der Kinder angenommen. Herta war auch da gewesen, obwohl sie ja die Hochzeit vorbereiten musste. Darüber hatten sie aber kein Wort verloren. Die Frauen lüfteten und brachten Essen. Cord rauchte.

Ein Knall hallte zwischen den Hügeln. Auch die Kinder drehten die Köpfe.

»Was war das, Vati?«

»Ich geh gucken.« Cord drückte die Zigarette aus, ging zur Haustür. Und wieder ein dumpfer Knall. Ein Schuss, aber weit entfernt.

Kühl war es. Cord sog die Luft ein, diese vertraute Luft, feucht, erdig, Tannennadeln, kein Rauch. Howalds Mutter sah aus dem geöffneten Fenster des Nachbarhauses zu ihm rüber.

»Dat warn se da auf'm Damm!«, rief sie.

Cord nickte ihr zu. Natürlich, Freudenschüsse, auf dem Damm. Die Alte schloss das Fenster wieder. Immerhin, er war nicht allein im Dorf. Selbst der alte Liseke war beim Einstau, trotz Krankheit und Gebrechen. Grete in Schreibers Arm, der Gedanke würgte ihn. Und fast hätte er geschrien, als ihn etwas am Bein berührte.

»Ditzken!«

Ihr schmaler Körper drückte sich gegen Cords Beine. Er ging in die Hocke, streckte die Hand nach dem glatten schwarzen Fell. Doch ehe er es berühren konnte, glitt das Tier an ihm vorbei ins Haus.

»He!«

Und schon war es drin. Er lief ihm nach.

»Warte!«

Folgte ihm in die Küche, unter der Heizung hatte es sich als schwarzes Bündel zusammengerollt.

»Katze!«, rief Hansi.

»Hier kannst du nicht bleiben!«, sagte Cord mit einer Stimme, die ihm fremd war. Das Ditzken hatte die Augen halb geschlossen und sah ihn träge an.

»Weg mit dir!« Er zeigte Richtung Tür.

Das Ditzken schnurrte.

Cord griff das Tier und warf es in den dunklen Flur. Sicher kam es auf vier Pfoten auf und wandte den Kopf zu ihm. Ein fragender Laut, jämmerlich und ein bisschen beleidigt.

»Husch! Weg!« Und da sie sich nicht regte, schob er sie mit der Hand an, spürte den Widerstand des kleinen Körpers, schob fester und beförderte sie so einige Zentimeter Richtung Tür.

»Jetzt reicht's!« Er griff mit beiden Händen um den Bauch, trug sie nach draußen, ließ sie runter, warf sie fast, sah zu, wie sie auf dem Pflaster der Auffahrt landete, die Pfoten zuerst, mühelos und elegant. Wieder wandte sie den Kopf, wieder dieser Jammerton.

»Hau ab!«

Sie jammerte lauter, als sei sie schlecht behandelt worden, sah ihn aus grünen Augen an. Und dann, bevor Cord begriff, flitzte sie los, glitt sie wieder an ihm vorbei ins Haus, beschleunigte und verschwand durch die Küchentür.

Cord hinterher. Sein schwerer Atem, ein feines Stechen in der Lunge. Da lag sie schon wieder unter der Heizung, zusammengerollt, schnurrend.

Hansi lachte. »Da! Katze!«

»Verdammt!« Wieder nahm er das Tier mit beiden Händen und zog es unter der Heizung hervor.

»Jetzt reicht's!«

Der schmale Körper wand sich in seinem Griff, scharf

trafen die Krallen durch den Ärmel die Haut. Wie sie fauchte, als er sie zur Tür trug. Er ließ sie auf den grauen Plastersteinen vor der Haustür runter, wo sie sich setzte und zu ihm heraufsah. Jammerte ihn an.

»Geh weg!«

»Miau!«

Er schlug die Tür zu, ließ sie draußen sitzen. Ihr Gezeter ignorierte er. Soll sich doch Grete um sie kümmern, es war ihre Katze. Er wollte nichts von ihr wissen.

In der Küche eine neue Zigarette.

»Katze weg!«, sagte Hansi.

Cord nickte.

Frank sah ihn an, als wollte er etwas fragen, aber dann wandte er sich wieder zur Eisenbahn. Und Cord ging doch noch einmal nachsehen, durch das kleine Fenster neben der Tür. Die Gardine hatte Anna noch genäht. Die Katze saß da und blickte ihn an, als hätte sie gewusst, dass er nach ihr sehen würde. Er hörte ihr Jammern durch das geschlossene Fenster, durch die Tür, der Ton schien durch Wände zu gehen.

»Ksch. Hau ab!« Dazu eine grobe Geste. Wieder knallte es vom Damm her. Als hätten sie hier noch nicht genug Krach gemacht. »Weg! Geh nach Hause!«

Sie wandte nicht einmal den Kopf ab.

In der Küche die Stimmen der Jungen. »Nein!«, schrie Frank. Ein dumpfer Laut, Hansi weinte.

»Hau ab!«, schrie Cord das Tier an.

»Vati!«

»Verschwinde!«, rief Cord durch das Fenster.

Dieser grüne Blick.

»Vati!« Das Geschrei in der Küche wurde dringlicher. Hansi schnappte schluchzend nach Luft.

Es war so eine Gewohnheit, noch von unten im Tal, dass im Flur neben der Haustür der Eimer stand, mit Besen und Schaufel. Cord wusste selbst nicht, warum er nach der Schaufel griff, bevor er die Tür öffnete.

»Geh! Weg!«

Das Ditzken stellte sich auf alle vier Pfoten und sah ihn an wie eine Königin ihren Untertan. »Miau!«

»Ich werd dir …«

Da er die Schaufel schon mal in der Hand hatte, schob er das Tier damit an, weg von seinem Haus. Er spürte den Widerstand, schob stärker, dann mit Nachdruck. Die Katze wich zur Seite aus, er fiel fast hin.

»Verflucht! Miststück!«

Er sah den schwarzen Körper Richtung Haustür huschen – und schlug zu.

Und gleich noch mal.

»Verflucht! Miststück!«

Beim zweiten Schlag merkte er, dass es zu fest gewesen war. Erst beim zweiten. Das kleine schwarze Bündel lag da ohne Bewegung. Und nebenan beim Howald bewegte sich die Gardine.

4. NOVEMBER 2015

Noch scheint die Sonne wie hinter Milchglas, aber der Nebel wird sich auflösen. Die Luft ist kühl und frisch, eine feine Schicht Raureif liegt auf dem Golf, als wir losfahren. Grete sitzt neben mir auf dem Beifahrersitz. Sie hat den Rücken durchgedrückt und hält die Tasche auf den Knien fest. Es gab keine Diskussion. Ich habe ihr das Datum gesagt, und die Sache war klar. Als ich meinte, dass wir noch in den Birkenweg fahren, wurde ihr Mund spitz und ihre Haltung steif, aber sie sagte nichts weiter dazu. Überhaupt redet sie weniger, seit sie aus dem Krankenhaus zurück ist. Sie scheint ein Stück von der Welt abgerückt zu sein. Oft sitzt sie einfach da und guckt, und es ist nicht klar, ob sie träumt oder wach ist. Von Marion redet sie kaum, aber ab und zu bin ich nicht sicher, ob sie mich nicht mit ihr verwechselt. Dann macht sie mir Vorhaltungen, was denn aus mir werden soll und wie ich überhaupt aussehe, nur um im nächsten Moment ängstlich zu fragen, ob es mir gutgeht, weil ich doch so blass bin und schmal. Dann will sie mir

Speckauflauf machen, ein Bad einlassen und das Handtuch für mich anwärmen.

Aber ich bin ohnehin nur noch ab und zu am Wochenende da. Ansonsten wohne ich mit Paul in Köln. Das mit dem Bioladen hat geklappt. Ich darf den Laden selbst mit aufbauen, außerdem fange ich ein berufsbegleitendes Studium an. *Business Administration*. Klingt schon so nach Durchstarten.

Wir parken vor dem Hennes-Häuschen. Grete bleibt im Wagen. Paul öffnet die Tür, und Hella rennt mich fast um vor Freude. Ihre Schnauze bohrt sich weich in meinen Bauch. Aber sie muss hierbleiben, schon wegen Grete. Cord hat sich das Haar gekämmt, aber nicht den Bart. Wir haben ewig gebraucht, um ihn zum Mitkommen zu überreden. Er wollte den Tag mit einer Flasche Korn verbringen. Er sitzt viel rum und raucht, die Augen geschlossen. Vielleicht wartet er auf etwas, aber wir haben noch nicht herausbekommen, was es ist. Irgendwann steht er dann auf und geht los, Hella wie eine Blindenhündin an seiner Seite, immer einmal um den Bissberg, dann hoch zur Brücke. Er muss den Panoramaweg nehmen, der Wasserspiegel ist wieder gestiegen, die alten Wege sind nicht mehr zu sehen. Ab und zu geht einer von uns mit, oder wir sehen nach ihm, wenn er zu lange wegbleibt. Cord steht dann da oben und lässt sich vom Wind das Haar zerzausen. Manchmal scheint er mit jemandem zu sprechen. Sein Mund bewegt sich, und er beugt sich vor, als würde er jemandem zuhören. Gut, wenn er nicht zu lange dort steht.

Paul stellt Hella den Futternapf hin und schiebt den Alten aus der Tür. Vor dem Wagen zögert Cord. Er kann

Grete ja nicht sehen, trotzdem konnten wir ihm schlecht verschweigen, dass sie mitkommt. Paul und Cord steigen durch die Fahrertür ein und krabbeln auf die Rückbank, Grete bleibt sitzen und blickt geradeaus durch die Windschutzscheibe. Nichts lässt erkennen, ob sie die anderen überhaupt bemerkt. Nicht mal als Paul ihr die Schulter tätschelt, reagiert sie. Auch Cord bleibt steif auf dem Rücksitz. Vielleicht ist er gerade froh, dass er blind ist.

»Anschnallen«, sage ich und starte den Wagen.

Was Marion wohl denken würde, wenn sie uns sehen könnte, wir alle vier in ihrem Wagen? Wir haben Plakate aufgehängt, in Bosbach, Ronnbach und Hitzmark. Sogar in der Zeitung stand, dass sie gesucht wird. Nichts. Sie hat sich davongestohlen, nicht leise, aber spurlos und wahrscheinlich endgültig. Manchmal denke ich, sie sieht uns von irgendwoher zu, durch eine versteckte Webcam oder was weiß ich. Wenn sie uns jetzt also sieht, wird sie die Füße hochlegen und sich eine Zigarette anstecken, und es wird keine Rolle spielen, ob sie gut sieht oder schlecht, denn sie wird verstehen, was hier passiert.

Das mit den Augen scheint sich nicht vererbt zu haben. Doktor Schürholz hat jedenfalls nichts gefunden, als ich bei ihm war. Ich soll regelmäßig zur Untersuchung kommen, scheint aber alles im grünen Bereich zu sein.

Der Nebel ist schon durchlässiger geworden, als wir den Parkplatz vor dem Damm erreichen. Eine Kapelle spielt, es riecht nach Bratwurst. Später werden Freudenschüsse abgefeuert, fünfzig Jahre Ronnetalsperre sind kein Pappenstiel. Ich helfe Cord beim Aussteigen. Seine Schritte sind zaghaft, unsicher suchen sie Halt. Ich nehme seinen Arm. Grete muss aushalten, dass Paul sich um sie kümmert, aber sie gewöhnt sich schon ganz gut an ihn.

Aus einem runden Pavillon heraus verkaufen Susanne und Fritz Getränke. Jan hat den Arm um seine Sandra mit dem Riesenbauch gelegt. Daneben stehen Christa und Klaus Howald mit Hitzkes. Yvonne winkt uns zu, sogar Wolf ist da. Carsten Schmalscheid und Christian Wegener stehen bei Lilli und Lara.

»Na dann«, sagt Paul. Aber Cord schüttelt den Kopf, und ich kann ihn verstehen. Meine Beine sind auch wie festgeklebt, wie eingesunken in diesen schottrigen Parkplatzboden. Paul guckt schon so. »Alles klar?«

Ich schüttle den Kopf und merke, wie Cord zurück ins Auto drängt. Da kommt Kati von irgendwoher angerannt, vielleicht war sie auf dem Klo oder sonst wo.

»Endlich«, sagt sie und nimmt Cords anderen Arm, dass er von uns beiden eingerahmt ist. Ein letzter Blick zu Paul. Der nickt. Also los. Kati zieht Cord und mich mit sich zu den anderen.

Wir besorgen allen eine Wurst und gehen hoch auf den Damm. Cord war bestimmt noch nie hier. Im Wind zappeln seine Haare. Er ertastet die Brüstung und umklammert sie. Neben ihm greifen auch Gretes Hände nach dem Geländer. Vielleicht erschrickt sie selbst, als sie merkt, wie nah sie bei ihm steht, aber sie lässt es sich nicht anmerken, sondern bleibt an ihrem Platz. Ihre Hände sind höchstens ein paar Zentimeter von seinen entfernt. Cord muss das spüren, aber er zuckt nicht mal, er bleibt, wo er ist, gleich neben Grete. Und es sieht aus, als würden beide auf den See blicken, sogar Cord. Auf das grauschimmernde Wasser, das inzwischen wieder das ganze Tal bedeckt.

Bevor es dunkel wird, müssen wir noch einmal los. Cord sitzt wieder in seinem Sessel, Hella passt auf. Er hat nicht viel geredet beim Fest, er hat ein Bier getrunken und getan, als ginge ihn das alles nichts an. Trotzdem besser als allein mit einer Flasche Korn. Grete ist auch wieder zu Hause. Ihre Wangen waren rosa, als ich sie dort abgeliefert habe. Das Jubiläum ist überstanden, ohne Katastrophen. Christa hat mir den Arm gestreichelt. Sie hat sich wohl wieder eingekriegt, und Carsten Schmalscheid und ich haben uns die Hände gereicht. Er wollte noch Brüderschaft trinken, aber das kann er vergessen. Vielleicht haben Lilli und Lara ja Lust dazu.

Paul steht schon vor dem Haus, als ich komme. In seiner Hand ein schmales, langes Bündel. Wir haben es eingewickelt, aber jeder, der genau hinsieht, wird es erkennen. Paul verstaut es so selbstverständlich im Kofferraum wie eine Kiste Wasser oder einen Picknickkorb. Ich frage mich, wie Grete das Gewehr damals vom Tal hier hochgeschleppt hat. Ist sie niemandem begegnet? Hat denn keinen interessiert, was sie da bei sich trug? Paul hat es bis jetzt vor Cord versteckt. Wer weiß, was der machen würde, wenn er es findet.

Wir schlagen die Kragen unserer Jacken hoch, als wir oben auf dem Parkplatz den Wagen verlassen. Die Kälte prickelt auf der Haut.

Wie der See angeschwollen ist in den paar Wochen. Wie harmlos die Brücke sich über das Tal spannt. Wie ahnungslos unten der Nebel über das silbergraue Wasser tanzt. Mit welcher Kraft der Wind hier oben an uns zerrt.

Paul reicht mir das Bündel. Wir schlagen die Decke auf. Dunkles Metall, holzbrauner Griff. *Flobert 9 mm* nennt sie das Internet. Wir haben nur mal geguckt, was man bei Ebay dafür kriegen würde, aber man müsste sie auseinanderbauen. Überhaupt haben wir etwas anderes damit vor.

Der Wind weht Paul Haare in den Mund, er scheint es gar nicht zu bemerken. Er nimmt den Griff, ich den Lauf, zu zweit ist sie nicht schwer. Die Brücke vibriert vor Freude, vielleicht auch, weil ein Auto darüberfährt. Wir warten, bis es den Bosberg erreicht hat, dann heben wir die Waffe an, über das Geländer. Wieder ein Blick. Und los! Taumelnd, sich windend und doch zielsicher, stürzt sie nach unten. Der Lauf erreicht das Wasser zuerst, sticht hinein. Der Wind erstickt das Geräusch dazu. Dann ist da nur noch raugraue Oberfläche. Was darunterliegt, ahnen wir nur noch. Das Wasser verbirgt es vor uns, bis wir selbst nicht mehr wissen, ob es wirklich mal da war. Es verschluckt die Dinge, bis nur noch die Geschichten davon bleiben, unsere Geschichten und die der anderen. Die Wahrheit liegt unten, wir kennen sie nicht. Hoffen wir, der See wird auch die Flobert verschlucken, dass niemand mehr damit schießen kann, hoffen wir, der See hält dicht und gibt sie nicht mehr frei.

Wo jetzt der See glänzt, da war vor Zeiten ein Tal mit einem
sprudelnden Bächlein darin. Neben dem Bach aber lebten Men-
schen, die ließen ihr Vieh auf den Wiesen weiden und waren be-
scheiden und glücklich. Dort lebte auch ein Mädchen mit Na-
men Marie. Zu dem sprach die Mutter: Geh nie allein an den
Bach, sein Flüstern wird dich verführen, und dann sind wir alle
verloren. Doch da die Marie heranwuchs, konnte sie nicht las-
sen von dem Bächlein. Bis in ihre Kammer hörte sie sein leises
Plätschern. Und es war ihr, als riefe es nach ihm. »Komm, Ma-
rie! Komm zu mir.« Und da die Mutter einmal fortging, hielt es
sie nicht länger, da lief sie allein über die Wiese, zum Ufer, wo
das Bächlein fröhlich plätschernd floss. Da war ihm wieder, als
flüsterte es: »Marie, komm her!« Und wie das Kind das kla-
re Wasser sah, da ward es froh und zufrieden und dachte: Ei,
was soll mir passieren an diesem freundlichen Bächlein? Und
sie tauchte ihre Hand hinein, um sich an dem kühlen Nass zu
laben. Als aber die Finger des einsamen Mädchens das Wasser
berührten, wurde das Bächlein still und träge, und da es nicht
mehr munter weiterfloss, schwoll es an, trat über die Ufer, über-
flutete Wiesen und Wege, Felder und Wälder und drang auch in
die Häuser bis hoch unters Dach und darüber hinaus, bis das

Tal ganz von Wasser bedeckt war. Die Menschen jedoch waren hinauf auf die Hügel geflohen. Da stand nun auch die Marie und sah hinab auf den neuen See, und sie lauschte auf das Flüstern des Wassers, der See aber schwieg.

Jan Steinbach
Die Schwestern von Marienfehn
Roman
432 Seiten. Broschur
ISBN 978-3-352-00920-4
Auch als E-Book erhältlich

Eine Frau zwischen alter Handwerkskunst und neuem Glück

1966: Eigentlich will Hanna Brook nichts anderes, als Journalistin im geteilten Berlin werden – und mit ihrer großen Liebe Carl zusammen sein. Doch ihre Träume zerschlagen sich, und dann wird sie auch noch zu ihrer Familie nach Marienfehn zurückgerufen. Lange hadert sie, ob sie wirklich alles aufgeben soll, um die Brennerei fortzuführen. Gegen große Widerstände arbeitet sie sich schließlich in die Traditionen des Handwerks ein – bis auf einmal Carl wieder vor ihr steht …

Die bewegende Geschichte einer Familie und ihrer Schnapsbrennerei im Emsland

Regelmäßige Informationen erhalten Sie über unseren Newsletter. Jetzt anmelden unter: www.aufbau-verlag.de/newsletter

Kristin Hannah
Die Mädchen aus der Firefly Lane
Roman
Aus dem Englischen
von Gabriele Weber-Jarić
552 Seiten. Broschur
ISBN 978-3-7466-3685-6
Auch als E-Book erhältlich

Die einmalige Kraft einer Frauenfreundschaft

Im Sommer 1974, zum Sound von Fleetwood Mac und Abba, lernt die Außenseiterin Kate die schöne, aufregende Tully kennen, die alles zu haben scheint, was ihr fehlt. Aus den sehr unterschiedlichen Mädchen werden Freundinnen, die weder Tullys Karrierestreben noch Kates Entscheidung für Kinder und Familie trennen kann. Jahrelang umschiffen Tully und Kate die Klippen jeder engen Freundschaft – Eifersucht, enttäuschte Liebe – und halten zueinander. Bis zu jenem Tag, als ein Verrat ihr Vertrauen auf die Probe stellt …
Ein so kraftvoller wie einfühlsamer Roman über Liebe, Verlust und Zusammenhalt – voller Zeitkolorit und großer Gefühle.

Große Serienverfimung auf Netflix

Regelmäßige Informationen erhalten Sie über unseren Newsletter. Jetzt anmelden unter: www.aufbau-verlag.de/newsletter

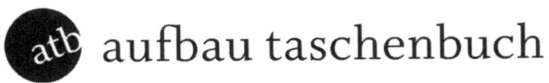 aufbau taschenbuch

Stefanie Gregg
Nebelkinder
Roman
384 Seiten. Broschur
ISBN 978-3-7466-3592-7
Auch als E-Book erhältlich

Zwischen uns ein ganzes Leben

München, 1945. Zusammen mit ihrer Mutter Käthe ist Ana aus Breslau geflohen. Käthe ist traumatisiert, und so ist es an Ana, für ihre Familie zu sorgen. Als sie ihre eigene Familie gründet, scheint der Krieg verwunden, doch ihre Tochter Lilith bleibt ihr seltsam fremd. Viele Jahre später steht Lilith vor einer großen Entscheidung: Ausgerechnet sie, die doch immer unter ihrer distanzierten Mutter gelitten hat, soll den Sohn ihrer besten Freundin bei sich aufnehmen. Da fährt Ana mit ihr nach Breslau und erzählt ihr endlich, was damals wirklich geschehen ist.

Eine berührende Familiengeschichte, die über drei Generationen bis in das 21. Jahrhundert reicht.

Regelmäßige Informationen erhalten Sie über unseren Newsletter. Jetzt anmelden unter: www.aufbau-verlag.de/newsletter

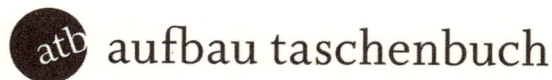

aufbau taschenbuch

Ines Thorn
Die Bilder unseres Lebens
Roman
427 Seiten. Klappenbroschur
ISBN 978-3-352-00937-2
Auch als E-Book erhältlich

Die Zeit, die uns trennt

Mit Leidenschaft hat die Familie Lindemann das Kino »Die Schauburg«
in Leipzig betrieben. Bis sie nach dem Krieg enteignet wird. Besonders
Mutter Ursula fällt es schwer, sich an die Vorgaben der neuen Machtha-
ber zu halten. Ihr Mann Gerhard kommr versehrt von der Front zurück
und versucht mühsam, wieder ins Leben zu finden. Auch ihre Tochter
Sigrid, die sich kaum an Friedenszeiten erinnern kann, ist verunsichert.
Ob die Ausbildung zur Lehrerin das Richtige für sie ist? Nur Stefan,
der Sohn, hält an seinem alten Traum fest. Und um Filme machen zu
können, beschließt er sogar, die Heimat hinter sich zu lassen und nach
West-Berlin zu gehen. Schon bald merken die Lindemanns, wie schwer
es ist, familiäre Bande aufrechtzuerhalten, wenn man getrennt ist durch
den Eisernen Vorhang.

Authentisch und hochemotional: ein großes Familienepos während der
deutschen Teilung

**Regelmäßige Informationen erhalten Sie über unseren Newsletter. Jetzt anmelden
unter: www.aufbau-verlag.de/newsletter**

RL rütten & loening